劍南詩藁

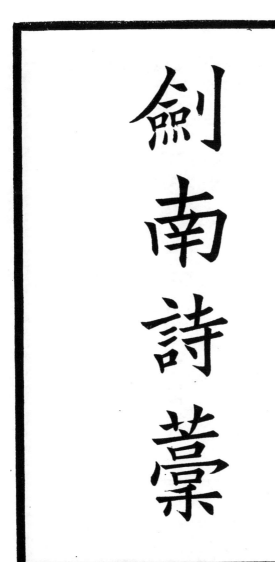

四部備要

集部

中華書局據汲古閣本校刊

桐鄉　陸費逵總勘
杭縣　高時顯
杭縣　吳汝霖輯校
杭縣　丁輔之監造

前輩有欲補詩史一字之闕終莫適其當者夫發言寓意未必惟一字之工或者窮思畢慮之弗逮人才相去乃爾遠耶

太守山陰陸先生劍南之作傳天下眉山蘇君林收拾尤富適官屬邑欲鋟本爲此邦盛事迺以纂次屬師尹亦既斂衽肅觀則浩渺閎肆莫測津涯掩卷太

息者久之獨念吾儕日從事　先生之
門閒有疑闕自公餘可以從容質正幸
來者見斯文大全用是不敢辭劍南詩
稿六百九十四首續稿三百七十七首
蘇君於集外得一千四百五十三首凡
二千五百二十四首又□七首釐爲□
十卷總曰劍南因其舊也文字傳襲失
真類不滿人意其如此書得之所見有

以傳信而無疑若夫發乎情性充乎天
地見乎事業忠憤感激憂思深遠一念
不忘
君　先生之志且有當世巨公爲之發
揮非師尹敢任淳熙十有四年臘月幾
望門人迪功郎監嚴州在城都稅務括
蒼鄭師尹謹書

宋板翻雕

劍南詩稿目錄

卷第一

事述懷作歌奉寄　寄答綿州楊齊伯左司
送全州趙都曹　病中作　夜夢從數客雨中
載酒出遊山川城闕極雄麗〻云長安也因與客
馬上分韻作詩得遊字　去年余佐京口遇王
嘉叟從張魏公督師過焉魏公道免相嘉叟亦
出守莆陽近辱書報魏公已葬衡山感歎不已
因用所遺柱頰亭詩韻奉寄　自詠示客　醉
中歌　寄陶茂安監丞　燒香　寒食臨川道
中　上巳臨川道中　寄別李德遠二首　初
夏道中　示兒子　重五同尹少稷觀江中競
渡　過玉山辱芮國器檢詳留語甚勤因寄此
詩兼呈韓无咎右司　隨意　寄龔實之正言
　遊山西村　觀村童戲溪上　雨霽出遊書
事　殘春　家園小酌二首　寄王嘉叟吏部
　夜讀隱書有感　上虞逆旅見舊題歲月感
懷　舜廟懷古　題十八學士圖　統分稻晚

劍南詩稿卷第一

宋　陸游　務觀

別曾學士

兒時聞公名謂在千載前稍長誦公文雜之韓杜編夜輒夢見公皎若月在天起坐三歎息欲見亡繇緣忽聞高軒過驩喜忘食眠袖書拜轅下此意私自憐道若九達衢小智妄鑿穿所願瞻德容頑固或少痊公不謂狂疎屈體與周旋騎氣動原隰霜日明山川匏繫不得從瞻望抱悁悁晝石或十日刻楮有三年賤貧未即死聞道期華顛他時得公心敢不知所傳

送仲高兄宮學秩滿赴行在

兄去游東閤才堪直北扉莫憂持槖晚姑託乞身歸道義無今古功名有是非臨分出苦語不敢計從違

題閻郎中溧水東皐園亭

省中地禁清晝長侍史深注薰籠香榮名挽公公不住東皐歸去栽花忙毿毿華髮映朱紱同舍半已排雲翔正如少陵入嚴幕本自不用尚書郎向令封侯佩金印不然草詔直玉堂萬鍾會作夢幻過三徑空嘆松菊荒樂天十年履道宅贊皇一夕平泉莊公看富貴定何物一笑乃復坐此妨東皐樂哉日成趣簪花起舞當自强知公能容賤子狂請賦式微之二章

和陳魯山十詩以孟夏草木長遶屋樹扶疏爲韻

言語日益工風節顧弗競杞柳爲桮棬此豈真物性病夫背俗馳梁甫時一詠奈何七尺軀貴賤視趙孟

又

唐虞亦人耳四海可高謝哀哉斗升故詔妄兩憑架心明物自賓能整故能暇會當棄人事面壁度九夏

又

大父昔在朝騰上唯恐早淡然清班中灰寒而木槁

議論主中和人才進耆老至今下馬墳不生刺人草

又

櫻酪事已過角黍配夏熟尚憶少小時綵縷繫腕玉此生本幻戲衰態轉眼足三郎老無憀始解數絲木

又

門無容車高庭止旋馬廣富貴固易耳正恐卿慚長時情競胎韋家法獨骯髒靜處看紛紛桔槔勞頫仰

又

至人貴其身不使事物遶捐身易富貴明珠彈飛鳥我願稱善人題作墓上表從來尺鷃樂不羨飛鴻矯

又

匆匆過三十夢境日已蹙誰知數亡羊但有喜得鹿本來作何面認此逆旅屋逢人吹布毛出世不忍獨

又

杜門殊省事百巧輸一粗燒香淨掃地袖手了朝莫君看瓦甌手端自勝金注塵機早見貸不待雞竿樹

又

萬物備於我本來無欠餘寠儒可憐生西抹復東塗

又

斯文如大廈傾壞要力扶犬子真鼠輩辛苦賣子虛

風花憐寂莫起舞爲我娛舉酒謝風花吾道殊不踈

汝開何自有汝落何自無居然會此理吾汝皆如如

看梅絶句

梅花宜寒更宜陰摩挲拄杖過溪尋幽香著人索管

領不信如今鐵石心

又

梅花樹下黄茆丘古人尚能愛花不月淡煙深聽牧

笛死生常事不須愁

又

荒陂十畝浴鳧鴨折葦枯蒲寒意深何處得船滿載

酒醉時繫著古梅林

又

一物不向胷次橫醉中談謔坐中傾梅花有情應記得可惜如今白髮生

又

老子舞時不須拍梅花亂插烏巾香尊前作劇莫相笑我死諸君思此狂

春晚簡陳魯山

春工我輩人可許不待面欲老更增奇原野紅綠遍向來苦摧傷零雨雜飛霰豈知袖此手天定乃徐見吾齋萬花間輕衫稱團扇飛花點書冊戲蝶遊几研吾衰未忘情小句亦倩絢持問陳元龍試乞語一轉

寄酬曾學士學宛陵先生體比得書云所寓廣教僧舍有陸子泉每對之輒奉懷

庭中下乾鵲門外傳遠書小印紅屈蟠兩端黃蠟塗開緘展矮紙滑細疑卵膚首言勞良苦後問逮妻孥中間勉以仕語意極勤渠字如老瘠竹墨淡行疏疏詩如古鼎篆可愛不可摹快讀醒人意垢癢逢爬梳

細讀味益長炙轂出膏腴行吟坐臥看廢食至日晡
想見落筆時萬象聽指呼亦知題詩處綠井石髮麤
公閑討有客煎茶置風爐倘公無客時濯纓亦足娛
井名本季疵思人理豈無居然及賤子媿謝恩意殊
幾時得從公舊學鋤荒蕪古文講聲形誤字辨魯魚
時時酌井泉露芽奉瓢盂不知公許否因風報何如

夜讀兵書

孤燈耿霜夕窮山讀兵書平生萬里心執戈王前驅
戰死士所有恥復守妻孥成功亦邂逅逆料政自疎
陂澤號飢鴻歲月欺貧儒歎息鏡中面安得長膚腴

二月二十四日作

棠梨花開社酒濃南村北村鼓鼕鼕且祈麥熟得飽
飯敢說穀賤復傷農崖州萬里竄酷吏湖南幾時起
臥龍但願諸賢集廊廟書生窮死勝侯封

送曾學士赴行在

二月侍燕觴紅杏寒未拆四月送入都杏子已可摘

流年不貸人俯仰遂成昔事賢要及時感此我心惻欲書加餐字寄之西飛翮念公爲民起我得怨乖隔搖搖跋前旌去去望車軏亭鄣鬱將莫落日澹陂澤敢忘國士風涕泣效臧獲敬輸千一慮或取二三策公歸對延英清問方側席民瘼公所知願言寫肝膈向來酷吏橫至今有遺螫織羅士破膽白著民碎魄詔書已屢下宿蠹或未革期公作醫和湯劑窮絡脈士生恨不用得位忍辭責併乞謝諸賢努力光竹帛

霽夜觀月

雲重真愁無散時可憐不奈一風吹清輝如此那休得誰誤虛空作許癡

新夏感事

百花過盡綠陰成漠漠爐香睡晚晴病起兼旬疏把酒山深四月始聞鸎近傳下詔通言路已卜餘年見太平聖主不忘初政美小儒唯有涕縱橫

留題雲門艸堂

小住初爲旬月期二年留滯未應非尋碑野寺雲生
屨送客溪橋雪滿衣親滌硯池餘墨漬卧看爐面散
煙霏他年遊宦應無此早買漁蓑未老歸

送韓梓秀才十八韻

束髮走場屋始得從君遊燈火都城夜風雨湖上秋
追隨不隔日巖壑窮探搜摩挲石屋背搖兀閶門舟
酒酣耳頰熱意氣蓋九州夜卧相蹋語狂笑雜嘲謳
但恐富貴逼肯懷貧賤憂人事信難料百戰竟不侯
我老農圃間君落天南陬相逢會稽市感歎歲月遒
君從上都來倘逢舊朋儔我窮本天命於人寧有求
但念侯君房不知尚癡不君聞拊手笑怪我狂未瘳
共談平生舊只欲苦死留如何忽決去病瘧送無由
秋風墜桐葉新霜犯貂裘君聽馬蹄聲中有千里愁

送陳德邵宮教赴行在二十韻

相從何必早白頭或如新登門雖尚疎數面自成親
昨者始見公凜然鬚如銀敗席留煑茗寒廳無雜賓

平生事賢意寸心渴生塵樂哉得所從貧病忘吟呻
恭惟大雅姿信是邦國珍廣文舊官長二紀轉鴻鈞
恩仇快報復禍福出笑嚬同舍事容悅腰佩玉麒麟
羣訣更得志後來如積薪於時公淡如位屈道則伸
法宮親決事收召極海濱人才方雜沓公仕益逡巡
欲以貴祝公公豈慕要津欲以窮託公公豈私賤貧
頗欲述古誼勸公勿愛身此又公所存豈待賤子陳
高飄泊江渚歲晚風雨頻願言添衣裘寒陰能薄人

朱子雲園中觀花

我鬢忽已白君顏非復朱花前一盃酒不樂復何如
莫看枝上花已覺不如早富貴當及時吾輩奈何老
我歌君起舞竟日爲君留安知花無情不解替人愁
長安二三月花滿上林中祝君早得意歸轡聽璁瓏

酬妙湛闍梨見贈妙湛能棋其師璘公蓋嘗與
先君遊云

昔侍先君故里時僧中最喜老璘師高標無復鄉人

識妙寄惟應弟子知山店煎茶留小語寺橋看雨待
幽期可人不但詩超絕玉子紋枰又一奇

次韻魯山新居絕句

求得軒車心愧天不如窮死却陶然君曾布衣尚可
活那有日與須萬錢

又

短牆缺處插疏籬巷劣容車堂對陂天下有公殊可
賀坐中著我不妨奇

寄陳魯山 陳時謫官都下

諸公貴人識面稀胸中璀璨漫珠璣即今舉手遮西
日應有流塵化素衣舊學極知難少貶吾儕持此欲
安歸夜來風雨空堂靜忽憶燈前語入微

又

天下無虞國論深書生端合老山林平生力學所得
處政要如今不動心舊友幾年猶短褐謫官萬里少
來音願公思此寬羈旅靜勝炎曦豈易侵

一珍倣宋版印

戲題江心寺僧房壁

史君千騎駐霜天主簿孤舟冷不眠也與史君同快意臥聽鼓角大江邊是夕新永嘉守亦宿此寺

泛瑞安江風濤貼然

俯仰兩青空舟行明鏡中蓬萊定不遠正要一颿風

平陽驛舍梅花

江路輕陰未成雨梅花欲過半沾泥遠來不負東皇意一絕清詩手自題

度浮橋至南臺

客中多病廢登臨聞說南臺試一尋九軌徐行怒濤上千艘橫繫大江心寺樓鐘鼓催昏曉墟落雲煙自古今白髮未除豪氣在醉吹橫笛坐榕陰

出縣

匆匆薄領不堪論出宿聊寬久客魂稻壠牛行泥活活野塘橋壞雨昏昏槿籬護藥纔通徑竹筧分泉自遍村歸計未成留亦好愁腸不用遶吳門

還縣

霽色清和日已長綸巾蕭散意差强飛飛鷗鷺陂塘綠鬱鬱桑麻風露香南陌東村初過社輕裝小隊似還鄉哦詩忘却登車去枉是人言作吏忙

雨晴遊洞宮山天慶觀坐間復雨

近水松篁鎖翠微洞天宮殿對清暉快晴似爲酴醾計急雨還妨燕子飛道士晝閑丹竈冷山童曉出藥苗肥拂床不用勤留客我困文書自怕歸

寄陳魯山正字

平生交遊中陳子我所敬初猶似豪舉晚乃抱淵靜獨觀心地初皎若虛室鏡人知自渠事道行君有命青衫二十年老色上鬚鬢偶然預收召瘦馬趁朝請退食輒杜門不省求捷徑似聞石渠書讎黃久未定丁字猶恨曲朋字竟須正願君試思之魚魯何足訂

航海

我不如列子神遊御天風尚應似安石悠然雲海中

卧看十幅蒲彎彎若張弓潮來湧銀山忽復磨青銅
飢鶻掠船舷大魚舞虛空流落何足道豪氣蕩肺胸
歌罷海動色詩成天改容行矣跨鵬背弭節蓬萊宮

海中醉題時雷雨初霽天水相接也

羈遊那復恨奇觀有南溟須蹴半空自天浮無盡青
吐吞交日月澒洞戰雷霆醉後吹橫笛魚龍亦出聽

溪行

蓬蒻鳴春雨帆蒲掛莫煙買魚尋近市覓火就鄰船
愁卧醒還醉灘行却復前長年殊可念力盡逆風牽

又

冒雨牽何急爭風力不餘逢人問虛市計日買薪蔬
煙寺高幡出山畬一老鋤枕書醒醉裏短髮不曾梳

自來福州詩酒殆廢北歸始稍稍復飲至永嘉
括蒼無日不醉詩亦屢作此事不可不記也

尊酒如江綠春愁抵草長但令閑一日便擬醉千場
柳弱風禁絮花殘雨漬香客遊還役役心賞竟茫茫

東陽道中

風欹烏帽送輕寒雨點春衫作碎斑小吏知人當著
句先安筆硯對溪山

東陽觀酴醾

福州正月把離杯已見酴醾壓架開吳地春寒花漸
晚北歸一路摘香來

送李德遠寺丞奉祠歸臨川

送騎擁東城煙帆如鳥輕道行端有命身隱更須名
旰食煩明主胡沙暗舊京臨分一襟淚不獨爲交情

送王嘉叟編修出佐南昌

玉殿求衣早鑾臺退食遲君看多故日寧是棄言時
小作南州計方觀急詔追歸來上霄漢莫遣此心移

送王龜齡著作赴會稽大宗丞

有越踰千載何人不宦遊向來惟一范真足壯吾州
高躅今誰繼先生獨再留登堂弔興廢想像氣橫秋

又

大將上兵符軍容備掃除恭惟陛下聖方采直臣書
忽報分司去還遲尋入幕初宗藩雖舊識莫遣得親疎

送杜起莘殿院出守遂寧

羽檄聯翩晝夜馳臣憂顧不在邊陲軍容地密寧當
議陛下恩深不忍欺白簡萬言幾慟哭青編一傳可
前知平生所學今無負未歎還鄉兩鬢絲

和曾待制遊兩山

翰林碑立崔嵬上待制詩題杳靄間人天八萬四千
塔便合推爲第一山

右題育王山明月堂

疎鐘迎客到溪亭碧瓦朱欄相照明想得松陰排萬
衲籃輿放處恰詩成

右題天童山宿鷺亭

拳石捫蘿到更幽玲瓏咫尺嬾窮搜旁人不會當時
意爲欠門生作伴遊

右題天童山更幽亭且以未到玲瓏爲恨

雨中出遊夜歸

小雨南山路今朝思出遊難從子規請寧遺竹雞憂野店寒饒柹煙津晚喚舟歸來對燈火未恨溼衣裘

謝李平叔郎中問疾

吏部朝回早幽人病始蘇過門迂問訊欹枕聽傳呼緣瘦重裁帽因衰學染鬚投詩發公笑試想此形模

聞武均州報已復西京

白髮將軍亦壯哉西京昨夜捷書來胡兒敢作千年計天意寧知一日回列聖仁恩深雨露中興赦令疾風雷懸知寒食朝陵使驛路梨花處處開

喜小兒輩到行在

阿綱學書蚓滿幅阿繪學語鶯囀木截竹作馬走不休小車駕羊聲陸續書窗涴壁誰忍嗔嘑呼也復可憐人却思胡馬飲江水敢道春風無戰塵傳聞賊棄兩京走列城爭爲朝廷守從今父子見太平花前飲水勿飲酒

病起寄曾原伯兄弟

意象殊非昨筋骸劣自持衰如霜後木愁抵盎中絲風雪書來少江山夢到遲出門還惘惘倚杖獨移時

送湯岐公鎮會稽

吳越東西州浙江限其中黃旗高十丈大舟凌虛空郡人送留守郡吏迎相公江心波濤壯帳下鼓角雄樂哉公何憾廷論則未同永懷前年秋羣胡方嘯兇閩左發蒯北戈船滿山東舊盟顧未解誰敢嬰其鋒公時立殿上措置極雍容南荒竄驕將京口起元戎舊勳與宿貴屏氣聽指蹤規模一朝定強虜終歸窮當時謂易耳未見回天功及今始大服咨嗟到兒童天心佑社稷主聖肖祖宗旌節早來朝笑談折遐衝

周洪道學士許折贈館中海棠以詩督之

嫋嫋柔絲不自持更禁日炙與風吹仙家見慣渾閑事乞與人間看一枝

送七兄赴揚州帥幕

初報邊烽照石頭旋聞胡馬集瓜州諸公誰聽芻蕘

策吾輩空懷畎畝憂急雪打窗心共碎危樓望遠涕

俱流豈知今日淮南路亂絮飛花送客舟

閏二月二十日遊西湖

西湖二月遊人稠鮮車快馬巷無留梨園樂工教坊
優絲竹悲激雜清謳追逐下上莫始休外雖狂醒樂
則不豈如吾曹淡相求酒肴取具非預謀青梅苦筍
助獻酬意象簡樸足鎮浮尚慚一官自拘囚未免足

馬從兩騶南山老翁亦出遊百錢自挂竹杖頭

劉太尉挽歌辭

羌胡忘覆育師旅備非常南服更旄節中軍鑄印章
馳書諭燕趙開府冠侯王赫赫今何在門庭冷似霜

又

堅壁臨江日人疑制敵疎安知百萬虜銳盡浹旬餘
智出常情表功如定計初云何媢公者不置篋中書

過林黃中食柑子有感學宛陵先生體

博士得黃柑甚愛不忍擘持獻太夫人遠附海上船
故山饒氛霧可使酒盃窄豈無荔枝好饜飫恐不摘
相去三千里無異娛旁側乃知母子意更遠未嘗隔
我昨往見君從容弄書冊藥分臘劑香茶泛春芽白
主意顧未厭筐筥自搜索敢謂甘旨餘亦及此下客
霜包纔三四氣可壓千百重是慈孝物不敢吐其核
甘寒雖遶齒悲感已橫臆半生無歡娛初不爲湮阨

玉牒所迎駕望見周洪道舍人

自卜河橋宅清談喜屢陪今年見騰踔不恨老氛埃
曉放宮門鑰霜彫輦路槐班囘獨小立爲待繡鞍來

送梁諫議

湖海還朝白髮生嬾隨年少事聲名極知憂國人誰
及細看無心語自平歸訪鄉人志位重乍辭言責覺
身輕籃輿避暑雲門寺應過幽居聽水聲 游有菴居在
雲門流泉遶屋諫議舊所愛賞

以石芥送劉韶美禮部劉比釀酒勁甚因以爲

戲

古人重改陽城驛吾輩欣聞石芥名風味可人終骨鯁尊前真見魯諸生

又

長安官酒甜如蜜風月雖佳嬾舉觴持送盤蔬還會否與公新釀鬬端方

出都

重入修門甫歲餘又攜琴劒返江湖乾坤浩浩何由報犬馬區區正自愚緣熟且爲蓮社客伻來喜對艸堂圖西廂屋了吾真足高枕看雲一事無

曾原伯屢勸居城中而僕方欲自梅山入雲門今日病酒偶得長句奉寄

借得僧房似釣船兼旬散髮醉江天酒能作病真如此窮乃工詩却未然閑似白鷗雖自許健如黄犢已無緣秋高更欲移家去先葺雲門屋數椽

村居

富貴功名不擬論且浮舴艋寄煙村生憎快馬隨鞭影寧作癡人記劍痕樵牧相諳欲爭席比鄰漸熟約論婚晨舂夜績吾家舊正要遺風付子孫

看山

小葺茆茨紫翠間今年偷得半年閑門前木落須霜曉且看西南一角山

夏夜泛舟書所見

山房猶復畏炎蒸長掩柴門媿老僧兩槳去搖東浦月一龕同望上方燈驚飛宿鳥時呼侶騰起長魚有脫罾夜半歸來步松影真成赤脚踏層冰

秋陰

陂澤秋容淡郊原曉氣清雨來鳩有語社近燕無情拄杖扶腰痛漁舟照眼明苦吟緣病輟隨意或詩成

盆池

門外江濤湧雪堆埋盆作沼亦何哉兒曹不解渠翁意新脫風波嶮處來

比從人覓酒皆酸薄戲作此詩

酒盡聊憑折簡求不知人要博涼州牆隅棄置空三

數露下螢飛奈此秋

買魚

臥沙細肋何由得出水纖鱗却易求一夏與僧同粥

飯朝來破戒醉新秋

又

兩京春薺論斤賣江上鱸魚不直錢斫膾擣齏香滿

屋雨窗喚起醉中眠

秋雨

漫道秋來雨那無一日晴只供高枕臥不放小窗明

書冊頻開闔山瓢任濁清長年諳世味不是故逃名

晨起偶題

城遠不聞長短更上方鐘鼓自分明幽居不負秋來

睡末路偏諳世上情大事豈堪重破壞窮人難與共

功名風爐歙鉢生涯在且試新寒芋糝羹

悲秋

煙艸淒迷八月秋荒村絡緯戒衣裘道人大欠修行力平地閑生爾許愁

寄張眞父舍人

諸公方袞袞無地著斯人萬里夔州守中朝禁省臣孤帆秋上峽五馬曉班春想見懷明主登臨白髮新

又

天上紫微省鷺花繞直廬逢時身鼎貴憂國鬢先疎顑頷元當棄牽聯也得書猶能下榻否擬卜瀼西居

幽居

翳翳桑麻巷幽幽水竹居紉縫一獠婢樵汲兩蠻奴雨挾清砧急籬懸野蔓枯鄰村有鷄子吾敢歎空無

法寶璉師求竹軒詩

南軒竹色映谿光不減吾州五月涼猶恨秋來鷗鷺少須君更爲築橫塘

欲遊五峯不果往小詩寄瑩老

東來恨不見湯休千首清詩儻許求要與茶山燈下讀莫令侍者作蠅頭 茶山老人謂曾待制

謝王彥光提刑見訪并送茶

邇英帷幄舊儒臣肯顧荒山野水濱不怕客嘲輕薄尹要令我識老成人颿同鼓轉東城莫酒冽橙香一笑新遙想解酲須底物隆興第一壑源春

送查元章赴夔漕

柳色西門路看公上馬時亦知非久別不奈自成悲白髮劉賓客青衫杜拾遺分留端有待剩賦竹枝詞

逍遙

臺省諸公日造朝放慵別駕媿逍遙州如斗大真無事日抵年長未易消午坐焚香常寂寂晨興署字亦寥寥時平更喜戈船靜閑看城邊帶雨潮

病中簡仲彌性唐克明蘇訓直

移疾還家暫曲肱依然耐久北窗燈心如澤國春歸雁身是雲堂日過僧細雨佩壺尋廢寺夕陽下馬弔

荒陵小留莫厭時追逐勝社年來冷欲冰 三君皆有歸志故云

送王景文

張公遂如此海內共悲辛逆虜猶遺種皇天奪老臣深知萬言策不愧九原人 君近嘗奏策 風雨津亭莫辭君淚滿巾

送呂彥升參謀

楚塞蕭條久宿師參謀承詔上丹墀苦言到口真當發聖度如天莫自疑萬里寄聲長不達一尊相屬豈前期遙憐霜曉朝衣冷深愧江城睡足時

无咎郡齋燕集有詩末章見及敬次元韻

城樓畫角吹晚晴梅花墮地艸欲生綺盤翠杓春滿眼我胡不樂君將行君歸吾黨共增氣往往怪我衰涕橫我來江干交舊少見君不啻河之清北風共愛地爐暖西日同賞油窗明微吟劇醉不知倦坐閱漢臘逾周正君文雄麗擅一世凜凜武庫藏五兵酸寒

如我每自笑顧辱刻畫爲虛聲乃知好士如好色遇
合不必皆傾城君方與世作水鏡如此過許人將驚
千金敝帚有定價周玉鄭鼠難强名失言譏罰不可
緩敬白府主浮金觥君看失脚落塵土豈復毫髮餘
詩情自傷但似路旁堠雨剝風摧供送迎

次韻无咎別後見寄

平日盃行不解辭長亭況是送君時幾行零落僧窗
字何限流傳樂府詩歸思恰如重醞酒歡情略似欲
殘棋龍蛇飛動無由見坐媿文園屬思遲 詩來彌月乃能和答故云

晚泊慈姥磯下二首

山斷峭崖立江空翠靄生漫多來往客不盡古今情
月碎知流急風高覺笛清兒曹笑老子不睡待潮平

又

慈姥磯頭月纖纖照酒盃素秋風露重久客鬢毛催
宿鳥驚還定飛螢闔復開平生四方志老去轉悠哉

七月十四夜觀月

不復微雲滓太清浩然風露欲三更開簾一寄平生快萬頃空江著月明

夜宿陽山磯將曉大雨北風甚勁俄頃行三百餘里遂抵雁翅浦

五更顛風吹急雨倒海翻江洗殘暑白浪如山潑入船家人驚怖篙師舞此行十日苦滯留我亦蘆叢厭鳴艣書生快意輕性命十丈蒲帆百夫舉星馳電騖三百里坡隴聯翩雜平楚船頭風浪聲愈厲助以長笛撾鼉鼓豈惟澎湃震山嶽直恐澒洞連后土起看草木盡南靡水鳥號鳴集洲渚稽首龍公謝風伯區區未禱煩神許應知老去負壯心戲遣窮途出豪語

望江道中

吾道非邪來曠野江濤如此去何之起隨烏鵲初翻後宿及牛羊欲下時風力漸添帆力健艣聲常雜雁聲悲晩來又入淮南路紅樹青山合有詩

秋夜讀書每以二鼓盡爲節

腐儒碌碌歎無奇獨喜遺編不我欺白髮無情侵老境青燈有味似兒時高梧策策傳寒意疊鼓鼕鼕迫睡期秋夜漸長飢作祟一盃山藥進瓊糜

往在都下時與鄒德章兵部同居百官宅無日不相從僕來佐豫章而德章亦謫高安感事述懷作歌奉寄

巷南巷北秋月明東家西家讀書聲官閑出局各無事冷落往往思同盟出門相尋索一笑亦或邂逅因俱行黃中掀髯語激烈韶美堅坐書縱橫子充清言喜置酒赤梨綠柿相扶檠寒燈耿耿地爐暖宮門風順聞疎更故交一作霜葉散外物已付秋毫輕兩窮相遭世果有我與鄒子俱南征豫章高安本一郡挂帆起柂無三程簿書衮衮不少借懷抱鬱鬱何由傾明年君歸我亦去早卜三畝開柴荊軟紅舊路莫重蹋二升脫粟同煨鐺

寄答綿州楊齊伯左司

磊落人爲磊落州滕王閣望越王樓欲憑夢去直虛語賴有詩來寬旅愁我老一官書紙尾君行千騎試遨頭遙知小寄平生快春酒如川炙萬牛

送全州趙都曹

霜葉無停聲脂車有行色正悲南浦秋又送淸湘客啼飢兒頰紅待養親髮白努力事上官世路日已迫

病中作

豫章瀕大江氣候頗不令孟冬風薄人十室八九病外寒客肺胃下溼攻脚脛俗巫醫不藝嗚呼安託命我始屛藥囊治疾以淸靜幻妄消六塵虛白全一性三日體遂輕成此不戰勝長年更事多苦語君試聽

夜夢從數客雨中載酒出遊山川城闕極雄麗云長安也因與客馬上分韻作詩得遊字

有酒不謀州能詩自勝侯但須繩繫日安用地埋憂射雉侵星出看花秉燭遊殘春杜陵雨不恨溼貂裘

去年余佐京口遇王嘉叟從張魏公督師過焉魏公道免相嘉叟亦出守莆陽近辱書報魏公已葬衡山感歎不已因用所遺柱頰亭詩韻奉寄

河亭挐手共徘徊萬事寧非有數哉黃閣相君三黜去青雲學士一麾來中原故老知誰在南嶽新丘共此哀火冷夜窗聽急雪相思時取近書開

自詠示客

衰髮蕭蕭老郡丞洪州又看上元燈羞將枉直分尋尺寧走東西就斗升吏進飽諳箝紙尾客來苦勸摸牀稜歸裝漸理君知否笑指廬山古澗藤廬山僧近寄藤杖甚奇

醉中歌

吾少貧賤真臞儒貪食嗜味老不除折腰斂版日走趨歸來聊以醉自娛長缾巨榼羅盃盂不須漁翁勸三閭牛尾膏美如凝酥猫頭輪囷欲專車黃雀萬里

行頭顱白鵝作鮓天下無潯陽糖蟹徑尺餘吾州之蓴尤嘉蔬珍盤餖飣百味俱不但項臠與腹腴悠然一飽自笑愚顧爲口腹勞形軀投劾行矣歸園廬莫厭糲飯嘗黃葅

寄陶茂安監丞

永州太守鬢毛殘矍鑠猶能起據鞍徵士雖思賦松菊隱居未可挂衣冠功名夢境元非實歌舞山城且自寬也勝鍾陵窮別駕閉門無客遣憂端

燒香

茹芝却粒世無方隨食江湖每自傷千里一身鳧泛泛十年萬事海茫茫春來鄉夢憑誰說歸去君恩未敢忘一寸丹心幸無愧庭空月白夜燒香

寒食臨川道中

百卉千花了不存墮溪飛絮看無痕家人自作清明節老子來穿綠暗村日落啼鴉隨野祭雨餘荒蔓上頹垣道邊醉飽休相避作吏堪羞甚乞墦

上巳臨川道中

二月六夜春水生陸子初有臨川行溪深橋斷不得渡城近臥聞吹角聲三月三日天氣新臨川道中愁殺人纖纖女手桑葉綠漠漠客舍桐花春平生怕路如怕虎幽居不省遊城府鶴軀苦瘦坐長飢龜息無聲惟默數如今自憐還自笑斂版低心事年少儒冠未恨終自誤刀筆最驚非素料五更欹枕一悽然夢裏扁舟水接天紅蕖綠芰梅山下白塔朱樓禹廟邊

寄別李德遠

蕭蕭風雨臨川驛邂逅連床若有期自起挑燈貪夜話疾呼索飯療朝飢 皆記前日相從時事 即今明月共千里已占深林巢一枝惜別自嫌兒女態夢騎羸馬度芳陂 德遠所居名秫陂

又

李侯不恨世賣友陸子那須錢買山出牧君當千里去歸耕我判一生閑中原亂後儒風替黨禁興來士

氣孱復古主盟須老手勉追慶曆數公間

初夏道中

桑間葚熟麥齊腰鸎語惺憁野雉驕日薄人家曬蠶子雨餘山客買魚苗豐年隨處俱堪樂行路終然不自聊獨喜此身強健在又搖團扇著絺蕉

示兒子

父子扶攜返故鄉欣然擊壤詠陶唐墓前自誓寧非隘澤畔行吟未免狂雨潤北窗看洗竹霜清南陌課剝桑秋毫何者非君賜回首修門敢遽忘

重五同尹少稷觀江中競渡

楚人遺俗閱千年簫鼓喧呼鬬畫船風浪如山鮫鱷橫何心此地更爭先

過玉山辱芮國器檢詳留語甚勤因寄此詩兼呈韓无咎右司

遼東歸老白襦帬名字何堪遺世聞便便謂與公長契闊不知留語故慇懃詩章有便猶應寄祿米無多切

莫分 舊見檢詳俸甚薄故有此戲 倘見右司煩說似每因
風月愴離羣
隨意
隨意上漁舟幽尋不預謀清溪欣始泛野寺憶前遊
豐歲雞豚賤霜天柿栗稠餘生知有幾且置萬端憂
寄龔實之正言
臺省諸公歲歲新平生敬慕獨斯人山林不恨音塵
遠夢寐時容笑語親學道皮膚雖脫落憂時肝膽尚
輪囷至和嘉祐須公了乞向升平作幸民
遊山西村
莫笑農家臘酒渾豐年留客足雞豚山重水複疑無
路柳暗花明又一村簫鼓追隨春社近衣冠簡朴古
風存從今若許閑乘月拄杖無時夜叩門
觀村童戲溪上
雨餘溪水掠堤平閑看村童戲晚晴竹馬踉蹡衝淖
去紙鳶跋扈挾風鳴三冬暫就儒生學 村人惟冬三月

遣兒童入小學　千耦還從父老耕識字粗堪供賦役不須辛苦慕公卿

雨霽出遊書事

十日苦雨一日晴拂拭拄杖西村行清溝泠泠流水細好風習習吹衣輕四鄰蛙聲已閣閣兩岸柳色爭青青辛夷先開半委地海棠獨立方傾城春工遇物初不擇亦秀燕麥開蕪菁薺花如雪又爛熳百草紅紫那知名小魚誰取置道側細柳穿頰危將烹欣然買放寄吾意草萊無地蘇疲氓

殘春

殘春醉著釣魚菴花雨娛人落半巖豈是天公無皂白獨悲世俗異酸鹹妄身似夢行當覺談口如狂未易緘已作沉舟君勿歎年來何止閱千帆

家園小酌

旋作園廬指顧成柳陰已復著啼鶯百年更把幾盃酒一月元無三日晴鷗鷺向人殊耐久山林與世本

無營小詩漫付兒曹誦不用韓公説有聲

又

滿林春筍生無數竟日鸕鷀來百回衣上塵埃真一洗酒邊懷抱得頻開池魚往者憂奇禍社櫟終然幸散材世事紛紛心本嬾閉門豈獨畏嫌猜

寄王嘉叟吏部

宿負煩公議隆寬荷聖時江湖真送老藥餌且扶衰撫事驚年往懷人有夢知敢嗟貧到骨飲水誦君詩

嘉叟有漁隱堂詩

夜讀隱書有感

平生志慕白雲鄉俯仰人間每自傷倦鶴摧頹寧望料寒龜蹷縮且支牀力探鴻寶尋奇訣剩采青精試祕方常鄙臞仙老山澤要令仰首看飛翔

上虞逆旅見舊題歲月感懷

舴艋爲家東復西今朝破曉下前溪青山缺處日初上孤店開時鷺亂啼倦枕不成千里夢壞牆閑覓十

年題漆園傲吏猶非達物我區區豈足齊
舜廟懷古
雲斷蒼梧竟不歸江邊古廟鎖朱扉山川不爲興亡
改風月應憐感慨非孤枕有時鶯喚夢斜風無賴客
添衣千年回首消磨盡輸與漁舟送落暉
題十八學士圖
隋日昏曀東南傾雷塘風吹草木腥平時但忌黑色
兒不知乃有虬鬚生晉陽龍飛雲滃滃關洛萬里卽
日平東征歸來脫金甲天策開府延豪英琴書閑暇
永清晝簪履光彩明華星高參伊呂列佐命下者才
氣猶崢嶸但餘一恨到千載高陽繆公來竄名老奸
得志國幾喪李氏誅徙連孤嬰向令亟念履霜戒危
亂安得存勾萌衆賢一倖禍尚爾掩卷涕淚臨風橫
統分稻晚歸
出裏一簞飯歸收百把禾勤勞解堪忍餘暇更吟哦
歲惡增吾困家貧賴汝多村醪莫辭醉羹芋學岷峩

是日作芋羹

又

薄酒不自酌夕陽須汝歸橘包霜後美豆莢雨中肥
路遠應加飯天寒莫減衣老懷憂自切道眼看皆非

衰病

衰病不淚出閉門煙雨中葦花添絮暖葑火試爐紅
湖村釆老葑作火甚妙 仕宦螘窠夢功名馬耳風山翁但
更事人看作神通

又

病除猶老健雨止得冬晴覓句嗟心在鈔書試眼明
朝寒添布褐晚步出柴荆外慕終無益兒曹且力耕

霜風

十月霜風吼屋邊布裘未辦一銖綿豈惟飢索隣僧
米真是寒無坐客氈身老嘯歌悲永夜家貧撑拄過
凶年丈夫經此寧非福破涕燈前一粲然

小酌

槃箸貧猶設杯盂老更躭宗文樹雞柵靈照挈蔬籃徑醉眼花亂高眠鼻息酣覺來寒日晚落葉擁茆菴

十月苦蠅

村北村南打稻忙浮雲吹盡見朝陽不宜便作晴明看撲面飛蠅未退藏

又

十月江南未擁爐癡蠅擾擾莫嫌渠細看豈是堅牢物付與清霜爲掃除

了頭巖見周洪道以進士入都日題字

烏巾白紵蹋京塵瑤樹瓊林照路人西省歸來名蓋代兩行墨色尚如新

獨學

師友彫零身白首杜門獨學就誰評秋風棄扇知安命小炷留燈悟養生踵息無聲酣午枕舌根忘味美晨烹少年妄起功名念豈信身閑心太平 黃庭經閑暇無事心太平

霜月

枯草霜花白寒窗月影新驚鴉時繞樹吠犬遠隨人出仕讒銷骨歸耕病滿身世間輸壞衲切莫勸冠巾

寄黃龍升老

讀書萬卷裂儒衣黃金可成棄不爲快哉天馬不可羈開口便呼臨濟兒諸方蹴蹋莫支持吾州一老偶得之 升嗣佛智裕公 閉門夜付僧伽黎明日聲價羽檄馳弟子不必不如師黃龍所立尤瑰奇空山鬼火號狐狸築屋千礎食萬緇癡人不解公遊嬉嫉怒欲碎門前碑世衰道喪士自欺山林亦復踐騶機長謠寄公公試思吾輩救此當何施

贈進賢劉令

簿領塵埃裏超然見鳳麟性疎忘顧忌學大有經綸正論雖頻接高標豈易親向來相識晩吾黨欠斯人

書室名可齋或問其義作此告之

得福常廉禍自輕坦然無媿亦無驚平生祕訣今相

付只向君心可處行

寄訓楊齊伯少卿

楊卿人材金百鍊岐公座上初識面十年萬事不須說猶喜歸來且强健題詩想見初削瓜寄到茆堂已歸燕辭嚴意密敢輕讀呼兒炷燈重把卷卽今相望幾千里何日蟬聯語忘倦就令有使卽寄書豈如無事長相見

劍南詩稿卷第一終

劍南詩稿目錄

卷第二

而歸

十二月十九日晚巫山送客歸回望西寺小閣縹緲可愛遂與趙郭二教授同遊抵夜乃還楚鄉偶得長句呈二君

劍南詩稿卷第二

宋　陸游　務觀

自笑

自笑平生醉後狂千鍾使氣少年場那知病葉先摧落却羨寒龜巧縮藏藥物及時希老健山家隨日了窮忙凶年坐待新春麥莫厭清吟雪夜長

夜聞松聲有感

清晨放船落星石大風吹颿如箭激回頭已失廬山雲却上吳城觀落日夜深龍歸擘祠門入木數寸留爪痕明朝就視心尚慄腥風卷地雷霆奔歸船買酒持自慰性命平生驚屢戲固知神怒有定時波紋蹙作魚鱗細如今衰病臥林坰霜覆茆簷月滿庭松聲驚破三更夢猶作當時風浪聽　余丙戌七月自京口移官豫章冒風濤自星子解舟不半日至吳城山小龍廟

十二月一日

病愈都忘老晴和已似春畦蔬青長甲塘水綠生鱗酒盌論交密丹爐作夢新窮居那敢恨幸遠庾公塵

又

東風吹斗柄暖律變嚴凝草色迷殘燒溪流帶斷冰兒書春日牓女翦上元燈莫笑蒲龕睡山翁怯歲增

春日

老夫一臥三山下兩見城門送土牛貧舍春盤還草草莫年心事轉悠悠湖光漲綠分煙浦柳色搖金映市樓藥餌及時身尚健無風無雨且閑遊

又

久抛朝幘懶重彈華髮蕭然二寸冠不恨凄涼侵晚境猶能語笑向春盤銀盃酒色家家綠箬笠煙波處處寛一片梅花無復在却嫌新煖換餘寒

僧房假榻

過盡青山喚渡船晚窗洗脚臥僧氈剩償平日清遊

願更結來生熟睡緣吞啄漸稀如老鶴鳴聲已斷似寒蟬旁觀莫苦嘲癡鈍此妙吾宗祕不傳

聞雨

慷慨心猶壯蹉跎鬢已秋百年殊鼎鼎萬事秖悠悠不悟魚千里終歸貉一丘夜闌聞急雨起坐涕交流

休日有感

少年從宦地休日喜無涯坐上强留客街頭旋買花開軒催汎掃脫帽共諠譁村巷朋遊絕逢春秖自嗟

題徐子禮宗丞自覺齋

末俗紛紛只自謾惟公肯向靜中觀閒看此事從何得正自它人著力難茶熟松風生石鼎香殘雲縷遶蒲團江湖多少癡禪衲蹋破青鞵覓話端

送張叔潛編修造朝

此士名高北斗南眼中獨許我同參匆匆却作臨分恨一月何曾笑二三

又

簡牘清閒勝技癢題詩應肯寄夔州東廚羊美聊堪飽北面鈴稀莫强愁 東廚密院廚也烹羊最珍北面房行邊事每聞鈴聲馳至則知有警

又

北窗銅碾破雲腴捫腹翛然一事無安用雁行排院吏正須魚貫看胡奴 院吏視屬官倨甚每軍中解降胡至密院屬官先見之

又

芒屩年來漸嬾穿閉門日日只高眠今朝出送張夫子借得南隣放鴨船

有感

雲崦重重不易尋庖廚性命走山林但令有月同幽夢更用何人識苦心流輩漸稀知死近鬢毛無色覺愁侵平生自許忘情者頗怪燈前感慨深

澗松

藥出山來爲小草楸成樹後困長藤澗松鬱鬱何勞

歎却是人間奈廢興

將赴官夔府書懷

病夫喜山澤抗志自年少有時緣竈飢妄出丐鶴料亦嘗廁朝紳退懦每自笑正如怯酒人雖愛不敢釂一從南昌免五歲嗟不調朝廷每哀矜幙府誤辟召終然斂孤迹萬里遊絕徼民風雜莫徭封域近無詔淒涼黃魔宮峭絕白帝廟又嘗聞此邦野陋可嘲誚通衢舞竹枝譙門對山燒浮生一夢耳何者可慶弔但愁癭纍纍把鏡羞自照夔民多癭無者十財一二耳

送芮國器司業

此心知我豈非天雙鬢皤然氣浩然曾見灰寒百僚底真能山立萬夫前洛城霜重聽宮漏霅水雲深著釣船拈起吾宗安樂法人生何處不隨緣

又

往歲淮邊虜未歸諸生合疏論危機人材衰靡方當慮士氣崢嶸未可非萬事不如公論久諸賢莫與衆

心違還朝此役宜先及豈獨遺經賴發揮

春陰

春風浩蕩作春陰弱燕歸來不自禁白塔昏昏纔半露青山淡淡欲平沉裘茸細雨初驚溼屐齒新泥忽已深直怕樓高生客恨不因病起倦登臨

投梁參政

浮生無根株志士惜浪死雞鳴何預人推枕中夕起游也本無奇腰折百僚底流離鬢成絲悲咤淚如洗殘年走巴峽辛苦爲斗米遠衝三伏熱前指九月水回首長安城未忍便萬里袖詩叩東府再拜求望履平生實易足名幸汚黃紙但憂死無聞功不挂青史頗聞匈奴亂天意殄蚩豕何時嫖姚師大刷渭橋恥士各奮所長儒生未宜鄙覆氈草軍書不畏寒墮指

宿楓橋

七年不到楓橋寺客枕依然半夜鐘風月未須輕感慨巴山此去尚千重

晚泊

半世無歸似轉蓬今年作夢到巴東身遊萬死一生地路入千峯百嶂中鄰舫有時來乞火叢祠無處不祈風晚潮又泊淮南岸落日啼鴉戍堞空

金山觀日出

繫船浮玉山清晨得奇觀日輪擘水出始覺江面寬遙波蹙紅鱗翠靄開金盤光彩射樓塔丹碧浮雲端詩人窘筆力但詠秋月寒何當羅浮望湧海夜未闌

吊李翰林墓

飲似長鯨快吸川思如渴驥勇犇泉客從縣令初何有醉忤將軍亦偶然駿馬名姬如昨日斷碑喬木不知年浮生今古同歸此回首桓公亦故阡 桓溫冢亦在當塗

雨中泊趙屯有感

歸燕羈鴻共斷魂荻花楓葉泊孤村風吹暗浪重添纜雨送新寒半掩門魚市人煙橫慘淡龍祠簫鼓鬧

黃昏此身且健無餘恨行路雖難莫更論

黃州

局促常悲類楚囚遷流還歎學齊優江聲不盡英雄恨天意無私草木秋萬里羈愁添白髮一帆寒日過黃州君看赤壁終陳迹生子何須似仲謀

武昌感事

百萬呼盧事已空新寒擁褐一衰翁但悲鬢色成枯艸不恨生涯似斷蓬煙雨凄迷雲夢澤山川蕭瑟武昌宮西遊處處堪流涕撫枕悲歌興未窮

夜思

露泣啼螿草潮生宿雁汀經年寄孤舫終夜託丘亭楚澤無窮白巴山何處青四方男子事不敢恨飄零

哀郢

遠接商周祚最長北盟齊晉勢爭强章華歌舞終蕭瑟雲夢風煙舊莽蒼草合故宮惟雁起盜穿荒冢有狐藏離騷未盡靈均恨志士千秋淚滿裳

又

荆州十月早梅春徂歲真同下阪輪天地何心窮壯士江湖從古著羈臣淋漓痛飲長亭莫慷慨悲歌白髮新欲吊章華無處問廢城霜露溼荆榛

江陵道中作

山川雜吳楚氣候接秋冬水落魚可拾霜清裘欲重鄉遙歸夢短酒薄客愁濃白帝何時到高吟酹臥龍

石首縣雨中繫舟戲作短歌

庚寅去吳西適楚秋晚孤舟泊江渚荒林月黑虎欲行古道人稀鬼相語鬼語亦如人語悲楚國繁華非昔時章華臺前小家住茆屋雨漏秋風吹悲哉秦人真虎狼欺侮六國囚侯王亦知興廢古來有但恨不見秦先亡開窗酹汝一盃酒等爲亡國秦更醜驪山冢破已千年至今過者無傷憐

初寒

船尾寒風不滿旗江邊叢祠常掩扉行人畏虎少晨

起舟子捕魚多夜歸茆葉翻翻帶宿雨葦花漠漠弄
斜暉傷心到處聞碪杵九月今年未授衣

醉歌

老夫檣竿插蒼石水落岸沙痕數尺江南秋盡未搖
落槲葉離離楓葉赤楚人自古多悲傷道傍行歌猶
感激野花碧紫亦滿把澗果青紅正堪摘客中得酒
薄亦好江頭爛醉真不惜千古興亡在目前鬱鬱關
河含暝色飢鴻垂翅掠舟過此意與我同悽惻三撫
闌干恨未平月明正照顏烏幘

秋風

秋風吹客檣節物歎遐方歲事忽云莫吾行殊未央
霜清漢水綠日落楚山蒼此去三巴路無猿亦斷腸

塔子磯

塔子磯前艇子橫一窗秋月爲誰明青山不減年年
恨白髮無端日日生七澤蒼茫非故國九歌哀怨有
遺聲古來撥亂非無策夜半潮平意未平

照江丹葉一林霜折得黃花更斷腸商略此時須痛
飲細腰宮畔過重陽

重陽

早寒

沔鄂猶殘暑荆巫已早寒潦收灘正白霜重葉初丹
節物元非惡情懷自鮮歡莫年更世事唯有醉江干

公安

地曠江天接沙隤市井移避風留半日買米待多時
蝶冷停菰葉鷗馴傍艣枝昔人勳業地搔首歎吾衰

縣有呂子明舊城

沙頭

游子行愈遠沙頭逢莫秋孫劉鼎足地荆益犬牙州
鼓角風雲慘江湖日夜浮此生應衮衮高枕看東流

大寒出江陵西門

平明羸馬出西門淡日寒雲久吐吞醉面衝風驚易
醒重裘藏手取微温紛紛狐兔投深莽點點牛羊散

遠村不爲山川多感慨歲窮遊子自消魂

江夏與章冠之遇別後寄贈

騎鶴仙人不可呼一樽猶得與君俱未應湖海無豪士長恨乾坤有腐儒壯歲光陰隨手過晚途衰病要人扶淒涼江夏秋風裏况見新豐舊酒徒

題江陵村店壁

青斾三家市黃茆十里岡蓬飛風浩浩塵起日茫茫馳騁多從獸鉏耰少破荒行人相指似此路走襄陽

馬上

燈前薄飦陳鹽虀帶睡强出行江隄五更落月移樹影十月清霜侵馬蹄荒陂嗢嗢已度雁小市喔喔初鳴雞可憐萬里覓歸夢未到故山先自迷

水亭有懷

漁村把酒對丹楓水驛憑軒送去鴻道路半年行不到江山萬里看無窮故人草詔九天上老子題詩三峽中笑謂毛錐可無恨書生處處與卿同

移船

沙際舟銜尾相依作四鄰莫年多感慨分路亦酸辛
折竹占行日吹簫賽水神無勞問亭驛久客自知津

將離江陵

莫莫過渡頭旦旦走隄上舟人與關吏見熟識顏狀
癡頑久不去常恐遭誚讓昨日倒檣千今日聯百丈
買薪備雨雪儲米滿瓶盎明當遂去此障袂先側望
卽今孟冬月波濤幸非壯潦收出奇石霧卷見疊嶂
地嶮多崎嶇峽東少平曠從來樂山水臨老愈跌宕
皇天憐其狂擇地令自放山花白似雪江水綠於釀
竹枝本楚些妙句寄悽愴何當出清詩千古續遺唱

六言

三巴亦有何好萬里翩然獨尋本意爲君說破消磨
夢境光陰

江上

江上霜寒透客衣閉窗羸臥不支持羈孤形影真相

弔衰颯頭顱已可知潦縮穩經行雨峽竹疏牘見挂猿枝清樽可置須勤醉莫望功名老大時

旅食

霜餘漢水淺野迥朔風寒炊黍香浮甑烹蔬綠映盤心安失粗糲味美出艱難惟恨虛捐日無書得縱觀

滄灘

百夫正讙助鳴艣舟中對面不得語須臾人散寂無譁惟聞百丈轉雨車嘔嘔啞啞車轉急舟人已在沙際立霧斂蘆村落照紅雨餘漁舍炊煙溼故鄉回首已千山上峽初經第一灘少年亦慕宦遊樂投老方知行路難

松滋小酌

西遊六千里此地最淒涼騷客久埋骨巴歌猶斷腸風聲撼雲夢雪意接瀟湘萬古茫茫恨悠然付一觴

晚泊松滋渡口

此行何處不艱難寸寸強弓且旋彎縣近懽欣初得

菜江回徙倚忽逢山繫船日落松滋渡跋馬雲埋瀲灧關未滿百年均是客不須數日待東還

又

小灘拍拍鸕鷀飛深竹蕭蕭杜宇悲看鏡不堪衰病後繫船最好夕陽時生涯落魄惟躭酒客路蒼茫自詠詩莫問長安在何許亂山孤店是松滋

荆門冬夜

常飢龜老欲無腸臥聽寒更自短長香椀得閑聊作伴酒盃因病頗相忘有情窗罅恰通月耐冷艣枝多得霜歷盡風波知險阻平生錯羨捕魚郎

繫舟下牢溪游三游洞二十八韻

舊觀三峽圖常謂非人情意疑天壤間豈有此崢嶸畫師定戲耳聊欲窮丹青西遊過沔鄂莽莽千里平昨日到峽州所見始可驚乃知畫非妄却恨筆未精及茲下牢戍峯嶂畢自呈下入裂坤軸高騫插青冥角勝多列峙擅美有孤撐或如釜上甑或如坐後屏

或如倨而立或如喜而迎或深如螺房或疎如窗櫺峨巍冠冕古婀娜髻鬟傾其間絕出者虎搏蛟龍獰崩崖凜欲墮脩梁架空橫懸瀑瀉無底終古何時盈幽泉莫知處但聞珩珮鳴怪怪與奇奇萬狀不可名久聞三游洞疾走忘病嬰寶穴初漆黑傴僂捫壁行方虞觸蟄蛇瀕見一點明扶接困僮奴恍然出瓶罌穹窿厦屋寬滴乳成微泓題名歐與黃雲蒸蒼蘚平穿林走驚麏拂面逢飛鼪息倦盤石上拾樵置茶鐺長嘯答谷響清吟和松聲辭卑不堪刻猶足寄友生

三游洞前巖下小潭水甚奇取以煎茶

苔逕芒鞵滑不妨潭邊聊得據胡床巖空倒看峯巒影磵遠中含藥草香汲取滿瓶牛乳白分流觸石珮聲長囊中日鑄傳天下不是名泉不合嘗

扇子峽山腹有草閣小亭極幽邃意其非俗人居也

絕境慰人心誰家住玉岑亂雲生翠竇密雪灑青林

高閣臨空豁孤亭隱邃深定知非俗士牓急不容尋

蝦蟆碚

不肯爬沙桂樹邊朶頤千古向巖前巴東峽裏最初峽天下泉中第四泉齧雪飲氷疑換骨掬珠弄玉可忘年清游自笑何曾足疊鼓鼕鼕又解船

黃牛峽廟

三峽東江流崖谷互吐納黃牛不負重雲表恣蹴蹋吳船與蜀舸有請神必答誰憐馬遭耳百歲創未合柂師淚犇走烹彘陳酒榼紛然餕神餘羹臽爭嘬嚃空庭多落葉日莫聲颯颯奇文粲可辨高古篆籀雜村女賣秋茶簪花髻鬟匝襁兒著背上帖妥若在榻山寒雪欲下虎出門早闔我行忽至此臨風久嗚唈

過夷陵適值祈雪與葉使君清飲談括蒼舊游既行舟中雪作戲成長句奉寄

巴楚夷陵酒最醇使君風味更清真少年恨不從豪飲薄宦那知託近隣本擬笙歌娛病客却催雨雪惱

行人朝來凍手題詩寄莫笑攲斜字不勻

泊虎頭灘下

大舟已泊燈火明小舟猶行聞艣聲虎頭崔嵬鹿角横人生實難君勿輕

過東濡灘入馬肝峽

書生就食等犇逃道路崎嶇信所遭船上急灘如退鷁人緣絕壁似飛猱口誇遠嶺青千疊心憶平波綠一篙猶勝溪丁絕輕死無時來往駕艄艚 峽中小船謂之艄艚

新安驛

孤驛荒山與虎鄰更堪風雪暗南津羈遊如此真無策獨立悽然默愴神木盎汲江人起早銀釵簇髻女妝新蠻風弊惡蛟龍横未敢全誇見在身

秭歸醉中懷都下諸公示坐客

長謠爲子說天涯四座聽歌且勿譁蠻俗殺人供鬼祭敗舟觸石委江沙此身長是滄浪客何日能爲飽

暖家坐憶故人空有夢尺書不敢到京華

憩歸州光孝寺寺後有楚冢近歲或發之得寶

玉劍佩之類

秭歸城畔蹋斜陽古寺無僧晝閉房殘珮斷釵陵谷
變苦茆架竹井閭荒虎行欲與人爭路猿嘯能令客
斷腸寂寞倚樓搔短髮剩題新恨付巴娘

飲罷寺門獨立有感

一邑無平土邦人例得窮淒涼遠嫁婦顦顇獨醒翁
今古闌干外悲歡酒醆中三巴不搖落搔首對丹楓
州有屈大夫及明妃祠

泛溪船至巴東

溪船莫嫌迮船迮始相宜兩槳行何駛重灘過不知
荒村寇相縣破屋屈平祠不奈新愁得啼猨挂冷枝

巴東遇小雨

暫借清溪伴釣翁沙邊微雨溼孤篷從今詩在巴東
縣不屬灞橋風雪中

又

西遊萬里亦何爲欲就騷人乞棄遺到此宛然詩不進始知才分有窮時

秋風亭拜寇萊公遺像

江上秋風宋玉悲長官手自葺茅茨人生窮達誰能料蠟淚成堆又一時

又

豪傑何心後世名材高遇事即崢嶸巴東詩句澶州策信手拈來盡可驚

巴東令廨白雲亭

寇公壯歲落巴蠻得意孤亭縹緲間常倚曲闌貪看水不安四壁怕遮山遺民雖盡猶能說老令初來亦愛閑正使官清貧至骨未妨留客聽潺潺

謁巫山廟兩廡碑版甚衆皆言神佐禹開峽之功而詆宋玉高唐賦之妄予亦賦詩一首

真人翳鳳駕蛟龍一念何曾與世同不爲行雲求弭

謗郵因沿水欲論功翱翔想見虛無裏毀譽誰知涸濁中讀盡舊碑成絕倒書生惟慣諂王公

聞猿

瘦盡腰圍不爲詩良辰流落自成衰也知客裏偏多感誰料天涯有許悲漢塞角殘人不寐渭城歌罷客將離故應未抵聞猿恨況是巫山廟裏時

瞿唐行

四月欲盡五月來峽中水漲何雄哉浪花高飛暑路雪灘石怒轉晴天雷千艘萬舸不敢過篙工柂師心膽破人人陰拱待勢衰誰敢輕行犯奇禍一朝時去不自由山腹空有沙痕留君不見陸子歲莫來夔州瞿唐峽水平如油

入瞿唐登白帝廟

曉入大谿口是爲瞿唐門長江從蜀來日夜東南犇兩山對崔嵬勢如塞乾坤峭壁空仰視欲上不可捫禹功何巍巍尚覩鑱鑿痕天不生斯人人皆化魚黿

於時仲冬月水各歸其源灩澦屹中流百尺呈孤根
參差層顛屋邦人祀公孫力戰死社稷宜享廟貌尊
丈夫貴不撓成敗何足論我欲伐巨石作碑累千言
上陳躍馬壯下斥乘騾昏雖慚豪偉詞尚慰雄傑魂
君王昔玉食何至歆雞豚願言采芳蘭舞歌薦清尊

登江樓

已過瞿唐更少留小舩聊繫古夔州 瞿唐關即唐夔州也
簿書未破三年夢杖屨先尋百尺樓日莫雪雲迷峽
口歲窮畬火照關頭野人不解微官縛尊酒應來此
散愁

雪中臥病在告戲作

面裂愁出門指直但藏袖誰云三峽熱有此凜冽候
殷勤愧雪片飛舞爲我壽方驚四山積已見萬瓦覆
豈惟寒到骨遂覺疾在脥地爐熾薪炭噤坐連昏晝
梅花真强項不肯落春後俗人愛桃李苦道太疏瘦
清芬終見賞此事非速售已矣吾何言高枕聽簷溜

雪晴

臘盡春生白帝城俸錢雖薄勝躬耕眼前但恨親朋少身外元知得喪輕日映滿窗松竹影雪消竝舍烏烏聲老來莫道風情減憶向煙蕪信馬行

玉笈齋書事

莫笑新霜點鬢鬚老來却得少工夫晨占上古連山易夜對西真五嶽圖叔夜曾聞高士嘯孔賓豈待異人呼眉間喜色誰知得今日新添火四銖

又

雪霽茆堂鐘磬清晨齋枸杞一杯羹隱書不厭千回讀大藥何時九轉成孤坐月魂寒徹骨安眠龜息浩無聲剩分松屑爲山信明日青城有使行 時傳道人欲歸青城

記夢

夢裏都忘困晚途縱橫艸疏論遷都不知盡挽銀河水洗得平生習氣無

瀼西

千載瀼西路今年著腳行匆匆衰已具渺渺恨難平

山寺

絶壁猿啼雨深枝鵲報晴亦知憂吏責未忍廢詩情

籃輿送客過江村小寺無人半掩門古佛負牆塵漠漠孤燈照殿雨昏昏喜投禪榻聊尋夢嬾爲啼猿更斷魂要識人間盛衰理岸沙君看去年痕 峽漲時水高數十丈至冬盡落

蹋磧

鬼門關外逢人日蹋磧千家萬家出竹枝慘慼雲不動劍器聯翩日將夕行人十有八九瘦見慣何曾羞顧影江邊沽酒沙上卧峽口月出風吹醒人生未死信難知顑頷夔州生鬢絲何日畫舡搖桂檝西湖却賦探春詩

寒食

峽雲烘日欲成霞瀼水生紋淺見沙又向蠻方作寒

食强持巵酒對梨花身如巢燕年年客心羡游僧處處家賴有春風能領略一生相伴遍天涯

晚晴書事呈同舍 以下十七首皆試院作

魚復城邊夕照紅物華偏解惱衰翁巴鸎有恨啼芳樹野水無情入故宮許國漸疎悲壯志讀書多忘媿新功因君共語增惆悵京洛交遊欲半空

鄉中每以寒食立夏之間省墳客夔適逢此時悽然感懷

松陰繫馬啓朱扉粔籹青紅正此時守墓萬家猶有日及親三釜永無期詩成謾寫天涯感淚盡何由地下知富貴賤貧俱有恨此生長廢蓼莪詩

又

手持綠酒酹蒼苔今歲何由疋馬來清淚不隨春雨斷孤吟欲和莫猿哀皂貂破獘歸心切白髮悽涼老境催誓墓只思長不出松門日日手親開

試院春晚

病思蕭條掩綠罇閑坊寂歷鎖朱門故人別久難尋
夢遠客愁多易斷魂漫漫晚花吹瀼岸離離春艸上
宮垣此生飄泊何時已家在山陰水際村

倚闌

故山未敢說歸期十口相隨又別離小雨初收殘照
晚闌干西角立多時

自詠

朝衣無色如霜葉將奈雲安別駕何鐘鼎山林俱不
遂聲名官職兩無多低昂未免聞雞舞慷慨猶能擊
筑歌頭白伴人書紙尾只思歸去弄煙波

午興

漸轉廊腰日徐來峽口風飧漿便北客淖粥稱衰翁
槐晚纖纖綠榴殘續續紅責輕仍飽食三歎愧無功

風雨中望峽口諸山奇甚戲作短歌

白鹽赤甲天下雄拔地突兀摩蒼穹凜然猛士撫長
劍空有豪健無雍容不令氣象少渟滀常恨天地無

全功今朝忽悟始歎息妙處元在煙雨中太陰殺氣横慘澹元化變態含空濛正如奇材遇事見平日乃與常人同安得朱樓高百尺看此疾雨吹横風

夜坐庭中

人靜風褰幔更闌露泫衣暗窗飢鼠齧空廡冷螢飛歲月背人去鄉閭何日歸脫巾還感歎殘髮不勝稀

新蔬

黃瓜翠苣最相宜上市登盤四月時莫擬將軍春薺句兩京名價有誰知

初夏懷故山

鏡湖四月正清和白塔紅橋小艇過梅雨晴時插秧鼓蘋風生處采菱歌沉迷簿領吟哦少淹泊蠻荒感慨多誰謂吾廬六千里眼中歷歷見漁蓑

初夏新晴

曲徑泥新晚照明小軒纔受一床横翩翩乳燕穿簾影蔌蔌新篁解籜聲藥物屏除知病減夢魂安穩覺

心平深居不恨無來客時有山禽自贊名

定拆號日喜而有作

小雨如絲落復收悄無人語但鳴鳩挽鬚預想諸兒喜倒指猶爲五日留滿案堆書惟引睡侵天圍棘不遮愁爲農父子長相守誤計隨人學宦遊

睡起 時閉試院中已月餘矣

深閉重門謝簿書日長添得睡工夫水紋竹簟涼如洗雲碧紗幮薄欲無半吐山榴看著子新來梁燕見將雛夢回茗椀聊須把自掃桐陰置瓦爐

四月二十九日作

假館猶三日還家甫四旬昏眸雲霧隔衰鬢雪霜新尊酒雖慵近 病目止酒 囊詩卻未貧但愁門有客流汗強冠巾

苦熱

萬瓦鱗鱗若火龍日車不動汗珠融無因羽翮氛埃外坐覺蒸炊釜甑中石礀寒泉空有夢冰壺團扇欲

無功餘威向晚猶堪畏浴罷斜陽滿野紅

拆號前一日作

飄零隨處是生涯斷梗飛蓬但可嗟稚子歡迎先入夢從兵結束待還家食眠屢失身多病憂愧相乘髮易華隔日寄聲爲薄具石榴應有未開花

暴雨

風怒欲掀屋雨來如決隄孤燈映窗滅羈鳥就簷棲暑令方炎赫秋聲忽慘悽傳聞漲江水已斷瀼東西

西齋雨後

香椀灰深微炷火茶鐺聲細緩煎湯百年浮世幾人樂一雨虛齋三日涼簾外微風斜燕影池邊殘照斂萱房紗幮石枕蕭然臥付與今宵幽夢長

急雨

陰雲屯硤口急雨過城頭自舫投沙峽青帘捲市樓漂搖爭闔戶壅溢共疏溝抽得驅蠅手題詩慰旅愁

晚晴聞角有感

暑雨初收白帝城小荷新竹夕陽明十年塵土青衫色萬里江山畫角聲零落親朋勞遠夢淒涼鄉社負歸耕議郎博士多新奏誰致當時魯二生

夏夜起坐南亭達曉不復寐

風露青冥近九秋脫巾扶杖冷颼飀曲闌影外巴山月畫角聲中楚塞愁巢燕竝棲高棟穩潛魚時躍小池幽悠然坐待江城曉紅日將昇碧霧浮

夜登白帝城樓懷少陵先生

拾遺白髮有誰憐零落歌詩遍兩川人立飛樓今已矣浪翻孤月尚依然升沉自古無窮事愚智同歸有限年此意淒涼誰共語夜闌鷗鷺起沙邊

假日書事

萬里西來爲一飢坐曹日日汗霑衣但嫌憂畏妨人樂不恨疎慵與世違雕檻迎陽花併發畫梁避雨燕雙歸放懷始得閑中趣下馬何人又叩扉

林亭書事

吏退林亭夏日長烏紗白紵自生涼遶簷密葉帷三面覆水青萍錦一方約束蠻僮收藥富催呼稚子曬書忙平生幽事還拈起未覺巴山異故鄉

又

期會文書日日忙偷閑聊得臥方床花藏密葉多時在風度疎簾特地涼野艇空懷菱蔓滑冰盆誰弄藕絲長角聲喚覺東歸夢十里平湖一草堂 峽中絕無菱藕

遊臥龍寺

曉發魚復走瞿唐沙頭喚渡倚胡床峒人爭趁五更市我亦來追六月涼殘星欲盡尚歷落明河已淡餘蒼茫翻翻林表鴉鵲語渺渺煙邊鷗鷺行過江走馬十五里小寺殘僧真蕞爾投鞭入門爲一笑僻陋稱雄有如此君不見天童徑山金碧浮虛空千衲梵唄層雲中

久病灼艾後獨臥有感

白帝城高莫柝傳幽窗搔首意蕭然江邊雲溼初橫
雁牆下桐疎不庇蟬計出火攻傷老病臥聞鳶墮歎
蠻煙諸賢好試平戎策斂退無心競著鞭

秋晚病起

心靜病良已翛然巾屨輕灰深地爐煖日出紙窗明
宿雨全消瘴新霜賸得晴井梧殊可念無葉送秋聲

秋思

魚復城邊逢雁飛白頭羈客恨依依遠遊眼底故交
少晚歲人間樂事稀雲重古關傳夜柝月斜深巷擣
秋衣官閑況是頻移疾藥鼎熒熒臥掩扉

一病四十日天氣遂寒感懷有賦

幽人病起鬢毛殘硤口樓臺九月寒莫角又催孤夢
斷早霜初染一林丹鄉閭乖隔知誰健懷抱淒涼用
底寬麴米春香雖可醉瀼西新橘尚餘酸

登城

簿領無時了登臨亦快哉樓危壓城起硤迮束江來

病瘴抛書帙思鄉泥酒盃天寒水盡落灩澦已崔嵬

夔州重陽

夔州鼓角晚淒悲恰是幽窗睡起時但憶社醅挼菊蕊敢希朝士賜萸枝山川信美吾廬遠天地無情客鬢衰佳日掩門君莫笑病來紗帽不禁吹

追懷曾文清公呈趙教授趙近嘗示詩

憶在茶山聽說詩親從夜半得玄機常憂老死無人付不料窮荒見此奇律令合時方帖妥工夫深處却平夷人間可恨知多少不及同君叩老師

謝張廷老司理錄示山居詩

顛頷經年客瘴鄉把君詩卷意差强古人三語猶嗟賞況是珠璣滿錦囊

又

老覺人間萬事非但思茆屋映疎籬秋衾已是饒歸夢更讀山居二首詩

秋晴欲出城以事不果

古人已去不可回今人日夜歸泉臺浮生細看只此是到死自苦何爲哉矜名飾詐竟一世忍寒觸熱忘其骸不令金樽映翠杓坐待白骨生蒼苔清秋九月瘴如洗白鹽千仞高崔嵬荒庭落葉不可掃惟有叢菊爭先開瀼西黃柑霜落爪溪口赤梨丹染腮熊肪玉潔美香飯鮓臠花糝宜新醅南窗病起亦蕭散甚欲往探城西梅一官底處不敗意正用此時持事來

南窗

流落逢知少疎慵迕俗多悶拈如意舞狂叩唾壺歌巴酒禁愁得金丹奈老何南窗好風月聊復此婆娑

遣興

酒量愁翻減詩聲老轉低日高羹馬齒霜冷駕雞栖已判功名迕寧論簿領迷賴無權入手軟弱實如泥

九月三十日登城門東望悽然有感

減盡腰圍白盡頭經年作客向夔州流離去國歸無日瘴癘侵人病過秋菊蕊殘時初把酒 病中久止酒秋

末方能少飲　雁行横處更登樓蜀江朝莫東南注我獨胡爲淹此留

初冬野興

闗北闗南霜露寒瀼東瀼西山谷盤簟紋細細吹殘水鼉背時時出小灘衰髪病來無復緑寸心老去尚如丹逆胡未滅時多事却爲無才得少安

東屯呈同遊諸公

十月霜彫楓樹林清溪白石稱幽尋按行老子誅茆地惆悵孤臣許國心走馬平沙嫌路近傳盃小閣喜寒侵也思試索梅花笑凍蕊疎疎欲不禁

别王伯高

冷落何人肯見尋斷弦塵匣愧知音傾家釀酒猶嫌少入海求詩未厭深薄宦簿書常袞袞中年光景易駸駸香匳贈别非無意共約跏趺看此心

書驛壁

猿叫鋪前雪欲作鬼門闗頭路正惡泥深三尺馬蹄

弱霜厚一寸客衣薄朝行過棧莫渡笮夜投破驛火
煜爚人生但要無媿怍萬里竄身元不錯

又

硤中山多甲天下萬嶂千峯通一罅峒民無地習耕
稼射麋捕虎連晝夜女兒薄命天不借青燈獨宿江
邊舍黎明賣薪勿悲咤女生豈有終不嫁

醉中到白崖而歸

醉眼朦朧萬事空今年痛飲瀼西東偶呼快馬迎新
月却上輕輿御晚風行路八千常是客丈夫五十未
稱翁亂山缺處如横綫遥指孤城翠靄中

十二月十九日晚巫山送客歸回望西寺小閣
縹緲可愛遂與趙郭二教授同遊抵夜乃還楚
鄉偶得長句呈二君

送客沙頭落日催遥看重閣更同來清尊與悶都傾
盡 是日所攜酒俱飲盡 倦馬和詩總勒回顑頷遠遊悲
騎省豪華前事記章臺歸時燈火參差晚自脫征衣

拂帽埃

劍南詩稿卷第二終

劍南詩稿目錄

卷第三

能仁院前有石像丈餘蓋作大像時樣也

劍南詩稿卷第三

宋 陸游 務觀

飯三折鋪鋪在亂山中

平生愛山每自歎舉世但覺山可玩皇天憐之足其願著在荒山更何怨南窮閩粵西蜀漢馬蹏幾歷天下半山橫水掩路欲斷崔嵬可陟流可亂春風桃李方漫漫飛棧淩空又奇觀但令身健能强飯萬里只作遊山看

小市

小市門前沙作堤杏花雖落不霑泥客心尚壯身先老江水方東我獨西蹔憩軒窗仍汛掃遠遊書劍亦提攜子規應笑飄零慣故傍茆簷盡意啼

酒無獨飲理

酒無獨飲理常恨欠佳客忽得我輩人豈計晨與夕

少年事虛名歲月駒過隙自從老大來一日亦可惜
糟丘未易辦小計且千石頹然置萬事天地爲幕帟
人生如刀礪磨盡要有日不須荷鍤隨況問幾兩屐

畏虎

滑路滑如苔澀路澀若梯更堪都梁下一雪三日泥
泥深尚云可委身餓虎蹊心寒道上跡魄碎茆葉低
常恐不自免一死均豬雞老馬亦甚畏惛惛不敢嘶
吾聞虎雖暴未嘗窺汝棲孤行莫不止取禍非排擠
彼讒實有心平地生溝谿哀哉馬新息薏苡成珠犀

戲題

走馬平欺刺繡坡放船橫截亂絲渦從來倚箇心平
穩遇險方知得力多

蟠龍瀑布

遠望紛珠纓近觀轉雷霆人言水出奇意使行人驚
人驚我何得定非水之情水亦有何情因物以賦形
處高勢趨下豈樂與石爭退之亦隘人強言不平鳴

古來賢達士初亦願躬耕意氣或感激邂逅成功名

題梁山軍瑞豐亭

我行都梁窘風雪史君喜事能留客瑞豐亭上一尊酒渺渺郊原水初白峽中地褊常苦貧政令愈簡民愈淳本來無事只畏擾擾者才吏非庸人都梁之民獨無苦須晴得晴雨得雨史君心愛稼如雲時上斯亭按歌舞歌闌舞罷史君醉父老羅拜豐年賜聖朝尚實抑虛文縱產芝房非上瑞

馬上

殘年流轉似萍根馬上傷春易斷魂烘煖花無經日蕊漲深水過去年痕迷行每問樵夫路投宿時敲竹寺門不信太平元有象牛羊點點散煙村

鄰山縣道上作

微雨晴時出驛門亂鷽啼處過江村挽花醉袖霑餘馥迎日征鞍借小温客路一身真吊影故園萬里欲招魂鬢毛無色心猶壯藉草悲歌對酒尊

鄰水延福寺早行

化蝶方酣枕聞雞又著鞭亂山徐吐日積水遠生煙淹泊真衰矣登臨獨惘然桃花應笑客無酒到愁邊酒偶盡市酤不可飲

岳池農家

春深農家耕未足原頭叱叱兩黃犢泥融無塊水初渾雨細有痕秧正綠綠秧分時風日美時平未有差科起買花西舍喜成婚持酒東鄰賀生子誰言農家不入時小姑畫得城中眉一雙素手無人識空村相喚看繅絲農家農家樂復樂不比市朝爭奪惡宦遊所得真幾何我已三年廢東作

過廣安弔張才叔諫議

春風疋馬過孤城欲弔先賢涕已傾許國肺肝知激烈照人眉宇尚崢嶸中原成敗寧非數後世忠邪自有評歎息知人真未易流芳遺臭盡書生

果州驛

驛前官路堠纍纍歎息何時送我歸池館鸎花春漸老窗扉燈火夜相依孤鸞怯舞愁窺鏡老馬貪行強受鞿到處風塵常撲面豈惟京洛化人衣

留樊亭三日王覺民檢詳日攜酒來飲海棠下比去花亦衰矣

留落猶能領物華名園又作醉生涯何妨海內功名士共賞人間富貴花

又

石衛尉家錦步障移在樊家園館中醉到花殘呼馬去聊將俠氣壓春風

柳林酒家小樓

桃花如燒酒如油緩轡郊原當出遊微倦放教成午夢宿酲留得伴春愁遠途始悟乾坤大晚節偏驚歲月遒記取晴明果州路半天高柳小青樓

南池 杜詩所謂安知有蒼池萬頃浸坤軸者今已盡廢

二月鸎花滿閬中城南搔首立衰翁數莖白髮愁無

那萬頃蒼池事已空陂復豈惟民食足渠成終助霸圖雄眼前碌碌誰知此漫走叢祠乞歲豐 池上有漢高帝廟

唐長慶中南池新亭碑在漢高帝廟側亭已失所在矣

池廢新亭亦已無遺碑半滅臥春蕪文章綺靡雖非古今代詞人不辦渠

聞杜鵑戲作絶句

半世羈遊厭路岐憑鞍日日數歸期勞君樹杪丁寧語似勸飢人食肉糜

鼓樓鋪醉歌

書生迫飢寒一飽輕三巴三巴未云已北首趨褒斜匈匈出門去裘馬不復華短帽障赤日烈風吹黃沙俶裝先晨雞投鞭後昏鴉壯哉利閬間崖谷何谽谺地荒多牧卒往往聞蘆笳我行春未動原野今無花稚子入旅夢挽鬚勸還家起坐不能寐愁腸如轉車

四方丈夫事行矣勿咨嗟

登慧照寺小閣

少年富貴已悠悠老大功名定有不歲月消磨閱亭傳山川遼邈弊衣裘殺身有地初非惜報國無時未免愁局促每思舒望眼雖非吾土强登樓

春雨

江頭一夜雨曉路無新花我今爲陳人感此重歎嗟羲和挾雨曜疾走不可遮古今俛仰間那暇惜物華

風雨中過龍洞閣

飄然醉袖怒人扶箇裏何曾有畏塗卷地黑風吹慘澹半天朱閣插虛無闌邊歸鶴如爭捷雲表飛仙定可呼莫怪衰翁心膽壯此身元是一枯株

驛舍海棠已過有感

凄涼古驛官道傍朱門沈沈春日長暄妍光景老海棠顛風吹花滿空廊物生榮顇固其常惜哉無與持一觴遊蜂戲蝶空自忙豈知美人在西廂我雖已老

猶能狂屹立爲爾悲悲容光盛時不遇誠可傷零落逢知更斷腸

籌筆驛 有武侯祠堂

運籌陳迹故依然想見旌旗駐道邊一等人間管城子不堪譙叟作降牋

嘉川鋪遇小雨景物尤奇

一春客路厭風埃小雨山行亦樂哉危棧巧依青嶂出飛花併下綠巖來面前雲氣翔孤鳳脚底江聲轉疾雷堪笑書生輕性命每逢險處更徘徊

老君洞 有石刻載唐明皇幸蜀見老君於此

丹鳳樓頭語未終崎嶇蜀道復相逢太清宮闕俱煨燼豈亦南來避賊鋒

大安病酒留半日王守復來招不往送酒解酲因小飲江月館

江驛春酲半日留更煩送酒爲扶頭柳花漠漠嘉陵岸別是天涯一段愁

金牛道中遇寒食

乍換春衫一倍輕況逢寒食十分晴鸎穿驛樹惺憁語馬過溪橋蹀躞行畫柱綵繩喧笑樂豔妝麗服角鮮明誰知此日金牛道非復當時鐵馬聲 紹興初虜大入至金牛而遯

曉發金牛

客枕何時穩怱怱又束裝快晴生馬影新暖拆花房沮水春流綠嶓山曉色蒼阿瞞狼狽地千古有遺傷 自金牛以西皆明皇幸蜀路

山南行

我行山南已三日如繩大路東西出平川沃野望不盡麥隴青青桑鬱鬱地近函秦氣俗豪鞦韆蹴鞠分朋曹苜蓿連雲馬蹄健楊柳夾道車聲高古來歷歷興亡處舉目山川尚如故將軍壇上冷雲低丞相祠前春日莫國家四紀失中原師出江淮未易吞會看金鼓從天下却用關中作本根

南鄭馬上作

南鄭春殘信馬行通都氣象尚崢嶸迷空游絮憑陵去曳綫飛鳶跋扈鳴落日斷雲唐闕廢德宗詔山南比兩京淡煙芳草漢壇平近郊有韓信拜大將壇猶嫌未豁胸中氣目斷南山天際橫城中望見長安南山

和高子長參議道中二絶

梁州四月晚鶯啼共憶扁舟罨畫谿莫作世間兒女態明年萬里駐安西

又

豐年食少厭兒啼覓得微官落五谿大似無家老禪衲打包還度棧雲西

次韻張季長題龍洞

我昔謁紫皇騎鳳驂虬龍俯不見塵世浩浩萬里空謫墮尚遠遊忽到漢始封西望接蜀道北顧連秦中壯哉形勝區有此蜿蜒宮雷霆自轇轕環玦亦璁瓏石屋如建章萬戶交相通來者各有得盡取知無從

憑高三歎息自古幾英雄老我文字衰揮毫看諸公

次韻子長題吳太尉雲山亭

參謀健筆落縱横太尉清罇賞快晴文雅風流雖可愛關中遺虜要人平

送劉戒之東歸

去國三年恨未平東城況復送君行難憑魂夢尋言笑空向除書見姓名殘日半竿斜谷路西風萬里玉關情蘭臺粉署朝回晚肯記𨿽官數寄聲

周元吉蟠室詩

天下有廣居非阿房建章賓餞日及月闔闢陰與陽山川坦然平何者爲藩牆孔公暨瞿聃同坐此道場哀哉世日隘肝膽分界疆蹙縮戰蝸角崎嶇走羊腸周先早得道所證非復常小室古城隅宛如野僧房能容人天衆雜沓來燒香三萬二千人各據獅子牀實際正如此切忌錯商量須彌芥子話今夕當舉揚

送范西叔赴召

天涯流落過重陽楓葉搖丹已著霜衰病强陪蓮幕
客悽涼又送石渠郎杜陵雁下悲徂歲笠澤魚肥夢
故鄉便恐從今長隔闊舊交新貴例相忘

又

欲駕征車勸小留南山南畔更逢秋數聲過雁催行
色一醆昏燈話別愁自昔文章關治道即今臺閣要
名流白頭尚作書癡在牘乞朱黃與校讎

寄鄧公壽

高標瑤樹與瓊林靈府清寒出苦吟海內十年求識
面江邊一見即論心紛紛俗子常成市亹亹微言孰
賞音聞道南池梅最早要君攜手試同尋

簡章德茂

殊方邂逅豈無緣世事多乖復悵然造物無情吾輩
老古人不死此心傳冷雲黯黯朝橫棧紅葉蕭蕭夜
滿船箇裏約君同著句不應輸與灞橋邊

自三泉泛嘉陵至利州

日日遭途處處詩書生活計絶堪悲江雲垂地灘風急一似前年上硤時

木瓜鋪短歌

鼓樓坡前木瓜鋪歲晚悲辛利州路當車礧礧石如屋百里夷途無十步溪橋缺斷水齧沙崖腹崩頹風拔樹虎狼妥尾擇肉食狐狸豎毛啼日莫冢丘短草聲窸窣往往精靈與人遇我生胡爲忽在此正坐一飢忘百慮五更出門寒裂面半夜燎衣泥滿袴妻孥八月離夔州寄書未到今何處餘年有幾百憂集日夜朱顏不如故即今臺省盛諸賢細思寧是儒冠誤

夜抵葭萌惠照寺寓榻小閣

亭驛驅馳髀肉消故山歸夢愈迢迢夜行觸尉那能避日過隨僧不待招雨後風雲猶慘澹霜前草木已蕭條衰遲事事非平日醉裏題詩亦復聊

太息 宿青山鋪作

太息重太息吾行無終極冰霜迫殘歲鳥獸號落日

秋砧滿孤村枯葉擁破驛白頭鄉萬里墮此虎豹宅道邊新食人膏血染草棘平生鐵石心忘家思報國即今冒九死家國兩無益中原久喪亂志士淚橫臆切勿輕書生上馬能擊賊

又

淒淒復淒淒山路窮攀躋僕病臥草間馬困聲酸嘶脫兔截道犇窮狖上樹啼崩湍一何哀下落萬仞谿昏黑投孤戍洗我衣上泥下愚不可遷大惑終身迷仕宦十五年曾不飽糠粞客路少睡眠月白聞號雞欲行且復止虎來茆葉低

閬中作

殘年作客遍天涯下馬長亭便似家三疊淒涼渭城曲數枝閑澹閬中花襞牋授管相逢晚理鬢熏衣一笑譁俱是邯鄲枕中夢墜鞭不用憶京華

又

挽住征衣爲濯塵閬州齋釀絕芳醇鶯花舊識非生

客山水曾遊是故人遨樂無時冠巴蜀語音漸正帶咸秦平生賸有尋梅債作意城南看小春

遊錦屏山謁少陵祠堂

城中飛閣連危亭處處軒窗臨錦屏涉江親到錦屏上却望城郭如丹青虛堂奉祠子杜子眉宇高寒照江水古來磨滅知幾人此老至今元不死山川寂寞客子迷草木搖落壯士悲文章垂世自一事忠義凜凜令人思夜歸沙頭雨如注北風吹船橫半渡亦知此老憤未平萬竅爭號泄悲怒

仙魚鋪得仲高兄書

病酒今朝載臥輿秋雲漠漠雨疎疎閬州城北仙魚鋪忽得山陰萬里書

自閬復還漢中次益昌

北首褒斜又幾程驕雲未放十分晴馬經斷棧危無路風掠枯茆颯有聲季子貂裘端已弊吳中菰菜正堪烹朱顏漸改功名晚擊筑悲歌一再行

驛亭小憩遣與

淡日微雲共陸離曲闌危棧出參差老松臨道閱千載杜宇號山連四時漢水東流那有極秦關北望不勝悲郵亭下馬閒孤劍老大功名頗自期

再過龍洞閣

天險龍門道霜清客子遊一節緣絕壁萬仞俯洪流著脚初疑夢回頭始欲愁危身無補國忠孝兩堪羞

自笑

自笑謀生事事疎年來錐與地俱無平章春韭秋菘味拆補天吳紫鳳圖食肉定知無骨相珥貂空自誑頭顱惟餘數卷殘書在破篋蕭然笑獠奴

三泉驛舍

殘鐘斷角度黄昏小驛孤燈早閉門霜氣峭深摧草木風聲浩蕩卷郊原故山有約頻回首末路無歸易斷魂短鬢蕭蕭不禁白强排幽恨近清罇

嘉川鋪得檄遂行中夜次小柏

黃旗傳檄趣歸程急服單裝破夜行肅肅霜飛當十月離離斗轉欲三更酒消頓覺衣裘薄驛近先看炬火迎渭水函關元不遠著鞭無日涕空橫

歸次漢中境上

雲棧屏山閱月遊馬蹄初喜蹋梁州地連秦雍川原壯水下荆揚日夜流遺虜孱孱寧遠略孤臣耿耿獨私憂良時恐作他年恨大散關頭又一秋

沔陽夜行

夜發沔陽驛坡陁岡阜重月斜欹帽影霜重溼裘茸野岸鳴枯葉煙林度曉鐘梁州明日到一笑解衰容

道中累日不肉食至西縣市中得羊因小酌

門外倚車轅頹然就醉昏棧餘羊絕美壓近酒微渾

一洗窮邊恨重招去國魂客中無晤語燈燼爲誰繁

初離興元

夢裏何曾有去來高城無奈角聲哀連林秋葉吹初盡滿路寒泥蹋欲開笠澤決歸猶小憩錦城未到莫

輕回炊菰斫膾明年事却憶斯遊亦壯哉

自興元赴官成都

平生無遠謀一飽百念已造物戲飢之聊遣行萬里
梁州在何處飛蓬起孤壘憑高望杜陵煙樹略可指
今朝忽夢破跋馬臨漾水此生均是客處處皆可死
劍南亦何好小憩聊爾爾舟車有通塗吾行良未止

書事

生長江湖狎釣船跨鞍塞上亦前緣雲埋廢苑呼鷹
處雪暗荒郊射虎天醪酒芳醇偏易醉胡羊肥美了
無羶揚州雖有東歸日閑置車中定悵然

雨中過臨溪古堠

道邊相送驛邊迎水隔山遮似有情歲晚無聊莫相
笑君方雨立我泥行

南沮水道中

磴舍臨湍瀨罾船聚小潭山形寒漸瘦雪意莫方酣
久客情懷惡頻來道路諳家山空悵望無夢到江南

長木晚興

沮水嶓山名古今聊將行役當登臨斷橋煙雨梅花瘦絕磵風霜槲葉深末路清愁常衮衮殘冬急景易駸駸故巢東望知何處空羨歸鴉解滿林

遣興

貂裘破弊色淒涼塞上歸來路更長老驥嘶鳴常伏櫪寒龜藏縮正支牀彫零客路新霜鬢掃灑先師舊草堂九折阪頭休絕歎世間何地不羊腸

長木夜行抵金堆市

夜行長木村重霧雜零雨溼螢粘野蔓寒犬吠雲塢道壞交細泉亭廢立遺堵時時過農家燈火照鳴杼嗟予獨何事無歲得安處卽今窮谷中性命寄豺虎三更投小市買酒慰羈旅高詠東山詩悵望懷往古

赴成都泛舟自三泉至益昌謀以明年下三峽

詩酒清狂二十年又摩病眼看西川心如老驥常千里身似春蠶已再眠莫雪烏奴停醉帽秋風白帝放

歸船飄零自是關天命錯被人呼作地仙

壬辰十月十三日自閬中還興元遊三泉龍門

十一月二日自興元適成都復攜兒曹往遊賦詩

勝地惜輕別短筇成後遊門呀一境異木落四山秋野鴿翔深竇蟠蛟擅古湫棧危縈峭壁橋迥跨犇流白雨穿林至腥風卷地浮真成起衰病不但洗孤愁登陟知難再吟哦爲小留回頭卽萬里雪滿載谿舟

予行蜀漢間道出潭毒關下每憩羅漢院山光軒今復過之悵然有感

山光軒上幾閑遊潭毒關前又小留麥隴雪苗寒剡剡柘林風葉莫颼颼馬行劍閣從今始門泊吳船亦已謀醉眼每嫌天地迮盡將萬里著吾愁

棧路書事

危閣聞鈴馱湍流見磑船汲江人負盎騎馬客蒙氈梨栗來秦地橙香接楚天癡頑殊耐事隨處一欣然

雪晴行益昌道中頗有春意

杜陵雁下歲將殘疋馬西遊雪擁關顛頓敢忘雙闕路淹遲遍看兩川山春回柳眼梅鬚裏愁在鞭絲帽影間安得黃金成大藥爲人千載駐頹顏

思歸引

善泅不如穩乘舟善騎不如謹持轡妙於服食不如寡欲工於揣摩不如省事在天有命誰得逃在我無求直差易散人家風脫糾纏煙蓑雨笠全其天蒓絲老盡歸不得但坐長飢須俸錢此身不堪阿堵役寧待秋風始投檄山林聊復取熊掌仕宦眞當棄雞肋錦城小憩不淹遲即是輕舠下峽時那用更爲麟閣夢從今正有鹿門期

誌公院在劍門東五里院東石壁間有若僧負杖者杖端髣髴有刀尺拂子之狀

江東爭奪纏妖祲哀哉斯民亂方甚錦幪老人蓋古佛現身爲作大慈蔭蕭翁八十尚兒癡播盞鍾螺鬧

中禁當時此老默笑渠大法棟梁身獨任杖頭示人三轉語開口喪身如飲鴆紛紛放弑但可憐何曾爲汝陳符讖

劍門道中遇微雨

衣上征塵雜酒痕遠遊無處不消魂此身合是詩人未細雨騎驢入劍門

劍門關

劍門天設險北鄉控函秦客主固殊勢存亡終在人棧雲寒欲雨關柳暗知春羈客垂垂老憑高一愴神

劍門城北回望劍關諸峯青入雲漢感蜀亡事慨然有賦

自昔英雄有屈信危機變化亦逡巡延陵平窮寇非難禦如此江山坐付人

丹芝行

劍山峨峨插穹蒼千林萬谷蟠其陽大丹九轉古所藏靈芝三秀夜吐光如火非火森有芒朝陽欲升尚

煌煌何由斸取換肝腸往駕素虬朝紫皇

過武連縣北柳池安國院煑泉試日鑄顧渚茶院有二泉皆甘寒傳云唐僖宗幸蜀在道不豫至此飲泉而愈賜名報國靈泉云

滴瀝珠璣翠壁間遭時曾得奉龍顏欄傾甃缺無人管滿院松風晝掩關

又

行殿淒涼迹已陳至今父老記南巡一泓寒碧無今古付與閑人作主人

又

我是江南桑苧家汲泉閑品故園茶只應碧缶蒼鷹爪可壓紅囊白雪芽日鑄貯以小缾蠟紙丹印封之顧渚貯以紅藍縑囊皆有歲貢

宿武連縣驛

平日功名涙自期頭顱到此不難知宦情薄似秋蟬翼鄉思多於春繭絲野店風霜俶裝早縣橋燈火下

程遲鞭寒熨手戎衣窄忽憶南山射虎時

初入西州境述懷

我無飛仙術御氣周八極寸步常依人囍哉萬里役自行劍閣南大道平如席日高徐駕車薄莫亦兩驛及兹山愈遠原野若加闊茂樹冬不凋寒花晚猶拆昔我卜遠遊至蜀寵輒食弛裝有定處嗚呼豈人力頗傳岷山下清淑無癘疫士風尚豪舉意氣喜遠客薪米家可求借書亦易得思吳雖不忘所願少休息吾聞古達人雅志在山澤豈無及物心但恨俗褊迫攬德雖成留引去常勇決駭機滿人間著脚無上策

綿州魏成縣驛有羅江東詩云芳草有情皆礙馬好雲無處不遮樓戲用其韻

老夫乘興忽西遊遠跨秦吳萬里秋尊酒登臨遍山寺歌辭散落滿江樓孤城木葉蕭蕭下古驛灘聲灖灖流未許詩人誇此地茂林脩竹憶吾州

即事

渭水岐山不出兵却攜琴劍錦官城醉來身外窮通小老去人間毀譽輕捫蝨雄豪空自許屠龍工巧竟何成雅聞嶓下多區芋聊試寒爐玉糝羹

青村寺

十年淹泊望修門臨水登山幾斷魂短鬢星星身欲老小樓微月宿青村

行綿州道中

三年客江硤萬死脫魚黿平地從今始窮塗敢復論園畦棋局整坡壠海濤翻瘦犢應多恨泥塗塑伏短轅

越王樓

上盡江邊百尺樓倚欄極目莫江秋未甘便作衰翁在兩脚猶堪蹋九州

又

蒲萄酒綠似江流夜燕唐家帝子樓約住箜弦呼羯鼓要渠打散醉中愁

東津

歲莫涪江水歸壑白沙渺然石犖角蜀天常燠少雪霜綠樹青林不搖落闌干詰曲臨官道煙靄參差望城郭打魚斫膾修故事豪竹哀絲奉歡樂樂莫樂於新相知美人一笑同春姿四方本是丈夫事安用一生無別離

東山

今日之集何佳哉入關劇飲始此回登山正可小天下跨海何用尋蓬萊青天肯爲陸子見妍日似趣梅花開有酒如涪綠可愛一醉直欲空千罍駞酥鵝黃出隴右熊肪玉白黔南來眼花耳熱不知夜但見銀燭高花摧京華故人死太半歡極往往潛生哀聊將豪縱壓憂患鼓吹動地聲如雷

綿州錄參廳觀姜楚公畫鷹少陵爲作詩者

我來訪古涪之濱不辭百罔冀一真走馬朝尋海棲館斫膾夜醉魴魚津越王高樓亦已換俯仰今古堪悲辛督郵官舍最卑陋棟撓楹腐知幾春巋然此壁

獨亡恙老梓勁翮完如新向來劫火何自免叱呵守護疑有神妖狐九尾穴中國共置不問如越秦天時此物合致用下韝指呼端在人會當原野灑毛血坐令萬里清煙塵老眼還憂不及見詩成肝膽空輪囷

羅江驛翠望亭讀宋景文公詩

撲馬征塵拂不開高亭欹帽一徘徊蜀山地暝稀逢雪閏歲春遲未見梅陂水近人無鷺下煙林藏寺有鐘來宋公出牧曾題壁錦段雖殘試剪裁

鹿頭關過龐士元廟

士元死千載淒惻過遺祠海內常難合天心豈易知英雄今古恨父老歲時思蒼蘚無情極秋來滿斷碑

遊漢州西湖

房公一跌叢衆毀八年漢州爲刺史遶城鑿湖一百頃島嶼曲折三四里小菴靜院穿竹入危榭飛樓壓城起空濛煙雨媚松楠顛倒風霜老葭葦日月苦長身苦閑萬事不理看湖水向來愛琴雖一癖觀過自

足知夫子畫船載酒凌湖光想公樂飲千萬場歎息
風流今未泯兩川名醞避鵝黃 鵝黃漢中酒名蜀中無能
及者

嚴君平卜臺

先生久已蛻氛埃道上猶傳舊卜臺乞得寒泉濯肝
肺眞成萬里不虛來 臺後有大井名通仙井相傳君平所浚

梅花

家是江南友是蘭水邊月底怯新寒畫圖省識驚春
早玉笛孤吹怨夜殘冷淡合教閑處著清臞難遣俗
人看相逢剩作樽前恨索笑情懷老漸闌

拜張忠定公祠二十韻

張公世外人與蜀偶有緣天將靖蜀亂生公在人間
厥初大盜興樂禍迭相挻天子輟玉食貴臣擁戎旃
生殺出喜怒死者常差肩公曰此何哉從之吾歎天
河流觸地軸砥柱屹不遷脅從盡縱捨飛章交帝前
上意竟開悟至仁勝兇殘貴臣不極賞追還黜其權

安危關社稷豈惟蜀民全後來有阿童握兵事開邊
晩策睦州功上公珥金蟬勢張不可禦北鄉挑幽燕
神京遂丘墟迄今天步蹇時無忠定公孰能折其奸
我來拜遺祠喬木含蒼煙死者不可作愀然衰涕潸
憤切感虜禍慷慨思公賢春秋送迎神誰爲歌此篇

成都歲莫始微寒小酌遣興

華帶頻移紗帽寬茶鐺欲熟篆香殘疏梅已報先春
信小雨初成十月寒身似野僧猶有髮門如村舍强
名官鼠肝蟲臂元無擇遇酒猶能罄一歡

再賦梅花

老來愛酒賸狂顚況復梅花到眼邊不怕幽香妨靜
觀正須疎影伴癯仙松篔共歎冰霜晩桃李從教雨
露偏此去西湖八千里破愁一笑得無緣

登塔

冷官無一事日日得閑遊壯哉千尺塔攝衣上上頭
眼力老未減足疾新有瘳幸茲濟勝具俯仰隘九州

雪山西北橫大江東南流畫棟雲氣涌鐵鐸風聲遒旅懷忽惻愴涕下不能收十年辭象魏萬里壞松楸仰視去天咫絕叫當閶不帝閽守虎豹此計終悠悠

先主廟次唐貞元中張儼詩韻

猾賊挾至尊天命矜在己豈知高帝業煌煌漢中起

又

吳蜀本脣齒悲哉乃連兵盡銳下三硤誰使復兩京

又

洛陽化爲灰棘生銅駝陌討賊志不成父老泣陵柏

廟在惠陵側

睡起書事

京華豪飲釂千鍾濯錦江邊怯酒濃烈士壯心雖未減狂奴故態有誰容折梅著句聊排悶閉戸焚香剩放慵午枕如雷君莫怪西風吹夢過吳松

西郊尋梅

西郊梅花矜絕豔走馬獨來看不厭似羞流落蒙市

塵寧墮荒寒傍茆店脩然自是世外人過去生中差一念淺顰常鄙桃李學獨立不容鷺蝶覘山礬水仙晩角出大是春秋吳楚儕餘花豈無好顏色病在一俗無由砭朱欄玉砌渠有命斷橋流水君何欠嗟余相與頗同調身客劍南家在剡淒涼萬里歸無日蕭颯二毛衰有漸尚能作意晩相從爛醉不辭盃瀲灎

分韻作梅花詩得東字

淺寒籬落清霜後疎影池塘淡月中北客同春俱稅駕南枝與我兩飄蓬從來遇酒千鍾少此外評花四海空惟恨廣平風味減坐看徐庾擅江東

宇文子友聞予有西郊尋梅詩以詩借觀次其韻

拾遺遺跡付緗郎槁葉凝塵欲滿堂已恨鐏罍孤勝踐更堪風雨病幽芳蘭蓀千古有同調蜂蝶一春空自忙馬上得詩歸絕歎故園三徑久成荒

海棠 范希元園

誰道名花獨故宫 謂故蜀燕王宫 東城盛麗足爭雄橫
陳錦障闌干外盡吸紅雲酒醆中貪看不辭持夜燭
倚狂直欲擅春風拾遺舊詠悲零落瘦損腰圍擬未
工 老杜不應無海棠詩意其失傳爾

簡南禪勤長老

宦遊處處是君恩歸去無期莫更論眼正修行新有
力心空憂患已無根鉢盂分我雲堂飯拄杖敲君竹
院門屈宋向來堪一笑故鄉何戀更招魂

和譚德稱送牡丹

洛陽春色擅中州檀暈鞓紅總勝流顦顇劍南人不
管問渠情味似儂不

又

吾生何拙亦何工憂患如山一笑空猶有餘情被花
惱醉搔華髮倚屏風

初到蜀州寄成都諸友

流落天涯鬢欲絲年來用短始能奇無材藉作長閑

地有蕩留爲劇飲資萬里不通京洛夢一春最負牡丹時饑戕報與諸公道罨畫亭邊第一詩

自蜀州暫還成都奉簡諸公

不染元規一點塵行歌偶到錦江濱淋漓詩酒無虛日判斷鶯花又過春客路柳陰初墮絮還家梅子欲生仁更須作意勤相過要信年光屬散人

摩訶池

摩訶古池苑一過一消魂春水生新漲煙蕪沒舊痕年光走車轂人事轉萍根猶有宮梁燕銜泥入水門

蜀宮中舊泛舟入此池曲折十餘里今府後門雖已爲平陸然猶號水門

三月十七日夜醉中作

前年膾鯨東海上白浪如山寄豪壯去年射虎南山秋夜歸急雪滿貂裘今年摧頹最堪笑華髮蒼顏羞自照誰知得酒尚能狂脫帽向人時大叫逆胡未滅心未平孤劍床頭鏗有聲破驛夢回燈欲死打窗風

雨正三更

嘉祐院觀壁間文湖州墨竹

石室先生筆有神我來拂拭一酸辛敗牆慘澹欲無色老氣森嚴猶逼人慣閱冰霜元耐久恥隨兒女更爭春紛紛紛可笑空摹擬爾輩毫端萬斛塵

春晚書懷

吹盡郊原萬點紅燕梁考室亦怱怱老來偏覺歲華速客裏忽驚春事空病有藥方傳肘後懶無詩句付囊中歸心日夜隨江水只欲東門覓短篷 入吳者皆自小東郭登舟

又

經春淹泊錦官城作箇歸期苦未成老向軒裳增力量病於風月減心情官閑有味緣高卧酒貴無憂爲細傾憶探梅花如昨日西齋榆莢與階平

又

老客天涯心尚孩惜春直欲挽春回長繩縱繫斜陽

住右手難移故國來暑近蚊雷先隱轔雨前蛙𧑮正
崔嵬茹芝却粒終無術萬事惟須付一盃

偶憶萬州戲作短歌
峽中天下最窮處萬州蕭條誰肯顧去年正月偶過
之曾爲巴人三日住南浦尋梅雪滿舟西山載酒雲
生屨至今夢聽竹枝聲燈火紛紛驛前路殘春猶客
蜀江邊陳迹回思一愴然漸老定知歡漸少明年還
復憶今年

驛舍見故屏風畫海棠有感
厭煩只欲長面壁此心安得頑如石杜門復出歎習
氣止酒還開慚定力成都二月海棠開錦繡裏城迷
巷陌燕宮最盛號花海霸國雄豪有遺迹猩紅鸚綠
極天巧疊萼重跗眩朝日繁華一夢忽吹散閉眼細
思猶歷歷憂樂相尋豈易知故人應記醉中詩夜闌
風雨嘉州驛愁向屏風見折枝

思政堂東軒偶題

羈愁酒病兩無聊小篆吹香已半消喚起十年閩嶺
夢赬桐花畔見紅蕉 赬桐嘉州謂之百日紅

荔枝樓小酌

碧瓦朱欄已半摧强呼歌舞試樽罍邦人莫訝心情
嬾新出鷺花海裏來

又

病與愁兼怯酒舡巴歌聞罷更悽然此身未死長爲
客回首夔州又二年

嘉陽官舍奇石甚富散棄無領略者予始取作
假山因名西齋曰小山堂爲賦短歌

昔人何人愛巖壑爲山未成儲舉确散落支床壓酒
槽大或專車小拳握幽人邂逅爲絶歎脩綆趣取寒
泉濯峭峯幽竇相吐吞翠嶺丹崖渺聯絡石不能言
意可解問我胡爲憐寂寞人間興廢自有數昔棄何
傷今豈樂斯言妙矣予則陋敢對石友辭罰爵爲君
寬作十日留在眼便同真著脚

望雲樓晚興

小閣東南獨詠詩此生終與世差池夕陽明處蒼煙合棲燕歸時畫角悲人與江山均是夢心非風月尚誰知舊交幾歲音塵隔三撫闌干有所思

護國天王院故神霄玉清萬壽宮也廢圮略盡而規模尚極壯麗過之有感

太霄帝君神霄府一日璽書行海寓築宮犇走誰敢後萬牛挽材山作礎步虛夜半落雲間玉磬谬谬鸞鶴舞帝師丞相領使名侍晨校籍紛如雨洛陽臨淮小睥睨御史立奏投裔土從來桑門喜嘲競舉國冠巾噤無語古傳東海會揚塵君看此地亦荆榛霓旌仙仗空遺堵甃缺臺傾知幾春牧兒驅牛齧庭草誰記劍佩來朝真斜陽却上筍輿去溝水泠泠愁殺人

登荔枝樓

平羌江水接天流涼入簾櫳已似秋喚作主人元是客知非吾土强登樓閑憑曲檻常忘去欲下危梯更

小留公事無多廚釀美此身不負負嘉州 薛能詩不負嘉州只負身

再賦荔枝樓

只道文書撥不開未妨高處獨徘徊山橫瓦屋披雲出水自牂牁裂地來暝入簾陰吹細雨涼生樓角轉輕雷癡頑也擬忘鄉國不奈城頭暮角哀

能仁院前有石像丈餘蓋作大像時樣也

江閣欲開千尺像雲龕先定此規模斜陽徙倚空三歎嘗試成功自古無

劍南詩稿卷第三終

劍南詩稿目錄

卷第四

客殆不能支枕上懷故山偶成　余往與宇文
叔介同客山南今年叔介客死臨安十月十一
日夜忽夢相從取架上書共讀如平生讀未竟
忽辭去留之不可曰欲歸按藥方既覺泫然不
能已因賦此詩　金錯刀行　言懷　十月十
九日與客飲忽記去年此時自錦屏歸山南道
中小臘今又將去此矣　冬日　十月十四夜
月終夜如晝　下元日五更詣天慶觀寶林寺
梅花四首　西園　胡無人　公無渡河
長門怨　長信宮詞　銅雀妓　得韓無咎書
寄使虜時宴東都驛中所作小闋　曉坐　斷
碑歎　夜行至平羌憩大悲院　送益帥馬上
作　蜀酒歌　十一月八日夜燈下對梅花獨
酌累日勞甚頗自慰也　醉後草書歌詩戲作
古藤杖歌　歲晚書懷　累日倦甚不能觴
客睡起戲作　種花　雨中登樓望大像　迎

劍南詩稿卷第四

宋　陸游　務觀

謁凌雲大像

出郭幽尋一笑新徑呼艇子截煙津不辭疾步登重閣聊欲今生識偉人泉鏡正涵螺髻綠浪花不犯寶趺塵一泉泓然正在髻下每歲漲水不能及佛足始知神力無窮盡丈六黄金果小身觀無量壽經云或現小身丈六八尺

凌雲醉歸作

峨嵋月入平羌水歎息吾行俄至此謫仙一去五百年至今醉魂呼不起玻瓈春滿琉璃鍾玻瓈春眉州酒名宦情苦薄酒興濃飲如長鯨渴赴海詩成放筆千觴空十年看盡人間事更覺麴生偏有味君不見蒲萄一斗換得西涼州不如將軍告身供一醉

獨遊城西諸僧舍

我是天公度外人看山看水自由身蘚崖直上飛雙
屐雲洞前頭岸幅巾萬里欲呼牛渚月一生不受庾
公塵非無好客堪招喚獨往飄然覺更真

西林院

一邦盡對江邊像試比西林總不如院門對大像最正
羣玉蕭森開士宅五雲飛動相君書寺額五字唐相裴
徽書遒美可愛磴危漸覺山爭出屐響方驚閣半虛安
得棄官長住此一盃香飯薦珍蔬

聽事前紫薇花二本甚盛戲題絕句

紅藥紫薇西省春從來惟慣對詞臣問囚自是麤官
分無奈名花解笑人

同何元立蔡肩吾至東丁院汲泉煑茶

一州佳處盡裴回惟有東丁院未來身是江南老桑
苧諸君小住共茶盃

又

雪芽近自峨嵋得不減紅囊顧渚春旋置風爐清樾

下它年奇事記二人
癸巳夏旁郡多苦旱惟漢嘉數得雨然未足也

立秋夜二鼓雨至明日晡後未止高下霑足喜而有賦

晝簷鳴雨早秋天不喜新涼喜有年眼裏香秔三萬頃寄聲父老共欣然

又

五十衰翁髮半華猶能把酒醉天涯絲毫未政何曾有惟把豐年贈漢嘉

晚登望雲

一出修門又十年輩流多已珥金蟬衰如蠹葉秋先覺愁似鰥魚夜不眠輦路疎槐迎駕處苑城殘日泛湖天君恩未報身今老徙倚危樓一泫然

又

晚來煙雨暗江干烽火遙傳畫角殘看鏡功名空自許上樓懷抱若爲寬青楓搖落新秋令白髮淒涼舊

史官飽見少年輕宿士可憐隨處强追歡

立秋後十日風雨淒冷獨居有感

急雨鳴瓦溝尖風入窗罅紗籠耿青燈寂寂新秋夜誰言簿領中乃復有此暇稍繙書冊讀已念灰火跨那知是羈客恍若在家舍睡晩且熟眠洗沐官有假明日晦日也

晦日西窗懷故山

今朝休日仍無客茶罷西窗臥解衣白髮已侵殘夢境綠苔應滿舊漁磯桃源雞犬塵凡隔杜曲桑麻夢想歸賴有小山聊慰眼幽篁叢桂雨霏霏

秋日懷東湖

小閣東頭罨畫池秋來長是憶幽期身如巢燕臨歸日心似堂僧欲動時病思羈懷惟付酒西風落日更催詩故知歲莫常多感不獨當年宋玉悲

又

罨畫池邊小釣磯垂竿幾度到斜暉青蘋葉動知魚

過朱閣簾開看燕歸歲晚官身空自閔途窮世事巧
相違邊州客少巴歌陋誰與愁城略解圍

小山之南作曲欄石磴繚繞如棧道戲作二篇

羈遊隨處得哦詩掃溉軒窗每恨遲已幻小山寬客
恨更添危磴作兒嬉偶留塞上寧無數徑返湖邊已
有期誰遣化工娛此老幽花微拆綠苔滋

又

吏退庭空剩得閑一窗如在翠微間半崖縈棧遊秦
路疊嶂生雲入剡山真有巖居臨絕壑但無漁艇繫
寒灣躋攀自苦君休笑寸步何曾不險艱

得成都諸友書勸少留嘉陽戲作

一坐五十日癡頑良可哀新涼爲醉地少訟作慵媒
市柳風煙慘汀蘋歲月催遠宦從漫浪垂老嬾低回
市柳汀蘋皆屬唐安

道院

四壁長苔痕經旬掩綠樽雨聲清夢境燈影伴吟魂

搖落悲徂歲漂流憶故園擬騷無傑語千古愧湘沅

醉中感懷

早歲君王記姓名只今顦顇客邊城青衫猶是鵷行舊白髮新從劍外生古戍旌旗秋慘淡高城刁斗夜分明壯心未許全消盡醉聽檀槽出塞聲

玻瓈江　眉州共飲亭蓋取東坡共飲玻瓈江之句追懷舊遊戲作以補西州樂府

玻瓈江水千尺深不如江上離人心君行未過青衣縣妾心先到峨嵋陰金罇共釂不知曉月落煙渚天橫參車輪無角那得住馬蹄不方何處尋空憑尺素寄幽恨縱有綠綺誰知音愁來只欲掩屏睡無奈夢斷聞疎碪　古樂府安得雙車輪一夜生四角唐人詩云長安塵土中馬蹄圓重重郎馬蹄不方何處認郎蹤

夜思

蒼顏華鬢久低摧歎息何堪歲月催殘暑已隨團扇去新涼還傍短檠來月痕澹澹侵苔砌雲葉蕭蕭覆

水臺簿領沈迷無日了試憑詩思洗氛埃

雨夜懷唐安

歸心日夜逆江流官柳三千憶蜀州小閣簾櫳頻夢
蝶平湖煙水已盟鷗螢依溼草同爲旅雨滴空階別
是愁甚笑邦人不解事區區猶借陸君留　蜀人舊語謂
唐安有三千官柳四千琵琶溼螢依草沒梅宛陵詩

迎詔書

憶瞻鑾仗省門前扇影鞭聲下九天寂莫嘉州迎詔
處忽聞鼓吹却悽然

秋夜遣懷

江雲傍簷山雨細羈客空堂臥荒翳心如秋燕不安
巢迹似春萍本無柢官身犇走何時定病眼蒙籠惟
欲閉壯遊不復記墜鞭夜語誰能懷擁髻詩情已減
但微吟酒戒漸堅纔小嚌從今更擬著幽禪半世侲
張眞誤計

送客至江上

多事經旬不出城今朝送客此閑行郊原遠帶新晴色人語中含樂歲聲天際斂雲山盡出江流收漲水初平故園社友應惆悵五歲無端棄耦耕

雨中至西林寺

胸中荆棘費鉏耘正藉幽尋暫解紛不盡長江來晝玉半空飛閣對凌雲昏昏横靄憑軒見沓沓疎鐘隔岸聞珍重山僧迎客意蝸奩一縷起微熏 小軒下臨羊江發源自大渡河

休日登花將軍廟小樓

林間縹緲出層樓欄角蒼茫萬頃秋曾是胸中著雲夢不妨此地少遲留

深居

作吏難堪簿領迷深居聊復學幽棲病來酒戶何妨小老去詩名不厭低零落野雲寒傍水霏微山雨晚成泥自憐甫里家風在小摘殘蔬遶廢畦

秋夜獨醉戲題

弊袍羸馬遍天涯恰似伶優著處家社甕嫩醅初泛蟻寒釭殘燼自成花幽窗照影烏巾折醉手題詩淡墨斜莫恨久爲峨下客江湖歸去得雄誇

感事

清班曾見六龍飛晚落天涯遠日畿邊月空悲新雪鬢京塵猶染舊朝衣江山壯麗詩難敵風物蕭條醉絕稀賴有東湖堪吏隱寄聲籬菊待吾歸

醉鄉

醉鄉卜築亦佳哉但苦無情白髮催癡欲煎膠黏日月狂思入海訪蓬萊辭巢歸燕先秋去泣露幽花近社開莫惜傾家供作樂古人白骨有蒼苔

夜讀岑嘉州詩集

漢嘉山水邦岑公昔所寓公詩信豪偉筆力追李杜常想從軍時氣無玉關路（公詩多從戎西邊時所作）至今蠹簡傳多昔橫槊賦零落財百篇崔嵬多傑句工夫刮造化音節配韶頀我後四百年清夢奉巾屨晚途

有奇事隨牒得補處羣胡自魚肉明主方北顧誦公天山篇流涕思一遇

次韻師伯渾見寄

眉山漢嘉東西州估船日日到津頭不得講書一行字倚遍臨江百尺樓黃鐘大呂忽復見繡段英瑤何足酬願約青神王夫子來醉萬景作中秋

社前一夕未昏輒寢中夜乃得寐

祠事當行懼不任未昏强臥擁孤衾三更自笑元無睡萬事從來忌有心簷角河傾秋耿耿床頭蟲語夜愔愔若耶溪上蘋花老倦枕何人聽越吟

晚雨

蕭瑟度橫塘霏微映繚牆壓低塵不動灑急土生香聲入楸梧碎清分枕簟涼回頭忽陳迹簷角挂斜陽

社日

百穀登場酒滿巵神林簫鼓晚清悲蟬依疏柳長言處燕委空巢大去時幼學已忘那用忌 鄉俗小兒女社

日忌習業微聾自樂不須醫　古謂社酒治聾　傷心故里雞豚集父老逢迎正見思

夜雨感懷

老來每惜歲崢嶸幾爲巴歌判宿酲白帝草生時入夢錦官花重更關情簾疎夜雨侵燈暈枕冷秋風遞角聲定許何時理歸棹酒狂猶解賦蕪城

八月二十二日嘉州大閱

陌上弓刀擁寓公水邊旌旆卷秋風書生又試戎衣窄山郡新添畫角雄　郡舊止角四枝近方增如式　早事樞庭虛畫策晚遊幕府媿無功草間鼠輩何勞磔要挽天河洗洛嵩

九月六夜夢中作笑詩覺而忘之明日戲追補一首

吾家笑疾自士龍我才雖卑笑則同紛紛世事何足計盡付撫掌掀髯中清樽可醉風月好虛空萬象皆絕倒問君此笑是喜不道得老夫輸一籌

重九會飲萬景樓

粲粲黃花手自持登高聊答此佳時纖雲不作看山祟斗酒聊寬去國思落日樓臺頻徙倚西風鼓笛倍淒悲彭城戲馬平生意强爲巴歌一解頤 是日作竹枝歌舞

久客書懷

行役飽看山沉綿剩得閑志憂緣落魄耐老爲癡頑射虎臨秦塞騎驢入蜀關芳洲蘭可佩幽磴桂堪攀欸乃聲饒楚陬隅句帶蠻 嘉州帶袁董諸蠻 悠然長自遣故里幾時還

初報嘉陽除官還東湖有期喜而有作

塞上經秋幾醉醒羈愁減盡鬢邊青烽傳入詔登樓看歌奏三巴忍淚聽好語忽聞還印綬歸心先已繞林坰呼兒結束從今日鵲語燈花故有靈 累夕燈有花今早鵲聲遶舍皆紀實事

聞勾龍司戶會客山亭送酒殽及橄欖并簡諸

同僚
東山如高人吾輩豈易見君獨不出門終日與相面
陰晴煙雨月朝莫知幾變聞君交不瀆冠佩未嘗燕
弛張要有時一笑山未譴高秋得佳日折簡喚諸彥
風流非俗飲歌舞參筆硯但恨五日尹阻造三語掾
余方臥疾清樽遺分似霜果亦可薦爛醉君勿辭光景
真掣電
九月十六日夜夢駐軍河外遣使招降諸城覺
而有作
殺氣昏昏橫塞上東並黃河開玉帳晝飛羽檄下列
城夜脫貂裘撫降將將軍櫪上汗血馬猛士腰間虎
文韔階前白刃明如霜門外長戟森相向朔風卷地
吹急雪轉盼玉花深一丈誰言鐵衣冷徹骨感義懷
恩如挾纊腥臊窟穴一洗空太行北嶽元無恙更呼
斗酒作長歌要遣天山健兒唱
何元立示九日詩臥病累日乃能次韻

何郎戲寫菊花秋落筆縱橫豈易酬豪士乃能爲老伴寓公那得稱遨頭早衰不耐危亭冷夜冷憑涪翁亭欄杆得疾數日獨臥空驚畫角愁病起尚思尋宿約一樽從子醉東樓

成都行

倚錦瑟擊玉壺吳中狂士遊成都成都海棠十萬株繁華盛麗天下無青絲金絡白雪駒日斜馳遣迎名姝燕脂褪盡見玉膚綠鬟半脫嬌不梳吳綾便面對客書斜行小草密復疏墨君秀潤瘦不枯風枝雨葉筆筆殊月浸羅襪清夜徂滿身花影醉索扶東來此歡隨墮空虛坐悲新霜點鬢鬚易求合浦千斛珠難覓錦江雙鯉魚

聞虜亂有感

前年從軍南山南夜出馳獵常半酣玄熊蒼兕積如阜赤手曳虎毛毿毿有時登高望鄠杜悲歌仰天淚如雨頭顱自揣已可知一死猶思報明主近聞索虜

自相殘秋風撫劍淚汍瀾雒陽八陵那忍說玉座塵昏松柏寒儒冠忽忽垂五十急裝何由穿袴褶羞爲老驥伏櫪悲寧作枯魚過河泣古樂府枯魚詩云枯魚過河泣何時復還入作書與魴鱮相教謹出入

醉歌

我飲江樓上闌干四面空手把白玉舩身遊水精宮方我吸酒時江山入胸中肺肝生崔嵬吐出爲長虹欲吐輒復呑頽然驚兒童乾坤大如許無處著此翁何當呼青鸞更駕萬里風

初寒

江路常逢雨山城早得寒蘭凋初解佩菊老尚加餐嘉陽有崇蘭以八九月盛開節物知何負情懷自鮮歡浮生看已熟不必夢邯鄲

木山

枯楠千歲遭風雷拔枝折幹吁可哀輪囷無用天所赦秋水初落浮江來嵌空宛轉若耳鼻峭瘦拔起何

崔嵬珠宮貝闕留不得忽出洲渚知誰推書窗正對雲洞啓叢菊初傍幽篁栽是間著汝頗宜稱摩挲朝莫真千回天公解事雨十日洗盡泥滓滋苺苔一丘一壑吾所許不須更慕明堂材

寒夜遣懷

臨觴本不飲憂多自成醉四方行萬里不見埋憂地憶昔入京都寶馬搖香鬃酣飲青樓夜歌聲在半空去日不可挽華髮忽垂領娟娟蛾眉月相對作悽冷月落照空床不寐聽寒蛩早知憂隨人何用去故鄉

嘉陽絕無木犀偶得一枝戲作

久客紅塵不自憐眼明初見廣寒仙只饒籬菊同時出尚占江梅一著先重露溼香幽徑曉斜陽烘蕊小窗妍何人更與蒸沉水金鴨華燈惱醉眠

雨後登西樓獨酌

老覺人間無一欣强尋高處看歸雲天空列嶂開圖畫水落寒江學篆文四海道途行太半百年光景近

中分交遊賴有麯生在正向愁時能策勳

喜晴

西風吹雨冷凄凄道上行人白晝迷聊抉重雲取朝日未容嘉穀臥秋泥年豐郡府疎文檄蠻逓邊亭息鼓鼙寄語農家莫遊惰冬閑正要飽鉏犂

曉出城東

渺渺長江下估船亭亭孤塔隱蒼煙不堪異縣蕭條地更遇初寒慘澹天巾褐已成歸有約簞瓢未足去無緣包羞强索侏儒米豪舉何人記少年

寶劍吟

幽人枕寶劍殷殷夜有聲人言劍化龍直恐興風霆不然憤狂虜慨然思遐征取酒起酹劍至寶當潛形豈無知君者時來自施行一匣有餘地胡爲鳴不平

十月一日浮橋成以故事宴客凌雲

陰風吹雨白晝昏誰掃雲霧升朝暾三江水縮獻洲渚九頂秀色欲塞門西山下竹十萬箇江面便可馳

車轅巷無居人亦何怪釋耒來看空山村竹枝宛轉秋猿苦桑落瀲灩春泉渾衆賓共醉忘燭跋一徑却下緣雲根走沙人語若潮卷爭橋炬火如星繁肩輿睡兀到東郭空有醉墨留衫痕十年萬事俱變滅點檢自覺惟身存寒燈夜永照耿耿臥賦長句招羈魂

聞王嘉叟訃報有作

嗚呼嘉叟今信死哭君寢門淚如水我初入都不妄交傾倒如君數人耳籠燈蹋雪夜相過劇論懸河駭隣里地爐燔栗美芻豢石鼎烹茶當醪醴上書去國何勇決作詩送君猶壯偉十年偶復過都門君方草制西垣裏鬢鬚班白面骨生心頗疑君遽如此西來例不候達官每欲寄聲中輒止隻雞絮酒縱有時雙魚素書長已矣生前客屨紛滿戶身後人情薄於紙懸知海內莆陽公 謂陳丞相 獨念遺孤爲經紀

出城至呂公亭按視修堤

翠靄橫山澹日昇孤亭聊借曲欄憑霜威漸重江初

縮農事方休役可興重阜護城高歷歷千夫在野築
登登寓公僅踵前人迹伐石西山恨未能 西州築堤織竹貯江石不三年輒壞意謂如吳中取大石甃成則可支久異日當有辨此者

登樓

從來好境遍人間無奈勞生自欠閑江近時時吹白
雨樓高面面看青山歌聲哀怨傳三硤行色淒涼帶
百蠻 嘉陽近諸蠻 流落愛君心未已夢魂猶綴紫宸
班

醉中作

晚途豪氣未低摧一飲猶能三百盃爛爛目光方似
電齁齁鼻息忽如雷

又

駕鶴孤飛萬里風偶然來憩大峨東持盃露坐無人
會要看青天入酒中

又

曾賜琳腴白玉京狂歌起舞蜀人驚却騎黃鶴橫空
去今夕垂虹醉月明

又

晝角三終夜未闌醉憑飛閣喜天寬月明滿地江風
急吹落幽人紫綺冠

觀大散關圖有感

上馬擊狂胡下馬草軍書二十抱此志五十猶癯儒
大散陳倉間山川鬱盤紆勁氣鍾義士可與共壯圖
坡陁咸陽城秦漢之故都王氣浮夕靄宮室生春蕪
安得從王師汎掃迎皇輿黃河與函谷四海通舟車
士馬發燕趙布帛來青徐先當營七廟次第畫九衢
偏師縛可汗傾都觀受俘上壽大安宮復如正觀初
丈夫畢此願死與螻蟻殊志大浩無期醉膽空滿軀

嘉州守宅舊無後圃因農事之隙爲種花築亭

觀甫成而歸戲作長句

吾州山水西州冠正欠雄樓幷傑觀奇峯秀嶺待彈

壓明月清風須判斷三峨舊不到郡齋剏爲詩人供几案煙雲舒卷水墨圖草木青紅錦繡段一時冠蓋共登臨百年父老俱驚惋縈同舞袖試弓彎宛轉歌聲學珠貫佳人蜂蝶爭遶鬢上客龍蛇看揮翰寓公雖作一月留梅發東湖歸思亂兒戲聊成此段奇陳迹應留後人歎明朝艇子泝平羌却伴謫仙遊汗漫

連日扶病領客殆不能支枕上懷故山偶成

已強迂疎假印章更扶衰病主盃觴功名已判初心負豪俠都無故態狂靜覺此身猶外物嬾思與世永相忘清泉白石生來事曲几明窗味最長

余往與宇文叔介同客山南今年叔介客死臨安十月十一日夜忽夢相從取架上書共讀如平生讀未竟忽辭去留之不可曰欲歸技藥方既覺泫然不能已因賦此詩

羈魂顑頷遠相尋鬚斷肩寒帶苦吟歸技藥方緣底事知君死抱濟時心

金錯刀行

黄金錯刀白玉裝夜穿窗扉出光芒丈夫五十功未立提刀獨立顧八荒京華結交盡奇士意氣相期共生死千年史策恥無名一片丹心報天子爾來從軍天漢濱南山曉雪玉嶙峋嗚呼楚雖三戸能亡秦豈有堂堂中國空無人

言懷

蘭碎作香塵竹裂成直紋炎火熾崑岡美玉不受焚孤生抱寸志流離敢忘君釀桂餐菊英潔齋三沐熏孰云九關遠精意當徹聞捐軀誠有地賈勇先三軍不然齎恨死猶冀揚清芬願乞一棺地葬近要離墳

十月十九日與客飲忽記去年此時自錦屏歸山南道中小獵今又將去此矣

去年縱獵韓壇側玉鞭自探南山雪今年痛飲蜀江邊金盃却吸峨眉月竹枝歌舞新教成凄怨傳得三巴聲城頭築觀出雲雨峨眉正與闌干平酒酣詩就

擲盃去醉蹋玻璨江上路懸知幽礀斷橋邊已有梅花開半樹

冬日

短景忽忽過新寒疊疊來客遊聊戲耳世事亦悠哉綠動連村麥香吹到處梅錦城花柳窟歸去看春回

十月十四夜月終夜如晝

月從海東來徑尺鎔銀盤西行到峨眉玉宇萬里寬幽人耿不寐弄影清夜闌五城十二樓縹緲香霧間不知何仙人亭亭倚高寒欲語不得往悵望冰雪顏叩頭儻見哀容我躡素鸞掬露以爲漿屑玉以爲餐泠泠漱齒頰皓皓濯肺肝逝將從君遊人間苦無歡

下元日五更詣天慶觀寶林寺

朝罷琳宮謁寶坊強扶衰疾具簪裳擁裘假寐籃輿穩夾道吹煙樺炬香樓外曉星猶磊落山頭初日已蒼涼鳴騶應有高人笑五斗驅君早夜忙

梅花

老厭紛紛漸鮮歡愛花聊復客江干月中欲與人爭瘦雪後偷憑笛訴寒野艇幽尋驚歲晚紗巾亂插醉更闌尤憐心事淒涼甚結子青青亦帶酸

又

月地雲階暗斷腸知心誰解賞孤芳相逢只怪影亦好歸去始驚身染香渡口耐寒窺淨綠橋邊凝怨立昏黃與卿俱是江南客剩欲尊前說故鄉

又

玄冥行令肅冰霜牆角疎梅特地芳屑玉定煩修月戶堆金難買破天荒了知一氣環無盡坐笑千林凍欲僵力量世間誰得似挽回歲律放春陽

又

折得名花伴此翁詩情恰在醉魂中高標不合塵凡有尤物真窮造化功霧雨更知仙骨別鉛丹那悟色塵空前身姑射疑君是問道端須順下風

西園

半掩朱門蘚徑斜翠屏繡谷忽谽谺高高下下天成景密密疏疏自在花江近夕陽迎宿鷺林昏殘角促歸鴉吾舟已繫津南岸喚客猶能一笑譁

胡無人

鬚如蝟毛磔面如紫石稜丈夫出門無萬里風雲之會立可乘追犇露宿青海月奪城夜蹋黃河冰鐵衣度磧雨颯颯戰鼓上隴雷憑憑三更窮虜送降款天明積甲如丘陵中華初識汗血馬東夷再貢霜毛鷹羣陰伏太陽昇胡無人宋中興丈夫報主有如此笑人白首篷窗燈

公無渡河 聞雅安守溺死於嘉陵江代其家人作

大莫大於死生親莫親於骨肉河不可憑兮非有難知言之不從兮繼以痛哭望雲九井兮白浪嵯峨刳肝瀝血兮不從奈何秋風颯颯兮紙錢投波從公於死兮下飽蛟鼉

長門怨

寒風號有聲寒日慘無暉空房不敢恨但懷歲莫悲今年選後宮連娟千蛾眉早知獲譴速悔不承恩遲聲當徹九天淚當達九泉死猶復見思生當長棄捐

長信宮詞

憶年十七兮初入未央獲侍步輦兮恭承寵光地寒祚薄兮自貽不祥讒言乘之兮臯釁日彰禍來嗟峨兮勢如壞牆當伏重誅兮鼎耳劍鋌長信雖遠兮匪棄路旁歲給絮帛兮月賜稻粱君舉玉食兮犀箸誰嘗君御朝衣兮誰進熏香婕妤才人兮儼其分行千秋萬歲兮永奉君王妾雖益衰兮尚供蠶桑願置繭館兮組織玄黃欲訴不得兮仰呼蒼蒼佩服忠貞兮之死敢忘

銅雀妓

武王在時教歌舞那知淚灑西陵土君已去兮妾獨生生何樂兮死何苦亦知從死非君意偷生自是慚天地長夜昏昏死實難孰知妾死心所安

得韓无咎書寄使虜時宴東都驛中所作小闋

大梁二月杏花開錦衣公子乘傳來桐陰滿第歸不得金鑾玲瓏上源驛上源驛中搥畫鼓漢使作客胡作主舞女不記宣和妝盧兒盡能女真語書來寄我宴時詩歸鬢知添幾縷絲有志未須深感慨築城會據拂雲祠（唐中受降城在拂雲祠）

曉坐

低枕孤衾夜氣存披衣起坐默忘言餅花力盡無風墮爐火灰深到曉溫空橐時時聞鼠齧小窗一一送鴉飜悠然忽記幽居日下榻先開水際門

斷碑歎 與元姚節度園以折碑爲石筍文猶可識蓋梁蕭懿
墓碑簡文爲太子時撰書法遒美可愛

二蕭同起南蘭陵正如文叔與伯升至今人悲大蕭死齎恨不見梁家興祟祟之陵久爲谷豈惟羣盜分珠玉斷碑槎牙棄道邊文字班班猶可讀剝蝕苔蘚一悽然俯仰人間幾變遷世人作碑君勿哂千載園

林須石筍

夜行至平羌憩大悲院

憶昨遊天台夜投石橋宿水聲亂人語炬火散山谷
穿林有鷩鷴截道多犇鹿今夕復何夕此境忽在目
蒼茫陂十里清淺溪數曲微霜結裘茸落葉拂帽屋
下馬憩村寺頹然睡清熟覺來窗已白殘燈猶煜煜

迓益帥馬上作

馬上遙看江上山白雲紅樹畫圖間經年簿領無休
日却向忙中得少閑

蜀酒歌

漢州鵝黄鸞鳳雛不驚不搏德有餘眉州玻瓈天馬
駒出門已無萬里塗病夫少年夢清都曾賜虛皇碧
琳腴文德殿門晨奏書歸局黄封羅百壺十年流落
狂不除遍走人間尋酒壚青絲玉瓶到處酤鵝黄玻
瓈一滴無安得豪士致連車倒瓶不用杯與盂琵琶
如雷聒坐隅不愁渴死老相如

十一月八日夜燈下對梅花獨酌累日勞甚頗自慰也

犇走人間無已時夜窗喜對出塵姿移燈看影憐渠瘦掩戶留香笑我癡冷豔照杯欺麴糱孤標逼硯結冰澌本來難入繁華社莫向春風怨不知

醉後草書歌詩戲作

朱樓矯首隘八荒綠酒一舉累百觴洗我堆阜峥嶸之胸次寫爲淋漓放縱之詞章墨飜初若鬼神怒字瘦忽作蛟螭僵寶刀出匣揮雪刃大舸破浪馳風檣紙窮擲筆霹靂響婦女驚走兒童藏往時草檄喻西域颯颯聲動中書堂（余嘗草丞相魯公以下與夏國主書於政事堂）一收朝跡忽十載西掠三巴窮夜郎山川荒絕風俗異賴有酒美猶能狂醉中自脫頭上幘綠髮未許侵微霜人生得喪良細事孰謂老大多悲傷

古藤杖歌

我有古藤杖夭矯蛟龍形生於峭壁絕澗上乃是會

稽山陰之蘭亭歷吳入楚上巴硤北遊直看秦山青夜飛或隨暴雨去日歸常帶流漦腥與子扶擕各老大勿復狡獪誇神靈愔愔從此常倚壁聽我夜誦黃庭經

歲晚書懷

殘歲堂堂去新春鼎鼎來夢移鄉國近酒挽壯心回暖律初催柳晴光併上梅東湖有歸日衰抱得頻開

已遣人迓新守

累日倦甚不能觴客睡起戲作

粉闇紅蔫罇俎薄不如止酒得安眠無心已破浮生夢有力聊輕造化權脫髮滿梳真老矣斷香縈几故翛然晚知古佛中邊語正合蒙莊內外篇

種花

西園作戲喚春回桃李陰陰二萬栽不是無心看開遍錦江煙柳待歸來 時將還成都

雨中登樓望大像

去年寒雨中騎驢度劍閣今年當此時臥聽邊城柝巍巍千尺像與我兩寂寞交遊闊四海此老差可託但當頻自省諸惡誓莫作時時一憑高相望要不怍桑間戒三宿堅坐豈渠樂却應輸老夫新春買芒屩

迎赦呈王志夫李德孺師伯渾

平明置騎傳詔函帝意欲與東皇參青城回仗國人喜金鷄銜赦天恩覃吾君愛民靡不到黃紙字密如吳蠶紀元故事極用九聖政盡美方登三赦書改明年元嗟余久已去魏闕夢想豹尾猶毿毿過郊一月方拜赦始知身落天西南歡呼已怪衰病愈蹈舞更覺春風酣何當與子歸共載二月起柁江如藍

冬日

幸是元無了事癡偷閑聊復學兒嬉午窗弄筆臨唐帖夜几研朱勘楚詞山暖已無梅可折江清猶有蟹堪持舊交乖隔音塵斷安得歌呼共一巵蜀中惟嘉州有蟹

雨中睡起

磔磔寒禽無定棲纖纖小雨欲成泥松鳴湯鼎茶初熟雪積爐灰火漸低一氣推移均野馬百年蒙覆等醯雞青山黃葉蘭亭路憶喚鄰翁共架犂

十二月初一日得梅一枝絕奇戲作長句今年於是四賦此花矣

高標已壓萬花羣尚恐嬌春習氣存月兎擣霜供換骨湘娥鼓瑟爲招魂孤城小驛初飛雪斷角殘鐘半掩門盡意端相終有恨夜寒皴玉倩誰溫

無題

畫閤無人晝漏稀離悰病思兩依依釵梁雙燕春先到箏柱羈鴻暖不歸迎得紫姑占近信裁成白紵寄征衣晚來更就隣姬問夢到遼陽果是非

快晴

地闢天開斗柄回今朝紅日遍池臺新陽蘇醒春前柳輕暖醫治雪後梅瓦屋螺青披霧出錦江鴨綠抱

山來衰翁也逐兒童喜旋撥文書近酒盃

獨坐

巾帽敧傾短髮稀青燈照影夜相依窮邊草木春遲到故國湖山夢自歸茶鼎松風吹謖謖香奩雲縷散霏霏羸驂敢復和鑾望只願連山苜蓿肥

十二月十一日視築隄

江水來自蠻夷中五月六月聲摩空巨魚穹龜牙鬚雄欲取闤市爲龍宮横隄百丈臥霽虹始誰築此東平公今年樂哉適歲豐吏不相倚勇赴功西山大竹織萬籠船舸載石來士窮横陳屹立相疊重置力尤在水廟東我登高原相其衝一盾可受百箭攻蜿蜿其長高隆隆截如長城限羌戎安得椽筆記始終插江石崖堅可礱

題龍鶴菜帖　東坡先生元祐中與其里人史彥明主簿書云新春龍鶴菜羹有味舉箸想復見憶耶

先生直玉堂日羞太官羊如何夢故山曉枕春蔬香

春蔬尚云爾況我舊朋友萬里一紙書殷勤問安否
先生高世人獨恨不早歸坐令龍鶴菜猶愧首陽薇

春愁曲 客話成都戲作

虙羲至今三十餘萬歲春愁歲歲常相似外大瀛海
環九洲無有一洲無此愁我願無愁但歡樂朱顏綠
鬢常如昨金丹九轉徒可聞玉兎千年空擣藥蜀姬
雙鬟婭姹嬌醉看恐是海棠妖世間無處無愁到底
事難過萬里橋

荀秀才送蠟梅十枝奇甚爲賦此詩

與梅同譜又同時我爲評香似更奇痛飲便判千日
醉清狂頓減十年衰色疑初割蜂脾蜜影欲平欺鶴
膝枝插向寶壺猶未稱合將金屋貯幽姿

離嘉州宿平羌

初挈囊衣宿水村蕭然一掃舊巢痕本來信手忘工
拙却爲無心少怨恩自笑遠遊誇馬上已營小築老
雲根淡煙疎雨平羌路便恐從今入夢魂

瑞草橋道中作

經年簿書無少暇款段今朝欣一跨瑞草橋邊水亂流青衣渡口山如畫老翁醉著看龍鍾小婦出窺聞婭奼荒陂吹笛晚呼牛古路倚梯晨采柘殘花零落不禁折香草芊茸如可藉郵亭慈竹筍穿籬野店蒲萄枝上架功名垂世端有數利欲昏心喜乘肆羈窮自笑豈人謀閒放每欲從天借草根蟲語秪自悲風裏蓬征安稅駕祖師補處浣花村會傍清江結茆舍

遊修覺寺

上盡蒼崖百級梯詩囊香椀手親攜山從飛鳥行邊出天向平蕪盡處低花落忽驚春事晚樓高剩覺客魂迷興闌掃榻禪房卧清夢還應到剡溪

晚步湖上

雲薄漏春暉湖空弄夕霏沾泥花半落掠水燕交飛
小倦聊扶策新晴旋減衣幽尋殊未已畫角喚人歸

莫春

忙裏偷閑慰晚途春來日日在東湖凭欄投飯看魚隊挾彈驚鴉護雀雛俗態似看花爛熳病身能鬬竹清癯一樽是處成幽賞風月隨人不用呼

池上醉歌

我欲築化人中天之臺下視四海皆飛埃又欲造方士入海之舟破浪萬里求蓬萊取日挂向扶桑枝留春挽回北斗魁横笛三尺作龍吟腰鼓百面聲轉雷飲如長鯨海可竭玉山不倒高崔嵬半酣脫幘髮尚綠壯心未肯成低摧我妓今朝如花月古人白骨生蒼苔後當視今如視古對酒惜醉何爲哉

四月五夜見螢

蜀州官居富水竹四月螢火遶梁飛流年迫人不相貸客子倦遊何日歸

塞上曲

三尺鐵如意一枝玉馬鞭笑把出門去萬里行無前當道何崔嵬云是玉門關方當置屯守征人何時還

馬色如雜花鎧光若流水肅肅不敢譁遙望但塵起
日落戍火青煙重塞垣紫回首五湖秋西風開芡觜

夜聞塔鈴及泉聲

山泉瀉幽竇塔鈴搖天風清音無時盡靜夜尤璁瓏
嗟我走紅塵市聲聒欲聾多生耳根業賴此一洗空
夢騎白鳳皇佩玉朝珠宮覺來撫枕歎月滿草堂中

劍南詩稿卷第四終

劍南詩稿目錄

卷第五

大邑諸山　次韻周輔道中二首　憩黃秀才書堂　夜宿鶡鳴山　次韻周輔霧中作　山中得長句戲呈周輔弁簡朱縣丞　擣藥鳥出山　平雲亭　高秋亭　九日小疾不出
九日試霧中僧所贈茶　我有美酒歌　次韻師伯渾見寄　自江源過雙流不宿徑行之成都　過綠楊橋　五鼓自簇橋入府　客多福院晨起　雨中出謁歸晝臥　長歌行　夜食炒栗有感　秋夜懷吳中　遊三井觀　偶遊閣　寓居小菴纔袤丈戲作　送華師從劍州張秘書之招

劍南詩稿卷第五

宋　陸　游　務觀

曉歎

一鴉飛鳴窗已白推枕欲起先歎息翠華東巡五十年赤縣神州滿戎狄主憂臣辱古所云世間有粟吾得食少年論兵實狂妄諫官劾奏當竄殛不爲孤囚死嶺海君恩如天豈終極容身有祿愧滿顏滅賊無期淚橫臆未聞舍桃薦宗廟至今銅駞沒荊棘幽幷從古多烈士悒悒可令長失職王師入秦駐一月傳檄足定河南北安得揚鞭出散關下令一變旌旗色

苦筍

藜藿盤中忽眼明駢頭脫襁白玉嬰極知耿介種性別苦節乃與生俱生我見魏徵殊媚嫵約束兒童勿多取人才自古要養成放使干霄戰風雨

月下作

池上迎微風柏閒蹋涼月冷然醉夢醒一洗煩惱熱
嗟予世外人火食常嘔噎易求雲表露難覓大古雪
況欲試祕方瓊漿和玉屑俛首居俗閒愁若鷹在紲
惟茲服月芒比歲稍得訣但令天無雲豈復計圓缺
玉鉤定誰挂冰輪了無轍詩成獨高詠靈府炯澄澈

又

畏暑不巾襪步月楮短笻瘦身髮髩鬅鬙顧影如孤松
徑幽螢闇開池漲魚噞喁飛泉穿北垣珠玉相撞舂
東湖更奇絕百畝銀初鎔但能抱琴往絕恨欠鶴從
重露傾荷盤微風墮芙蓉歡言美清夜縹渺吹疎鐘
空中飛僊人粲然冰雪容笑我老塵世不記瑤臺逢

小宴

洗君鸚鵡盃酌我蒲萄醅冒雨鷺不去過春花續開
英雄漫青史富貴亦黃埃今夕湖邊醉還須秉燭回

小閣納涼

侵牀月白病全蘇掠面風清洒欲無渺渺塘陰下鷗
鷺蕭蕭秋意滿菰蒲縱輸煙渡橫孤艇也勝京塵暗
九衢莫遣良工更摹寫此詩端是臥遊圖

晨雨

揮汗驅蚊廢夜眠清晨一雨便翛然涼生池閣衣巾
爽潤入園林草木鮮青蒻雲腴開鬬茗翠罌玉液取
寒泉飯餘一枕華胥夢不怪門生笑腹便

湖上筍盛出戲作長句

纖纖穿苔瑇瑁簪按行日夜待成林養渠百尺干霄
氣見我平生及物心剩插藩籬憂玉折豫期風雨聽
龍吟明年又徙囊衣去誰與平安報好音

雨後集湖上

野水交流自滿畦芳池新漲恰平堤花藏密葉多時
在鸎占高枝盡日啼繡袂寶帬催結束金尊翠杓共
提攜白頭自喜能狂在笑擘蠻牋落醉題

過大蓬嶺度繩橋至杜秀才山莊

度笮臨千仞梯山躡半空溼雲朝莫雨陰壑古今風亭觀參差見闌干詰曲通柳空叢篠出松偃翠蘿蒙負籠銀釵女鉏畬鶴髮翁何由有餘俸小築此山中

宿杜氏晨起遇雨

怪藤十圍蔽白日老木千尺干青霄水泛戛灘竹作舫陸行跨空繩繫橋陰陰古屋精靈語慘慘江雲蛟鰐驕吾道非耶行至此諸公正散紫宸朝

翠圍院

曉入翠圍寺擁門千萬峯山空鳥自命林茂鹿相從娟娟風中笮昏昏雲外鐘將歸興未盡清嘯倚長松

野飯

薏實炊明珠苦筍饌白玉輪囷斸區芋芳辛采山蔌山深少鹽酪淡薄至味足往往八十翁登山逐犇鹿可憐城南社零落依澗曲面餘作詩瘦趨拜尚不俗杜氏自譜以爲子美下硤留一子守浣花舊業其後避成都亂徙眉州大埡或徙大蓬云　病夫益倦遊頗願老窮谷是家吾所

慕食菜如食肉時能喚隣里小甕酒新漉何必懷故鄉下箸厭雁鶩

化成院

翠圍至化成七里幾千盤肩輿掀淳浡歎息行路難緣坡忽入谷蜒蜿蒼龍蟠孤塔插空起雙栴當夏寒飛屐到上方漸覺所見寬前山橫一几稻陂白漫漫肥僧大腰腹呀喘趨迎官走疾不得語坐定汗未乾高人遺世事跏趺穴蒲團作此望塵態豈如返巾冠

日落聞鹿鳴感我平生歡客遊殊未已芳歲行當闌

慈雲院東閣小憩

橫閣院東偏翛然拂榻眠香濃煙穗直茶嫩乳花圓巖倚團團桂筒分細細泉憑誰爲題版牓作小壺天

遊靈鷲寺堂中僧闃然獨作禮開山定心尊者尊者唐人有問法者輒點胸示之時號點點和尚

半世吳松理釣絲蜀山著脚豈前知雲堂已散三三

衆卯塔空尋點點師戴雪數峯臨峭絶浮花一水舞
淪漪寺西望雪山下臨桃源勞生未盡能重到應掃流塵
讀此詩

桃源

木缺橋横一徑微斷煙殘靄晩霏霏十年勸客明雙
眼五月遊人換夾衣翠峽束成寒練靜蒼崖濺落素
鮫飛爾來自笑癡頑甚著處吟哦不記歸

白塔院 時小雨初霽

冷翠千竿玉浮嵐萬幅屏凭欄避微雨挈笠遇歸僧
殘日明樓角屯雲擁塔層溪山屬閑客隨意倚枯藤

急雨

炎炎赤日當空燒簿書圍坐如居窰黑雲壓簷忽岧
嶢急雨鼎來風駕潮彈壓旱氣蘇枯焦祝融退聽不
敢驕父老歌舞看稻苗殺雞買酒更相邀我亦巾褐
涼蕭蕭酒醒點滴聞梧蕉珍簟不御扇罷搖安用萬
里登凌歊

東湖新竹

插棘編籬謹護持養成寒碧映淪漪清風掠地秋先到赤日行天午不知解籜時聞聲簌簌放梢初見葉離離官閑我欲頻來此枕簟仍教到處隨

睡起試茶

笛材細織含風漪蟬翼新裁雲碧帷端谿硯璞斲作枕素屏畫出月墮空江時朱欄碧甃玉色井自候銀鉼試蒙頂門前剝啄不嫌渠但恨此味無人領

五月五日蜀州放解牓第一人楊鑑具慶下孤生愴然有感

甲午五月之庚寅淵魚躍起三江津震雷霆雨夜達晨我知決定非凡鱗人生富貴不逮親萬鍾五鼎空酸辛少年得祿羞常珍調節滋味躬爨薪徹食奉盥授帨巾此樂豈復論賤貧嗟我不孝負鬼神俯仰二紀悲如新仕宦空飽息與嬪左右供養無復辰子行射策對楓宸綵衣楚楚暎華紳泝江亟歸娛老人切

勿著意長安春

病酒新愈獨卧蘋風閣戲書

用酒驅愁如伐國敵雖摧破吾亦病狂呼起舞先自
困閉戸垂帷眞廟勝今朝屏事卧湖邊不但心空兼
耳靜自燒沉水瀹紫筍聊遣森嚴配堅正 紫筍蒙頂之上者其味尤重 追思昨日乃可笑倚醉題詩恣豪橫逝
從屈子學獨醒免使曹公怪中聖

神君歌 謁英顯廟作

泰山可爲礪東海可揚塵惟有壯士志死生要一伸
我夢神君自天下威儀奕奕難具陳飛龍駕車不用
馬訶前殿後皆鬼神奇形詭狀密如魚鱗𩰪𩰪𩰪𩰪
爭扶車輪黑纛白旄其來無垠黃霧紫氛合散輪囷
考錄魑魅號呼吟呻約束蛟螭夭矯服馴後車百兩
載美人巾構鮮麗工笑顰金尊翠杓溢芳醇琵琶箜
篌飾怪珍世間局促常悲辛神君歡樂千萬春嗚呼
生不封侯死廟食丈夫豈得抱志長默默

讀胡基仲舊詩有感

少日飛騰翰墨場莫年相見尚昂藏沈沙舟畔千帆過翦翮籠邊百鳥翔訪古每思春竝轡說詩仍記夜連牀匆匆去日多於髮不獨悲君亦自傷

夏日湖上

烏帽筇枝散客愁不妨胥史雜沙鷗迎風枕簟平欺暑近水簾櫳探借秋茶竈遠從林下見釣筒常向月中收江湖四十餘年夢豈信人間有蜀州

對酒歎

鏡雖明不能使醜者妍酒雖美不能使悲者樂男子之生桑弧蓬矢射四方古人所懷何磊落我欲北臨黃河觀禹功犬羊腥羶塵漠漠又欲南適蒼梧弔虞舜九疑難尋眇聯絡惟有一片心可受生死託千金輕擲重意氣百舍孤征赴然諾或攜短劍隱紅塵亦入名山燒大藥兒女何足顧歲月不貸人黑貂十年弊白髮一朝新半酣耿耿不自得淸嘯長歌裂金石

曲終四座慘悲風人人掩淚無人色

病後暑雨書懷

髮毛蕭颯疾初平雲物輪囷氣未清水漲小亭無路到雨多幽草上牆生窗昏頓減䌫書課屋老時聞墮瓦聲止酒士聊還自笑少年豪飲似長鯨

雨聲

暑氣滿天地薄莫加煩促清風吹急雨集我北窗竹竹聲蕭蕭固自奇況得雨聲相發揮令人忽憶雲門寺半夜長松墮雪時

同何元立賞荷花追懷鏡湖舊遊

少狂欺酒氣吐虹一笑未了千觴空涼堂下簾人似玉月色泠泠透湘竹三更畫舩穿藕花花爲四壁舩爲家不須更踏花底藕但嗅花香已無酒花深不見畫船行天風空吹白紵聲雙槳歸來弄湖水往往湖邊人已起卽今憔悴不堪論賴有何郎共此尊紅綠疎疎君勿歎漢嘉去歲無荷看

小樓

吾州近在西山麓雪山萬仞臨冰谷小樓森森閱三伏清簟疎簾對棋局肌膚凄凜起芒粟肝肺崢嶸壘瓊玉香泉向夕初罷浴桐竹生風吹細縠九衢憧憧車擊轂黃塵赤日汗可掬還家欲休客陸續借與此詩令一讀

怡齋

東湖仲夏草樹荒屋古無人亭午涼萱房微呀不見日筍籜自解時吹香野藤蟠屈入窗罅溼菌扶疎生屋梁跨溝數椽最幽翳漲水及檻雨敗牆靜涵青蘋舞藻荇閑立白鷺浮鴛鴦芙蕖雖瘦亦瀰漫照眼翠蓋遮紅妝水紋珍簟欲卷卻團團素扇嬾復將天風忽送塔鈴語喚覺清夢遊瀟湘

龍湫歌

環湫巨木老不花蓊淪千尺龍所家爪痕入木欲數寸觀者心掉不敢譁去年大旱綿千里禾不立苗麥

垂死林神社鬼無奈何老龍欠伸徐一起隆隆之雷
浩浩風倒卷江水傾虛空鱗間出火作飛電金蛇夜
掣層雲中明朝父老來賽雨大巫吹簫小巫舞祠門
人散月娟娟龍歸抱珠湫底眠

月夕

我昔隱天台夜半遊句曲弄月過垂虹萬頃一片玉
煙艇起菱唱水風吹釣絲更欲小徙倚恐失初平期
今年遊青城三十六峯巒白雲反在下使我毛骨寒
天如玻璃鍾倒覆溼銀海素壁行其間草木盡光彩
姮娥顧我笑手撫玉兔兒莫怪世人生白髮秋風桂
老欲無枝

蒸暑思梁州述懷

宣和之末予始生遭亂不及遊司并從軍梁州亦少
慰士脈深厚泉流清季秋嶺谷浩積雪二月草木初
抽萌夏中高涼最可喜不省舉手驅蟁蝱藏冰一出
賣滿市玉璞堆積寒崢嶸柳陰夜臥千駟馬沙上露

宿連營兵胡笳吹墮瀁水月烽燧傳到山南城最思
出甲戌秦隴戈戟徹夜相摩聲兩年劍南走塵土肺
熱煩促無時平荒池昏夜蛙閤閤食案白日蠅營營
何時王師自天下雷雨澒洞收攙搶老生衰病畏暑
溼思上鄠杜開柴荊

湖上晚歸

地僻多幽事官閑慰古心晚花藏密葉新筍補疎林
碩果畦丁獻芳醪稚子斟碧雲遮日盡歸路更蕭森

秋聲

人言悲秋難爲情我喜枕上聞秋聲快鷹下韝爪觜
健壯士撫劍精神生我亦奮迅起衰病唾手便有擒
胡興弦開雁落詩亦成筆力未饒弓力勁五原草枯
苜蓿空青海蕭蕭風卷蓬草罷捷書重上馬却從鑾
駕下遼東

觀小孤山圖

江平風不生鏡面渺千里軻峨萬斛舟遠望一點耳

大孤江中央四面峭插水小孤特奇麗丹翠淩雲起
重樓邃殿神之家帳中美人粲如花遊人徙倚欄干
處俊鶻橫江東北去

飲酒

陸生學道欠力量胸次未能和盎盎百年自笑足悲
歡萬事聊須付酣暢有時堆阜起崢嶸大呼索酒澆
使平世間豈無道師與禪老不如閑門參麴生朋舊
年來散如水惟有鐺杓同生死一日不見令人愁晝
夜共處終無尤世言有毒在麴糵腐脅穿腸凝血脈
人生適意即爲之醉死愁生君自擇

北窗梧葉坐間落四五有感

高梧一葉脫便覺秋不遠晨起髮滿梳吾衰孰云晚
古來追黿足歷塊或小蹴金鼓噪陳間此任豈駑蹇
女子則多怨丈夫當自反默觀憂患機推見生死本
山林嫌獨往臺省亦衮衮會稽歸去來阜橋佳差穩

神山歌

吾聞海中五神山其根戴以十五鼇一朝六鼇被釣
去岱輿員嶠沉洪濤尚餘三山巋然在當時不沒爭
秋毫如何蓬萊又已淺忽見平地生藜蒿伏羲迨今
幾萬歲世事如火煎油膏娶妻不敢待翁命治水無
暇憐兒號避讒犇楚僅得免歷聘返魯終不遭老聃
關尹亦又死人實危脆無堅牢有口惟可飲醇醪有
手惟可持霜螯勿令他人復笑汝後有萬世來滔滔

久雨

昏昏風雨暗東湖恰似梅黃四月初高樹送聲驚客
枕小池分溜入清渠飛蚊屏迹知何在團扇生塵已
暗疎須信西遊有奇事今年三伏夜觀書

古意

紲足飼飢鷹鷹飽意未平伏櫪豈不安老驥終悲鳴
士生固欲達又懼徒富貴素願有未伸五鼎淡無味
茅屋秋雨漏稻陂春水深長歌傾濁酒舉世不知心

自唐安之成都

出門猶苦雨度塹喜新晴日正車無影風高葢有聲
疎疎稚苗立鬱鬱晚桑生宿醉行猶倦無人爲解酲

度笮 江原縣

翩翩飄飄笮受風行人疾走緣虛空回觀目眩淚花
上小跌身裏蛟涎中汗沾兩握色如菜數乘此險私
自怪九折元非叱馭行千金空犯垂堂戒此身老大
足悲傷歲歲天涯憶故鄉安得畫船明月夜滿川歌
吹入盤閶 盤閶姑蘇二門名

故袍

青衫猶是國工裁破篋塵侵手自開莫笑渾如霜葉
闇兩朝曾見聖君來

寓寶相有作

掃地鏡面清燒香雲氣潤道人敬愛客危坐目不瞬
童子髡兩髦經禪亦精進我來願同龕歡喜無少吝
臨堂坐夜分佛燈看墮燼清晨爽如秋攝衣相問訊
道在氛埃表此語其殆信永愧小阮高超然棄鬚鬢

從子綽棄其婦爲僧廬山

寓驛舍 予三至成都皆館于是

閑坊古驛掩朱扉又憩空堂綻客衣九萬里中鯤自化一千年外鶴仍歸遶庭數竹饒新筍解帶量松長舊圍惟有壁間詩句在暗塵殘墨兩依依

題宇文子友所藏薛公鶴

仙人騏驥絶世稀卵生凡禽似而非宮保妙筆窮化機縞衣玄裳眞令威千年華表聊一歸回首幸脫乘軒譏喙吞不恨菰米微從吾曹遊安得肥

宴西樓

西樓遺跡尚豪雄錦繡笙簫在半空萬里因循成久客一年容易又秋風燭光低映珠幬麗酒暈徐添玉頰紅歸路迎涼更堪愛摩訶池上月方中

月中歸驛舍 六月十四日

歲歲常爲錦水行驛前雙堠慣逢迎草深閑院蟲相語人靜空廊月自明病起酒徒嘲小戶才衰詩律媿

長城何時却泛耶溪路臥聽菱歌四面聲

江瀆池醉歸馬上作

久住西州似宿緣笙歌叢裏著華顛每嗟相見多生客却憶初來尚少年迎馬綠楊爭拂帽滿街丹荔不論錢浮生何處非覊旅休問東吳萬里船

離成都後却寄公壽子友德稱

蕭條常閑爵羅門點檢朋儕幾箇存吾道將爲天下裂此心難與俗人言逢時尚可還三代掩卷何由作九原寄語龜城舊交道新涼殊憶共清尊

晨至湖上

劍南無劇暑長夏更宜人啼鳥常終日幽花不減春荷香浮綠酒藤露落烏巾莫作天涯想翛然夢裏身

又

園古逢秋好身閑與嬾宜空堂賞疎豁重閣望參差竹粉有新意松風含古姿低回慚祿米官事少於詩池上見魚躍有懷姑孰舊遊

雨過回塘漲碧漪幽人閑照角巾攲銀刀忽裂圓波出宛似姑溪晚泊時

六月二十五日曉出郊

劍南作客歲再淹正如病翼遭䵒黏短衣射虎性所樂不耐䡴𨏥垂車幨今晨偶出得一快欣然意若脫楚鉗曉星已疎更磊磊殘月欲盡猶纖纖雞鳴已與夜漏斷鴉起似逐朝陽暹揚鞭走馬忘老憊自笑狂疾何由砭

作雨不成終夜極涼時去立秋五日也

雲映星芒澹風闌雨脚回體輕知病去氣爽喜秋來疎放拋烏帢歌呼覆綠盃東歸定何日瀲灩欲崔嵬

池上晚雨

烏紗白葛一枝筇罨畫池邊遡晚風雲葉初生高樹外雨聲已到亂荷中憑闌頓覺氛埃遠回首方知暑毒空閱世萬端惟小忍何人更事似衰翁

五十

五十未名老無如衰疾何肺肝空激烈顏鬢已蹉跎夜宴看長劍秋風舞短蓑此身如砥柱猶足閱頹波

記夢

夢泛扁舟禹廟前中流拂面風泠然樓臺縹緲知幾疊雲物點綴多餘妍蓮房芡觜采無主漁歌菱唱聲滿川夢中了了知是夢却恐燕語來驚眠弄橈顧謂共載客乖離不記經幾年卽今相逢兩幻質轉盼變滅如飛煙斯言未竟客大笑人生寓世豈獨堅元章嘉叟君所見一別丹旐俱翩翩君知夢覺本無異勿爲晝變流饞涎我慚俯首夢亦斷尚覺細浪鳴船舷

凭欄

蟬嘒晚尤壯鴉棲久未安不成浮舴艋故作凭闌干露重傾荷蓋風尖蹙芡盤新秋動歸思更覺五湖寬

聽琴

疎簾曲檻蘋風涼細腰美人藕絲裳綠藤水文穿矮牀玉指纖纖彈履霜高林鸎囀日正長幽澗泉鳴夜

未央哀思不怨和而莊有齊淑女禮自防世人但惑青樓倡琵琶箜篌雜胡羌試聽一曲醒汝狂文姬指法傳中郎

秋思

烈日炎天欲不禁喜逢秋色到園林雲陰映日初蕭瑟露氣侵簾已峭深衰髮凋零隨槁葉苦吟淒斷雜疎碪鴈來不得中原信撫劍何人識壯心

醉書

似閑有俸錢似仕無簿書似長免事任似屬非走趨病能加餐飯老與酒不疎婆娑東湖上幽曠足自娛時時喚客醉小閣臨紅蕖釣魚斫銀絲擘荔見玉膚檀槽列四十遺聲傳故都豈惟豪兩川自足誇東吳但恨詩不進榛荒失耘鋤何當掃纖豔傑作追黃初

樊氏莊龜泉

曳尾穹龜不負圖一泓寒碧照庭除醉中只合長來此臥聽蠻童放轆轤

書懷

楚澤巴江兩鬢殘夕陽又是倚闌干敢言日與長安遠惟恨天如蜀道難客枕五更歸夢短新詩千首後人看青簾白舫何時發醉聽琵琶興已闌　唐安弦索為兩川冠

又

西風蕭瑟晚吹衣又見亭皐木葉飛已是中年頻作惡更堪秋日送將歸　時何守還青城　黃塵顏鬢無人識青史功名與願違彊把一盃還徑醉羈懷何必不依依

秋思

大面山前秋笛清細腰宮畔莫灘平吳檣楚柁動歸思隴月巴雲空復情萬里風塵舊朝士百年鉛槧老書生水村漁市從今始安用區區海內名

又

巢燕成歸秋景奇頹容老子醉哦詩山晴更覺雲含

態風定閑看水弄姿痛飲何由從次道竝遊空復憶
安期天涯又作經年客莫對青銅恨鬢絲

又

西風吹葉滿湖邊初換秋衣獨慨然白首有詩悲蜀
道清宵無夢到鈞天迂疎早不營三窟流落今寧直
一錢把酒未妨餘興在試憑絲管餞流年

東園晚步

久客天涯憶故園彊名官寺只衡門秋桐蠹遍無全
葉古柳吹斜出半根痛飮每思尊酒窄微官空羡布
衣尊何時定下三巴去思臥孤舟聽斷猿

秋夜讀書戲作

別駕生涯似蠹魚簡編垂老未相疎也知賦得寒儒
分五十燈前見細書

太平花　花出劍南似桃四出千百包駢萃成朵天聖中獻至

京師仁宗賜名太平花

扶牀踉蹡出京華頭白車書未一家宵旰至今勞聖

主淚痕空對太平花

日莫至湖上

籃輿晚繞湖樂此新秋涼粉落竹方老紅凋荷更香
天宇無纖雲仰視鴻鵠翔小樓久不登撫檻悲慨慷
浮生寄一夢共盡無彭殤況我數月客轉眼促去裝
顧作兒女態裴徊惜流光簷角迎夜月林間送斜陽

四年已五遷終歲常遑遑安得一茆屋歸老樵風旁
會稽山南有溪名樵風涇其上即若耶

秋興

無處逢秋不黯然驛前斜日渡頭煙吟肩雅與寒驢
稱歸夢頻爭社燕先百歲猶穿幾兩屐千詩不及一
囊錢故應身世如團扇已向人間耐棄捐

秋色

一段淒涼傍酒盃中年剩作楚囚哀迢迢似伴明河
出慘慘如隨落照來客路半生常淚眼鄉關萬里更
危臺蓼汀荻浦江南岸自入秋來夢幾回

秋聲

蕭騷拂樹過中庭何處人間有此聲漲水雨餘晨放閘騎兵戰罷夜還營閑憑曲几聽雖久彊撫哀弦寫不成暑退涼生君勿喜一年光景又崢嶸

觀長安城圖

許國雖堅鬢已斑山南經歲望南山橫戈上馬嗟心在穿塹環城笑虜孱諜者言虜穿塹三重環長安城日莫風煙傳隴上秋高刁斗落雲間三秦父老應惆悵不見王師出散關

雨中作

方驚歲更端不覺秋已孟雖云暑毒族無奈風雨横荷空湖面闊葉脫樹枝勁百卉亦已衰非復昔華盛遊子老忘歸一榻臥衰病欲談無客來向壁弄塵柄

夜讀了翁遺文有感

秋雨蕭蕭夜不眠挑燈開卷意淒然吾曹自欲期千載世論何曾待百年當日公卿笑迂闊卽今河洛汚

腥膻陰陽消長從來事玩易深知屢絶編 公有易傳

雷

君不見冬月雷深藏九地底寂默如寒灰紛紛槁葉木盡脫蠢蠢蟄戶蟲爭坯堅冰積雪一朝盡風搖天邊斗柄囘雷聲却擘九地出殷殷似挾春俱來魚龍振鬐熟睡醒桃李一笑韶顏開候耕老農喜欲舞掀泥百艸知誰催惟嗟婦女不解事深屋掩耳藏嬰孩吾聞陰陽有常數非時動靜皆爲菑無人爲報阿香道時來何至勞卿推

龍眠畫馬

國家一從失西陲年年買馬西南夷瘴鄉所產非權奇邊頭歲入幾番 一作數 皮崔嵬瘦骨帶火印離立欲不禁風吹圉人太僕空列位龍媒汗血來何時李公太平官京師立仗慣見渥洼姿斷縑歲久墨色暗逸氣尚若不可羈賞奇好古自一癖感事憂國空餘悲嗚呼安得毛骨若此三千疋銜枚夜度桑乾磧

秋夜池上作

短髮颼颼病骨輕臨池閑看露荷傾月明何與浮雲事正向圓時故故生

秋雨

西山雲千重東園泥一尺可憐牆下路十日無履迹空庭桐葉盡古甃土花碧坐懷江湖間病鴈溼羽翮寒窗向人青衰髮垂領白孤吟更不寐聊伴候蟲嘖

臥病

人生寓一氣血脈日夜流秋毫或壅隔百體若相仇嗟予少多疾衣食拙自謀方寸叢百慮如箭集射侯犇走連數歲呻吟劇茲秋生死亦何有成壞同一漚胡爲不自愛森然起戈矛一笑衆妄滅霜天鷹睨韝

呼兒屏藥囊吾疾今其瘳

夢入禪林有老宿方陞座或云通悟禪師也

塵埃車馬何憧憧麞頭鼠目厭妄庸樂哉夢見德人容巍巍堂堂人中龍舉頭仰望太華峯攝衣欲往路

無從忽然夢斷難再逢空記說法聲如鐘

蜀州大閱 八月二十七日

曉束戎衣一悵然五年奔走遍窮邊平生亭障休兵
日慘澹風雲閱武天戍隴舊遊眞一夢渡遼奇事付
他年劉琨晚抱聞雞恨安得英雄共著鞭

放懷亭獨立有感

葦叢枯倒蓼花紅小立東湖更向東委肉本知居几
上翦翎何恨著籠中一笻信脚乾坤窄百榼澆愁寵
辱空誰道窮途知舊少此心念念與天通

九月三日同呂周輔教授遊大邑諸山

大邑知名杜叟詩山中仍值菊花時節旄落盡羈臣
老髀肉生來壯士悲豪舉每嫌盃淥淺癡頑頗怪鬢
絲遲廣文別乘官俱冷相伴寬爲五日期

次韻周輔道中

山靈喜我馬蹄聲正用此時秋雨晴日淡風斜江上
路蘆花也似柳花輕

又

從來重九如寒食天氣微陰正自佳莫問茱萸賜朝士一尊隨處有黃花

憩黃秀才書堂

吾生如虛舟萬里常泛泛終年厭作客著處思繫纜道邊何人居花竹頗閑淡門庭淨如拭窗几光可鑑堂上滿架書朱黃方點勘把茅容卜鄰老死更誰憾

夜宿鵠鳴山 山蓋張天師學道之地事與史合

西遊萬里已關天采藥名山亦宿緣老柏干霄如許壽幽花泣露爲誰妍苔黏石磴捫蘿上燈耿雲房掃榻眠安得仙翁索米術一生留此弄寒泉 索米謂五斗米法

次韻周輔霧中作

一日籃輿十過溪丹萸黃菊及佳時端居恐作他年恨聯轡聊成此段奇側磴下臨重澗黑亂雲高出一峯危何時關輔胡塵靜大華山頭更卜期

山中得長句戲呈周輔弁簡朱縣丞

鶴鳴山空無鶴來青霞嶂深天壁開千巖角逐互吞吐一峯拔起矜崔嵬日光微漏潭見底青霞嶂碧玉潭皆霧中佳處水氣上薄雲成堆幽禽飛鳴報客至奇樹璀璨知誰栽花藤怪蔓白晝暗犇猨落狖無時哀路窮尚躡一千級忽見密竹藏樓臺共言神僧昔住此至今光景如天台搘筇負笠出復沒喜動婦人驚提孩高人何至作狡獪無乃翫世聊相詼不然學道窮實際詎搶正大崇奇瓌儒林丈人學擅世餘事尚壓蔡與崔名山未死可再到此士一失難重陪贊府摘山事如織擺撥領客何奇哉境幽神愴不可住歸倩玉手傳金盃朱君有侍兒許為客出

搗藥鳥霧中有此鳥鳴聲清絕正如杵藥

白髮無情日日生檄愁聊復作山行幽禽似欲嘲衰病故學禪房杵藥聲

出山

出山似與高人別回首時時一悵然它日再來緣要
熟遍題名姓綠巖邊

平雲亭　大邑

滿榼芳醪何處傾金鼇背上得同行天垂綠野三邊
盡雲與朱闌一樣平煙樹微茫疑誤墨風松蕭瑟有
新聲黃花未吐無多恨也勝湘纍拾落英

高秋亭　大邑

三日山中醉復醒徑歸回首愧山靈從今惜取觀書
眼長看天西萬壘青

九日小疾不出

病厭追遊嬾舉觴今年閉戶作重陽香煙裊裊閑縈
几書卷紛紛靜滿牀斜日更增秋慘淡黃花應怪客
凄涼長安光景還如昨誰醉城南杜曲旁　昔官都下每
以九日遊西湖諸寺

九日試霧中僧所贈茶

少逢重九事豪華南陌雕鞍擁鈿車今日蜀州生白

髮瓦爐獨試霧中茶

我有美酒歌

我有美酒起自斟勸君一巵爲君吟素衣未遂京塵化綠鬢已受吳霜侵三巴塗路何嶔崟五溪霧潦多毒淫虎豹夜嘯裂崖谷魑魅晝出矜山林身如槁葉墮幽穽窅窅何啻千尺深無因剖胸出此心一寸孤忠天實臨

次韻師伯渾見寄

窮鄉久客易消魂短髮秋來白幾分夢泛扁舟鏡湖月身騎瘦馬劍關雲萬釘寶帶知何用九轉金丹幸有聞欲與先生同此計會營茅舍近江濱 伯渾隱龍山僕亦有結茅蟆津之意

自江源過雙流不宿徑行之成都

斷笮飄飄挂渡頭臨江立馬喚漁舟少城已破繁華夢老境聊尋汗漫遊斜日驛門雙堠立早霜風葉一林秋詩材滿路無人取準擬歸驂到處留

過綠楊橋

過縣東馳十里遙行吟不覺度谿橋磴輪激水無時息酒旆迎風盡日搖半掩店門燈煜煜橫穿村市馬蕭蕭秦吳萬里行幾遍莫恨尊前綠鬢凋

五鼓自簇橋入府

曉月有餘光秋樹無濃影野煙浩無際陂路行愈永堰聲何澎湃露氣正悽冷忽然客愁破更覺詩律整昔人千載意忙裏一笑領山林豈難歸吾計自不猛

客多福院晨起

萬鯨傳響徹修廊喚起衰翁曉夢長萬事可憐隨日出一生常是伴人忙馳驅深厭交飛蓋息偃何時靜炷香四到錦城身愈老更堪重入少年場

雨中出謁歸晝臥

宿雨盈車轍秋風漲帽帬愛閑惟兀兀應俗苦紛紛病眼添花暈酡顏褪纈紋歸來炷香臥窗底看微雲

長歌行

人生不作安期生醉入東海騎長鯨猶當出作李西平手梟逆賊清舊京金印煌煌未入手白髮種種來無情成都古寺臥秋晚落日偏傍僧窗明豈其馬上破賊手哦詩長作寒螿鳴興來買盡市橋酒大車磊落堆長缾哀絲豪竹助劇飲如鉅野受黃河傾平時一滴不入口意氣頓使千人驚國讎未報壯士老匣中寶劍夜有聲何當凱還宴將士三更雪壓飛狐城

夜食炒栗有感 漏舍待朝朝士往往食此

齒根浮動歎吾衰山栗炮燔療夜飢喚起少年京輦夢和寧門外早朝來

秋夜懷吳中

秋夜挑燈讀楚辭昔人句句不吾欺更堪臨水登山處正是浮家泛宅時巴酒不能消客恨蜀巫空解報歸期灞橋煙柳知何限誰念行人寄一枝

遊三井觀

三井久知名暇日偶一訪棟宇壞欲盡基址尚閎壯

畫牆皆國工煙雲儼天仗旌旄亞戈戟佩玉雜弓韔
太古實傑作筆落九天上吳生名擅世睥睨未肯讓
規模遠有考意象豪不放最奇老癯仙骨立神愈王
石恪雖少怪用筆亦跌宕兩姝淡蛾眉非復火食狀
塵埃久侵蝕風雨無蔽障好事未易逢寧能久亡恙
雍洛劫火餘妙迹盡凋喪斯遊恐難繼佇立增悄愴

僊遊閣

張公一去二百載傑閣依然橫靄中徙倚看碑仍看
畫時聞柏子落秋風

寓居小菴纔袤丈戲作

早衰甚畏寒颼颼厭空館登閣望東菴亭亭長一繖
欣然願暫寓竹庋門可款外看磔蝟毛仰視覆鷇卵
席纔置錐地牖若窺天管瓦爐香不去營寢衾易暖
頗疑漁菴結又類土室窾家具止囊衣弛擔著亦滿
客來勿嗤陋老我善用短猶能設胡牀相喚共茗椀

送華師從劍州張祕書之招

三年相伴錦江頭一日翩然不可留官冷蓬門無客
戀時清劍閣有僧遊閼山默數來時路風月懸知别
後愁禪版經龕有餘暇頻登高處望西州

劍南詩稿卷第五終

劍南詩稿目錄

卷第六

道中　賴牟鎮早行　初到榮州　城上二首

西樓夕望　醉中懷眉山舊遊　登城望西

崦　甲午十一月十三夜夢右臂踊出一小劍

長八九寸有光既覺猶微痛也　齋中夜坐有

感　晚登横溪閣二首　昭德堂晚步　龍洞

客中夜寒戲作長謠　高齋小飲戲作　太

液黃鵠歌有引　自唐安徙家來和義出城迎

之馬上作　乙未元日　別榮州　聞仲高從

兄訃　夏日過摩訶池　早行　天中節前三

日大聖慈寺華嚴閣燃燈甚盛遊人過於元夕

喜雨　夜聞浣花江聲甚壯　暑行憩新都

驛　早發新都驛　謁諸葛丞相廟　自漢州

之金堂過沈氏竹園小憩坐間微雨　自小雲

頂上雲頂寺　馬上微雨　彌牟鎮驛舍小酌

遊彌牟菩提院庭下有凌霄藤附古楠其高

數丈花已零落滿地　樓上醉歌　伏日獨遊

城西　五鼓送客出城馬上作　寓舍書懷
夜登城樓　試茶　成都大閱　書懷　遊大
智寺　看月睡晚戲作　成都書事二首　雙
溪道中　牛飲市中小飲呈坐客　自警　午
寢　白髮　明日午睡至莫復次前韻　醉中
長歌　對酒　人日飲昭覺　上元前一日
上元二首　喜譚德稱歸　春感　春晴暄甚
遊西市施家園　花時遍遊諸家園十首　曉
過萬里橋　自合江亭涉江至趙園　春晴

劍南詩稿卷第六

宋 陸游 務觀

江上對酒作

把酒不能飲苦淚滴酒觴醉酒蜀江中和淚下荊揚樓櫓壓湓口山川蟠武昌石頭與鍾阜南望鬱蒼蒼戈船破浪飛鐵騎射日光胡來即送死詎能犯金湯汴洛我舊都燕趙我舊疆請書一尺檄爲國平胡羌

自嘲

華子中年百事志嵇生仍坐嬾爲妨病於榮宦冥心久老向端閑得味長對客欲談還憒憒讀書纔過已茫茫青縑帳暖黃紬穩聊借東菴作睡鄉

莫歸馬上作

石筍街頭日落時銅壺閣上角聲悲不辭與世終難合惟恨無人麤見知寶馬俊遊春浩蕩江樓豪飲夜

淋漓醉來剩欲吟梁父千古隆中可與期

臨別成都帳飲萬里橋贈譚德稱

成都城南萬里橋蘆根蘋末風蕭蕭暎花碾草鈿車小駐坡驀澗青驄驕入門翠徑絶窈窕臨水飛觀何岧嶤判無功名著不朽惟仗詩酒寬士聊迎霜早已足雉兔微冷便欲思狐貂喜看縷膾暎盤箸恨欠斫蟹加橙椒坐中譚侯天下士龍馬毛骨矜超遙烏犀白紵謫僊樣但可邂逅不可招今年一戰馘餘子風送六翮凌青霄美人再拜乞利市醉墨飛落生蛟綃我衰於世百無用十年不趁含元朝華纓肯傍蕭颯鬢寶帶那束龍鍾腰祝君好去事明主日望分喜來漁樵遊談引類亦細事寄酒且解相如消

夜宿二江驛

雞鳴原前風折樹夜到雙流雨如注樺皮溼透點不明旋設篝爐燎衣袴重城回首一夢散錦障氈車渺無處新聲猶傍耳邊來殘酒半隨風力去飛觴縱飲

亦何樂憒憒不堪長閉戸丈夫要爲國平胡俗子豈識吾所寓

涉白馬渡慨然有懷

我馬顧影嘶忽涉白馬津雖非黃河上撫事猶悲辛太行之下吹虜塵燕南趙北空無人袁曹百戰相持處犬羊堂堂自來去

瑞草橋

柘葉颼颼雪意驕檐頭雙兔遇歸樵宿酲未解題詩嬾虛過風流瑞草橋

將之榮州取道青城

倚天山作海濤傾看遍人間兩赤城青城山一名赤城而天台之赤城乃予舊遊自笑年年隨宦牒不如處處得閑行草痕沙際猶餘綠楓葉霜餘已帶頳歸去還堪咤兒輩錦囊三十六峥嶸

丈人觀

黃金篆書扁朱門夾道巨竹屯蒼雲崖嶺劃若天地

分千柱耽耽壓其垠纓冠肅謁丈人君廣殿空庭吹寶熏摩挲畫橋手爲皸異哉山莵與土蹟物怪齾齾冠丘墳仙人佩玉雜帨帉手整貂冠最不羣欲去不忍恨日曛道翁采藥晝夜勤松根茯苓獲兼斤人之植立彊骨觔狗杞羣吠聲狺狺山爐小甑吹幽芬朱顏不飲常自醺我亦宿誦五千文一念之差隨世紛逝將從翁走如麋隱書祕訣何由聞

題丈人觀道院壁

斷香浮月磬聲殘木影如龍布石壇偶駕青鸞塵世窄閑吹玉笛洞天寒奇香滿院晨炊藥異氣穿巖夜浴丹却笑飛仙未忘俗金貂猶著侍中冠　孫太古畫范長生作舉手整貂蟬像神氣尤奇逸

宿上清宫

九萬天衢浩浩風此身真是一枯蓬盤蔬采掇多靈藥閣道攀隮出半空累盡神僊端可致心虛造化欲無功金丹定解幽人意散作山椒百炬紅　夜中山谷火

煜然俗謂聖燈意古藏丹所化也

自上清延慶歸過丈人觀少留

再到蓬萊路欲平却吹長笛過青城空山霜葉無行迹半嶺天風有嘯聲細棧跨雲縈峭絶危橋飛柱插澄清玉華更控青鸞住要倚欄干待月明 玉華樓名

長生觀觀月

碧天萬里月正中清夜彈節長生宮廣寒忽墮人間世但怪步虛聲散瑤臺空四山沉沉萬籟寂天矯鬚龍舞娛客弭貂老仙期不來獨倚欄干吹玉笛道人不怕九霄寒銀闕冰壺處處看天台四萬八千丈明年照我扶藜杖

儲福觀 唐玉真公主修真之地

路轉屏風疊雲藏帝子家窮幽行犖确息倦倚槎牙綠蘚封茶樹清霜折藥花世無勾漏令誰此養丹砂

龍門洞

我來香積寺清晨歷龍門孤峯撑蒼旻大壑裂厚坤

古穴吹腥風峭壁挂爪痕水浮石楠花崖絡菖蒲根橫策意未饜褰裳探其源絕境豈可名恨我詩語煩須與蒼雲合便恐白雨翻東走得平野萬里扶桑暾

布金院

萬里西來了宿緣憑鞭敧帽過年年山寒院落開爐月霜重郊原斷芋天淺碧鱗鱗人度彴長空杳杳鳥銜煙夜投蕭寺清無寐樓角三更月滿川

離堆伏龍祠觀孫太古畫英惠王像

岷山導江書禹貢江流蹴山山爲動嗚乎秦守信豪傑千年遺迹人猶誦決江一支溉數州至今禾黍連雲種孫翁下筆開生面岌嶪高冠摩屋棟徙木遺風雖峭刻取材尚足當世用寥寥後世豈乏人尺寸未施讒已衆要官無責空賦祿軒蓋傳呼真一鬨奇勳偉績曠世無仁人志士臨風慟我遊故祠九頓首夜遇神君了非夢披雲激電從天來赤手騎鯨不施鞚

登灌口廟東大樓觀岷江雪山

我生不識柏梁建章之宮殿安得峨冠侍遊宴又不及身在滎陽京索間擐甲横戈夜酣戰胸中迫隘思遠遊泝江來倚岷山樓千年雪嶺闌邊出萬里雲濤坐上浮禹迹茫茫始江漢疏鑿功當九州半丈夫生世要如此賫志空死能無歎白髮蕭條吹北風手持卮酒酹江中姓名未死終磊磊要與此江東注海

郫縣道中思故里

衰髮不勝簪馳驅豈復堪客魂迷劍外歸思滿天南江路灘聲壯雲停雪意酣空懷小叢碧細酌破吳柑

宿江原縣東十里張氏亭子未明而起

寸廩驅人卒歲勞一官坐失布衣高劍南十月霜猶薄江上五更雞亂號孤枕擁衾尋短夢青燈照影著征袍客愁相續無時斷那得并州快翦刀

戲詠西州風土

衍沃綿千里融和被四時蠶叢角歌吹石室盛書詩緑樹藏漁市清江遶佛祠吾行更堪樂載酒上蟇頤

宿彭山縣通津驛大風鄰園多喬木終夜有聲

木欲靜風不止子欲養親不留夜誦此語涕莫收吾親之歿今幾秋尚疑捨我而遠遊心冀乘雲反故丘再拜奉觴陳膳羞陶盎治米聲叟叟木甑炊餅香浮浮芼薑屑桂調甘柔稚鼈羹臛長魚鱐夜敷枕席視衾裯晨起熏籠進衣裘哀樂此志終莫酬有言不聞九泉幽北風歲晚號松楸哀哉萬里爲食謀

眉州郡燕大醉中間道馳出城宿石佛院

玻瓈春作江水清紫玉簫如雛鳳鳴漏聲不聞看灺燭俠氣未減敧飛觥單車萬里信有數二年三過寧忘情釵頭玉茗妙天下 坐上見白山茶格韻高絕 瓊花一樹眞虛名酒酣忽作檀公策間道絕出東關城清歌未斷去已遠回首樓堞空崢嶸貂裘狐帽醉走馬陌上應有行人驚徑投野寺睡正美魚鼓忽報江天明

雙柏

雙柏屹相向剛嚴如巨人龍吟風雨夕山立雪霜晨

閱世易成古劍心不復春扶顛要力量歲晚莫全身

戍卒說沉黎事有感

亭障曾無閱歲寧頻聞夷落犯王靈孤城月落寃魂哭百里風吹戰血腥瘴重猒看茅葉赤春殘不放柳條青焦頭爛額知何補弭患從來貴未形

平羌道中望峨眉山慨然有作

白雲如玉城翠嶺出其上異境忽墮前心目久蕩漾別來二百日突兀喜亡恙飛僊遙舉手喚我一稅鞅此行豈或使屏迹事幽曠何必故山歸更破萬里浪

次韻何元立都曹贈行 元立用陳後山送蘇公詩韻

嘉滎東西川此別不爲遠徘徊凌雲寺決去未遽忍登高望故人煙樹參差見懸知今日夢不隔重城鍵平生相從意百年有未滿結巢青城雲期子在歲晚

次韻楊嘉父先輩贈行

貞元舊朝士太學老諸生半世不偶諧殘年正飄零危坐但愁悲一笑黃河清佳客如晨星俗子如春萍

奇哉今日事諸賢送東征吸酒盃當空綴詩筆勿停
明發復百憂君聽馬蹄聲

入榮州境

一起一伏黃茅岡崔嵬破丘狐兔藏炯炯寒日清無
光單單終日行羊腸村落聚看如驚麏亦有銀釵伏
短牆黃旗飄飄鼓其鏜畫角嗚咽吹斜陽長筒汲井
熬雪霜轆轤咿啞官道傍渺然孤城天一方傳者或
云古夜郎其民簡朴士甚良千里鬱爲詩書鄉閉閤
掃地焚清香老人處處是道場

井研道中

窮冬景方促下嶺路微平地瘦竹無葉風乾茅有聲
客遊空自歎歸計與誰評尚喜長亭下雲穿夕照明

籍年鎮早行

孤燈照影聽初雞攬轡情懷倍慘悽雪作未成雲意
鬧茅荒無際客魂迷觸寒手指藏猶裂畏嶮圖書棄
不攜老去有文無賣處等閑題遍蜀東西

初到榮州

亂山缺處城樓呀雙旗蕭蕭晚吹笳煙深綠桂臨絕壑霜落殘瀨鳴寒沙廢臺已無隱士嘯遺宅上有高人家鈴齋下榻約僧話松陰枕石放吏衙盃羹最珍慈竹筍餅水自養山薑花地爐堆獸熾石炭瓦鼎號蚓煎秋茶少年遠遊無百里一飢能使行天涯豈惟慣見蓬婆雪直恐遂泛星河槎故巢肯作兒女戀異境會向鄉閭誇一盃徑醉幘自墮燈下髮影看鬖髿

城上

雙雙黃犢臥斜陽葉葉丹楓著早霜沙水自鳴如有恨野花無主爲誰芳郫筒味釅愁濡甲巴曲聲悲怯斷腸賴有生平管城子不妨驅使荅風光

又

濯錦豪華夢不通翛然孤壘亂山中行歌滿道知人樂露積連村見歲豐萬瓦新霜掃殘瘴一林丹葉換青楓鵝黃名醞何由得且醉盃中琥珀紅 榮州酒赤而

勁甚鵝黃廣漢酒名

西樓夕望

夜郎城裏歎途窮賴有西樓著此翁溪鳥孤飛寒靄外野人參語夕陽中蒼天可恃何曾老白髮緣愁却未公俗態十年看爛熟不如留眼送歸鴻

醉中懷眉山舊遊

勁酒少和氣哀歌無歡情故鄉不敢思登高望錦城錦城那得去髩鬚蕞頣路遙知尊前人指我題詩處我雖流落夜郎天遇酒能狂似少年想見東郊攜手日海棠如雪柳飛綿　漢嘉術者袁牧童謂予明年春分後當還西州

登城望西崦

登城望西崦數家斜照中柴荊晝亦閉乃有太古風慘淡起炊煙寂歷下釣筒土瘦麥苗短霜重桑枝空恐是種桃人或有采芝翁何當宿樓上月明照夜春

甲午十一月十三夜夢右臂踊出一小劍長八

九寸有光旣覺猶微痛也

少年學劍白猿翁曾破浮生十歲功玉具拄頤誰復許蒯緱彈鋏老猶窮牀頭忽覺蛟龍吼天上方驚牛斗空此夢怪奇君記取佩刀猶得世三公

齋中夜坐有感

荒山爲城溪作壕風鼓巨木聲翻濤鴟梟乘星彈不去狐狸欺人怒豎毛雨來紅鶴更可惡爭巢一似嬰兒號城孤屋老草木茂正坐人少此輩豪急呼五百具畚鍤欲掀窟穴窮腥臊忽然語罷卻自笑殘年何至與汝鏖浣花江色綠如黛春波瀲瀲浮輕舠行當繫纜柳陰下仰聽鸎語傾香醪

晚登橫溪閣

樓鼓聲中日又斜憑高愈覺在天涯空桑客土生秋草野渡虛舟集晚鴉瘴霧不開連六詔俚歌相答帶三巴故鄉可望應添淚莫恨雲山萬疊遮

又

犖确坡頭筇竹枝西臨村路立多時賣蔬市近還家早煑井人忙下麥遲 榮多鹽井秋冬收薪茅最急 病客情懷常怯酒山城老景盡供詩晚來試問愁多少只許高樓橫笛吹

昭德堂晚步

笑喚枯筇躡夕陽探春聊作靜中忙高枝鵲語如相命幽徑梅開秪自香苔蝕斷碑驚世換鐘來廢寺覺城荒謫仙未必無遺恨老欠題詩到夜郎

龍洞 在榮州東南一里許

峭崖磨天如立壁枏根橫走松倒植呀然一岫驚倒人空洞坡陁三百尺幽陰宜爲異物託角爪痕存猶可識想當蟠蟄未奮時腥風逼人雲觸石一朝偶爲旱歲起卷海作雨飛霹靂向來伊呂正如此莘渭千年有遺迹我欲酌酒招蜿蜒安用辛苦常行天太平海內多豐年歸來故祠聽管絃

客中夜寒戲作長謠

孤翁癡鈍如寒蠅霜夕不瞑愁嚴凝寢衣觸體起芒粟鼻息噓潤成冰凌鼕鼕默數嚴譙鼓耿耿獨看幽窗燈支牀龜老共夜永號月雞冷同晨與白狐紫貂了不暖何況蜀錦并吳綾靜思忽得安樂法人生所欠絮與繒十年一衲尚可過不信請視匡山僧

高齋小飲戲作

梅花又發鬼門關坐覺春風萬里寬荔子陰中時縱酒竹枝聲裏彊追歡丁年漢使殊方老子夜吳歌昨夢殘白帝夜郎俱不惡兩公補處得憑欄 予五年間自夔客榮

太液黃鵠歌 有引

漢始元元年春二月黃鵠下建章宮太液池中公卿上壽賜諸侯王列侯宗室金錢予夜讀漢書追作歌一首

建章宮裏春風寒太液水生池面寬中人馳奏黃鵠下龍旗豹尾臨池看芹香藻暖鵠得意左右從官呼

萬歲須臾傳詔宴公卿驩聲如雷動天地時平宮省遊樂多黃鵠刷羽涵恩波小臣珥筆龍墀下願繼前

朝天馬歌

自唐安徙家來和義出城迎之馬上作

身如林下僧處處常寄包家如梁上燕歲歲旋作巢豈惟人所憐顧影每自嘲眼看佳山水不得結把茅造物困豪傑如視餓虎哮要令出精神感激使叫呶頗思投筆去走馬盤雲旓三更冒急雪大戰梁楚郊

乙未元日 除夕得制司檄催赴官

五十人間老大身更堪從此數新春鼕鼕漏鼓催窗色急急文書動驛塵病後光陰常自惜客中節物爲誰新壯心只向郵亭盡自揣頭顱莫問人

別榮州 正月十日

浮生歲歲俱如夢一枕輕安亦可人偶落山城無事處暫還老子自由身嘯臺載酒雲生屨僊穴尋梅雨墊巾便恐清遊從此少錦城車馬漲紅塵 嘯臺在富義

門外一里號孫登嘯臺雙溪王氏有石穴黄太史牓曰地仙洞

聞仲高從兄訃

去國萬里遊發書三日哭久矣吾已衰哀哉公不淑
寄書墨未乾玉立在我目天高鬼神惡生世露電速
丹心抱忠貞白首悲放逐九閽不可叫百身何由贖
文章果何罪一斥獨不復上壽阿母前悔不早碌碌

夏日過摩訶池

烏帽翩翩白紵輕摩訶池上試閑行淙潺野水鳴空
苑寂歷斜陽下廢城縱轡迎涼看馬影袖鞭尋句聽
蟬聲白頭散吏元無事却爲興亡一愴情

早行

笮馬踐槐影紗籠吹蠟香憑鞭尋斷夢側帽受微涼
病骨更疎放衰懷罷激昂道邊雙石筍笑我伴人忙

天中節前三日大聖慈寺華嚴閣燃燈甚盛遊
人過於元夕

萬瓦如鱗百尺梯遙看突兀與雲齊寶簾風定燈相

射綺陌塵香馬不嘶星隕半空天宇靜蓮生陸地客
心迷歸途細踏槐陰月家在花行更向西　予官居在花
行距寺數里
喜雨　五月二十二日
黃塵赤日欲忘生一夜新涼滿錦城雨急驟增車轍
水泥深漸壯馬蹄聲蚊蠅斂迹知無地燈火於人頓
有情市遠雞豚不須問小畦稀甲已堪烹
夜聞浣花江聲甚壯
浣花之東當笮橋犇流齧橋橋爲搖分洪初疑雨蛟
舞觸石散作千珠跳壯聲每挾雷雨橫巨勢潛借黿
鼉驕夢回聞之坐太息鐵衣何日東征遼銜枚度磧
沙颯颯盤槊斷隴風蕭蕭不然投檄徑歸去短篷臥
聽錢塘潮
暑行憩新都驛
細細黃花落古槐江皐不雨轉輕雷長空鳥破蒼煙
去落日人從綠野來散策意行尋水石脫巾高臥避

氛埃羈遊未羨端居樂看月房湖又一回

早發新都驛

喔喔江村雞迢迢縣門漏河漢縱復橫繁星明如晝愛涼趣上馬未曉闃兩堠高林起宿鳥絕澗落驚狖寺樓插蒼煙沙泉瀉幽竇我行忽萬里坐歎關河溜官如廣文冷面作拾遺瘦今年盍歸哉勿落春雁後

謁諸葛丞相廟 彌牟八陳原上

漢中四百天所命老賊方持太阿柄區區梁益豈足支不忍安坐觀異姓遺民亦知王室在閏位那干天統正公雖已沒有神靈猶假賊手誅鍾鄧前年我過沔陽祠再拜奠俎衰淚迸潔齋請作送迎詩精忠大義神其聽

自漢州之金堂過沈氏竹園小憩坐間微雨

修修萬竹壓康莊碧玉椽圍一尺彊雪節煙梢誰暇賞馬蹄車轍可憐忙帽邊忽墮吹香句肘後舊傳醫俗方更覺清遊天所惜坐來飛雨度橫塘

自小雲頂上雲頂寺

素衣雖成緇不爲京路塵躍馬上雲頂欲呼飛仙人飛仙不可呼野僧意甚真煎茶清樾下童子拾墮薪我少本疎放一出但坐貧縛袴屬櫜鞬哀哉水雲身此地雖暫寓失喜忘吟呻故溪歸去來歲晚思鱸蓴

馬上微雨

三日觸毒暑衣垢背汗浹今日旦殊蕭然涼雨吹醉頰瘦松無橫枝蠹竹少全葉渚蓮乃可念泫泣如放妾豈惟人意適我馬亦振鬣遠村有歸人清溪爭晚涉

彌牟鎮驛舍小酌

郵亭草草置盤盂買果煎蔬便有餘自許白雲終醉死不論黃紙有除書角巾墊雨蟬聲外細葛含風日落初行遍天涯身尚健却嫌陶令愛吾廬

遊彌牟菩提院庭下有淩霄藤附古楠其高數丈花已零落滿地

絳英翠蔓亦佳哉零亂空庭碼瑙盃遥雨新花天有

意定知閑客欲閑來佛經云天風吹萎花更雨新好者

樓上醉歌

我遊四方不得意陽狂施藥成都市大瓢滿貯隨所求聊爲疲民起憔悴瓢空夜靜上高樓買酒捲簾邀月醉醉中拂劍光射月往往悲歌獨流涕剗却君山湘水平斫却桂樹月更明太白詩剗却君山好平鋪湘水流老杜詩斫却月中桂清光應更多丈夫有志苦難成修名未立華髮生

伏日獨遊城西

幕府重來老令威山川良是昔人非癡兒已遣了官事伏日元知當早歸避熱幽花房自歛迎秋高樹葉先飛論詩敢補先師處僭拂江頭舊釣磯

五鼓送客出城馬上作

夜漏餘十刻涼颸如九秋灘聲聒酒醒月色照人愁落魄悲孤宦龍鍾怯遠遊此生那可料六歲劍南州

寓舍書懷

借得茅齋近笮橋羈懷病思兩無聊春從豆蔻梢頭
老日向擣蒲齒上消叢竹曉兼風力橫高梧夜挾雨
聲驕書生莫倚身常健未畫凌煙鬢已凋

夜登城樓

上天何蒼蒼四序浩旋斡異哉今年熱炊鬵不可活
夜分睡復起搖箑腕欲脫彊登城西樓月露渺空闊
憑欄弄清影涼颸入蕉葛涇螢沾草根驚鶻起木末
亦知難久留襟袍資一豁人事迭廢興天理交予奪
羲和不停馭去若弦上筈此熱會當衰歲晚備裘褐

試茶

蒼爪初驚鷹脫韝得湯已見玉花浮睡魔何止避三
舍歡伯直知輸一籌日鑄焙香懷舊隱谷簾試水憶
西遊銀缾銅碾俱官樣恨欠纖纖為捧甌

成都大閱

千步毬場爽氣新西山遙見碧嶙峋令傳雪嶺蓬婆
外聲震秦川渭水濱旗脚倚風時弄影馬蹄經雨不

罷塵屬橐縛袴毋多恨久矣儒冠誤此身

書懷

萬里馳驅坐一飢自憐無計脫塵鞿身留幕府還家少眼亂文書把酒稀客路更逢秋色晚故山空有夢魂歸芋羹豆飯元甚飽錯用人言恨子威

遊大智寺

脫髮紛紛滿梳衰顏不堪照百年忽已半去日如過燒平生功名心上馬無燕趙爾來閱世故萬事驚錯料豈無舊朋儔聯翩半廊廟誰能伴此老泝峽聽猿叫錦城得數公意氣如再少偷閑訪野寺繫馬追一笑新糟厭玉貍甚酒亦復醽古殿鼪鼯豪壞壁冠佩肖摩挲宋公詩句法歎高妙正如霓裳曲零落得遺調歸途繚長堤掠面霜氣峭佳遊不可忘落筆君勿誚

看月睡晚戲作

香火課夙興風月留晚睡直言散吏閑亦未盡無事舊聞雲臺翁高枕閱塵世至今青嶂間鼻息亂松吹

平生寡嗜好所願究此味千年一欠伸笑看巖花墜

成都書事

劍南山水盡清暉濯錦江邊天下稀煙柳不遮樓角斷風花時傍馬頭飛芼羹筍似稽山美斫膾魚如笠澤肥客報城西有園賣老夫白首欲忘歸

又

大城少城柳已青東臺西臺雪正晴鶯花又作新年夢絲竹常聞靜夜聲廢苑煙蕪迎馬動清江春漲拍堤平尊中酒滿身彊健未恨飄零過此身

雙溪道中

曉山笮橋門天低日未暾綠陂寒淡淡白霧遠昏昏古路亂車轍行人驚雁羣征塗不須厭蓬轉本無根

牛飲市中小飲呈坐客

牛飲橋頭小市東店門繫馬一尊同已能自置功名外尚欲相期意氣中褐擁紫茸迎曉日酒飜紅浪醉春風從今共約無踈索竹外梅花欲惱公

自警

乳烹佛粥遽如許菜簇春盤行及時草木欣欣渠得意乾坤浩浩我何私懷材所忌多輕用學道當從不自欺日莫置規君勿怪修身三省自先師

午寢

眼澀朦朧不自支欠伸常恨到牀遲庭花著雨晴方見野客敲門去始知灰冷香煙無復在湯成茶椀徑須持頽然却自嫌疏放旋了生涯一首詩

白髮

我生實多邅九折行晚途憂傷日熏心驚見頰與顱稍生秋風時競出寒雨餘星星初尚稀纖纖不可除昔如春柳姸今作霜蓬枯蓬枯有再綠念我豈得如平昔樂方外固與功名疏投鑷三歎息金丹豈無書

明日午睡至莫復次前韻

酒力醺然入四支華胥税駕不應遲殘年已覺衰難彊萬事無如睡不知幸有琴書供枕籍安能冠帶更

支持紅爐過盡灰如雪獨守青燈坐畫詩

醉中長歌

闌干斗柄搖天東人間一夜回春風注桃染柳歲相似惟我衰顏非昔紅可憐逢春不自感更欲使氣驚兒童煙郊射雉錦臆碎水亭供鱠金盤空歸穿南市萬人看流星突過連錢驄高樓作歌醉自寫墨瑩光燭熖交長虹人生未死貴適意萬里作客元非窮故人夜直金鑾殿偃卧獨聽宮門鐘

對酒

扇邊生怕庾公塵索笑來遊錦水濱四野雲齊初釀雪一枝梅動已催春綠尊有味能消日白髮無情不貸人商略此生何所恨太平時得自由身

人日飲昭覺

天涯羇旅逢人日病起消搖集寶坊雪水初融錦江漲梅花半落綠苔香家山松桂年年長幕府文書日日忙自笑餘生有幾許一菴借與得深藏

上元前一日

異縣客遊久今年春事遲峭寒增酒價微雨惱燈期老態人未覺孤愁心自知停車呼病婦彊出伴諸兒

上元

細細香塵暗六街魚鱗淺碧莫雲開新妝褰幕全身見誤馬隨車一笑同酒醲頓忘風力峭夜長猶恨漏聲催京華舊侶彫零盡短鬢成絲心未灰

又

病起衰顏非昔紅偷閑聊與少年同一規寒玉挂樓角千點華星來坐中久戍遺民雖困弊承平舊鎮尚繁雄歸時瘦馬崔嵬影定有遊人笑此翁

喜譚德稱歸

少鄙章句學所慕在經世諸公薦文章頗恨非素志一朝落江湖爛熳得自恣討論極王霸事業窺莘渭孔明景略間却立頗睥睨從人無一欣對食有三喟譚侯信豪雋可共不朽事天涯再相見握手更抆淚

欲尋西郊路斗酒傾意氣浩歌君和我勿作尋常醉

春感

少時狂走西復東銀鞍駿馬馳如風眼看春去不復惜只道歲月來無窮初遊漢中亦未覺一飲尚可傾千鍾乂漁狼藉漾水濁獵虎蹴蹋南山空射堋命中萬人看毬門對植雙旗紅華堂却來弄筆硯新詩醉草誇坐中劍關南山纔幾日壯氣摧縮成衰翁雪霜蕭颯已滿鬢蛟龍鬱屈空蟠胸鄰園杏花忽爛熳推枕彊起隨遊蜂遶看百匝幾歎息吹紅洗綠行悤悤莫年逢春尚有幾常恐春去尋無蹤青錢三百幸可辦且判爛醉酤郫筒

春晴暄甚遊西市施家園

稅駕名園半日留遊絲飛蝶晚悠悠驟暄不爲海棠討長晝只添鸎鵲愁老去自驚詩酒減客中偏覺歲時遒東風好爲吹歸夢著我松江弄釣舟

花時遍遊諸家園

看花南陌復東阡曉露初乾日正妍走馬碧雞坊裏去市人喚作海棠顛

又

爲愛名花抵死狂只愁風日損紅芳綠章夜奏通明殿乞借春陰護海棠

又

翩翩馬上帽簷斜盡日尋春不到家偏愛張園好風景半天高柳臥溪花

又

花陰掃地置清尊爛醉歸時夜已分欲睡未成欹倦枕輪囷帳底見紅雲

又

宣華無樹著啼鶯惟有摩訶春水生故老能言當日事直將宮錦裹宮城

又

枝上猩猩血未晞尊前紅袖醉成圍應須直到三更

看畫燭如椽爲發輝

又

重萼丹砂品最高可憐寂寞棄蓬蒿會當車載金錢去買取春歸亦足豪 小東門外有千葉朱砂海棠一株奇麗絕代在荒圃中人罕見者

又

絲絲紅萼弄春柔不似疎梅只慣愁常恐夜寒花索寞錦茵銀燭按涼州

又

飛花盡逐五更風不照先生社酒中輸與新來雙燕子啣泥猶得帶殘紅 今年二月二日社而海棠已過

又

海棠已過不成春絲竹淒涼鎖暗塵眼看燕脂吹作雪不須零落始愁人

曉過萬里橋

曉出錦江邊長橋柳帶煙豪華行樂地芳潤養花天

擁路看敧帽窺門笑墜鞭京華歸未得聊此送流年

自合江亭涉江至趙園

政爲梅花憶兩京海棠又滿錦官城鵶藏高柳陰初密馬涉清江水未生風掠春衫驚小冷酒潮玉頰見微頳殘年飄泊無時了腸斷樓頭畫角聲

春晴

一庭舞絮鬭身輕百尺遊絲弄午晴靜喜香煙縈曲几臥驚玉子落紋枰新春易失遽如許薄宦志歸何似生安得一船東下峽江南江北聽鸎聲

劍南詩稿卷第六終

劍南詩稿目錄

卷第七

劍南詩稿卷第七

宋陸游務觀

題明皇幸蜀圖

天寶政事何披猖使典相國胡奴王弄權楊李不足怪阿瞞手自裂紀綱八姨富貴尚有理何至詔書褒五郎（天寶末下詔雪張易之兄弟）盧龍賊騎已洶洶丹鳳神語猶琅琅人知大勢危纍卵天稔奇禍如崩牆臺省諸公獨耐事歌詠功德卑虞唐一朝殺氣橫天末疋馬西犇幾不脫向來詔子知幾人賊前稱臣草間活劍南萬里望秦天行殿春寒聞杜鵑老臣九齡不可作魚蠹蛛絲金鑑編

春寒連日不出

海棠花入燕泥乾梅子枝頭已帶酸老去懶尋年少夢春分不減社前寒著書敢望垂千載嗜酒猶須隱

一官正是閑時無客過小庭斜日倚闌干

馬上偶成

城南城北紫遊韁盡日閑行看似忙刺水離離葛葉短連村漠漠豆花香夕陽有信催殘角春草無情上繚牆我亦人間倦遊者長吟聊復愴輿士

夜宴

酒浪搖春不受寒燭花垂燼忽堆盤山川路邈人將老絲管聲遒夜向闌四海交朋更聚散百年光景雜悲歡自憐病眼猶明在更把名花半醉看 是夕得苑希元家晚海棠數枝繁麗一城所無

觀音院讀壁間蘇在廷少卿兩小詩次韻

揚鞭莫出錦官城小院無僧有月明不信道人心似鐵隔城猶送擣衣聲

又

老去癡頑不受鐫姓名身後更須傳世間商略無歸處只合長齋繡佛前

錦亭

天公爲我齒頰計遣飫黄甘與丹荔又憐狂眼老更狂令看廣陵芍藥蜀海棠周行萬里逐所樂天公於我元不薄貴人不出長安城寶帶華纓真汝縛樂哉今從石湖公大度不計聾丞聾夜宴新亭海棠底紅雲倒吸玻璃鍾琵琶絃繁腰鼓急盤鳳舞衫香霧溼春醪凸盞燭光搖素月中天花影立遊人如雲環玉帳詩未落紙先傳唱此邦句律方一新鳳閣舍人今有樣

晚起

新晴窗日弄春妍幌小屏深意自便長恨病多妨痛飲却緣客少得安眠雛鸎故故啼簷角飛絮翩翩墮枕前欲著衣裳還嬾起重尋殘夢一悠然

雨

映空初作繭絲微掠地俄成箭鏃飛紙帳光遲饒曉夢銅鑪香潤覆春衣池魚鱍鱍隨溝出梁燕翩翩接

翅歸惟有落花吹不去數枝紅溼自相依

春晚書懷

萬里西遊爲覓詩錦城更付一官癡脫巾漉酒從人笑拄笏看山頗自奇疎雨池塘魚避釣曉鶯窗戶客爭棋老來怕與春爲別醉過殘紅滿地時

出朝天門繚長堤至劉侍郎廟由小西門歸

曉從北郭過西城十里沙堤似席平澹日向人供帽影微風傍馬助鞭聲歡情寂寂隨年減俗事紛紛逐日生到處每求佳水竹晚途牢落念歸耕

夜分讀書有感

光陰百歲已中分擬結茅茨老白雲萬里誰憐新臥疾九重猶記舊能文枕邊得句題屏疊馬上看山隔帽帬終恨無勞縻廩粟夜窗聊策讀書勳

中夜聞大雷雨

雷車駕雨龍盡起電行半空如狂矢中原腥羶五十年上帝震怒初一洗黃頭女眞褫魂魄面縛軍門爭

請死已聞三箭定天山何曾積甲齊熊耳捷書馳騎
奏行宮近臣上壽天顏喜閤門明日催賀班雲集千
官摩劍履長安父老請移蹕願見六龍臨渭水從今
身是太平人敢憚安西九千里

春殘

石鏡山前送落暉春殘回首倍依依時平壯士無功
老鄉遠征人有夢歸苜蓿苗侵官道合蕪菁花入麥
畦稀倦遊自笑摧頹甚誰記飛鷹醉打圍

武擔東臺晚望

鬢頰西窗已一翁登高意氣尚豪雄關河霸國興亡
後風月詩人醉醒中病起頓驚雙鬢改春歸一掃萬
花空欄邊徙倚君知否直到吳天目未窮

行武擔西南村落有感

騎馬悠然欲斷魂春愁滿眼與誰論市朝遷變歸蕪
沒磵谷谺谺互吐吞一徑松楠遙見寺數家雞犬自
成村最憐高冢臨官道細細煙莎遍燒痕　有大冢高數

丈旁又一冢差小莫知何代人也俗號太子基

小飲房園

宦遊到處即忘家況得閑身管物華疎索故人緣病酒折除厚祿爲看花泥新高棟初巢鷰萍匝荒池已集蛙斟酌人生要行樂燈前起舞落烏紗

飯昭覺寺抵莫乃歸

身隨黃塵每慨然攜兒蕭散亦前緣聊憑方外巾盂淨一洗人間七箸羶靜院春風傳浴鼓畫廊晚雨溼茶煙潛光寮裏明窗下借我消搖過十年

自芳華樓過瑤林莊

春晚江邊草過腰雨餘樓下水平橋名花未落如相待佳客能來不費招欄角峭風羅袖薄柳陰斜日玉驄驕此身醉死元關命敢笑聞雞趁早朝

書懷

詩不能工浪得窮幾年衰衰看諸公摧頹已作驥伏櫪留滯敢嫌船逆風消日劇棋疎竹下送春爛醉亂

花中倚樓看鏡俱癡絕贏取煙蓑伴釣翁

遊東郭趙氏園

清晨呼馬出馭吏請所之錦城浩如海我亦無與期
有花即入門莫問主人誰下馬據胡牀傲睨忘訶譏
人言白頭翁胡爲尚兒癡老翁故不癡借花發吾詩
詩句帶花香東風不敢吹徘徊雙蛺蝶許汝鼻端知

卜居

歷盡人間行路難老來要覓數年閑供家米少因添
鶴買宅錢多爲見山池面紋生風細細花根土潤雨
斑斑借春乞火依隣里剩醵村醪約往還

又

南浮七澤弔沅湘西泝三巴掠夜郎自信前緣與人
薄每求寬地寄吾狂雪山水作中濡味蒙頂茶如正
焙香儻有把茅端可老不須辛苦念還鄉

馬上

春殘馬上意悵悵縱轡微吟過數坊綠樹成帷連蘗

市清流如帶繞毬場城荒鼓角增悲壯苑廢雲煙尚莽蒼堪笑年來向詩嬾還家古錦只空囊

夜登江樓

平生胷中無滯留曠然獨與造物遊天風駕我周寓縣夜半忽過江邊樓樓前茫茫天地闊萬頃月浸空江秋雲階無塵鸞鶴舞玉笛裂石魚龍愁肺肝澄澈納灝氣毛髮慘慄臨寒流世間回首真一夢誰能更念酬恩讎

書歎

早得虛名翰墨林謝歸忽已歲時侵春郊射雉朝盤馬秋院焚香夜弄琴病酒閉門常兀兀哦詩袖手久愔愔浮沉不是忘經世後有仁人識此心

三月一日府宴學射山

北出昇仙路少東據鞍自笑老從戎百年身世酣歌裏千古功名感既中天遠僅分山髣髴霧收初見日曈曨横空我欲江湖去誰借泠然禦寇風

對酒

閑愁如飛雪入酒卽消融好花如故人一笑盃自空流鶯有情亦念我柳邊盡日啼春風長安不到十四載酒徒往往成衰翁九環寶帶光照地不如留君雙頰紅

題直舍壁

文書那得廢哦詩羞作羣兒了事癡付與後人評此老一丘一壑過元規

遊圜覺乾明祥符三院至莫

成都再見春事殘雖名閑官實不閑門前車馬鬧如市案上文檄高於山有時投罅輒徑出略似齊客偷秦關日斜僕夫已整駕顧景欲駐愁嘲訕豈知今朝有此樂放浪一笑開衰顏抽身黃塵烏帽底得意翠木淸泉閒褰裳危磴窮犖确洗耳古澗聽淙潺豈惟頓覺宇宙廣政爾一散腰脚頑似聞靑城縹緲處待我歸綴仙官班俊鷹解絛卽萬里豈比倦翼方知還

遊合江園戲題

朱朱白白池臺間好風姸日開未殘我來覓醉苦草草常恨不如花意閑山雞飛起亂花落下上青林穿翠巒世間動步即有拘常恨不如禽意樂人言功名恐不免我願徜徉娛歲晚熟計淫書理白魚何如縱獵牽黃犬成都四郊如砥平安得雙鞬馳出城塹飛塵起望不見從騎尋我鳴鶻聲

三月十六日作

石筍街西風景幽醉眠萬事付悠悠倦遊我已七年客促駕春無三日留枝上蝶稀紅藥老舍中蠶起綠桑柔功名墮甑誰能問羞作飢鷹夜掣韝

食薺

日日思歸飽蕨薇春來薺美忽忘歸傳誇真欲嫌荼苦自笑何時得瓠肥

又

采采珍蔬不待畦中原正味壓蓴絲挑根擇葉無虛

日直到開花如雪時

又

小著鹽醯助滋味微加薑桂發精神風爐歙鉢窮家活妙訣何曾肯授人

次韻范文淵

簞瓢氣已壓膏粱不傍朱門味更長細看高人忘寵辱始知吾輩可憐傷巖扃勾漏新丹竈香火匡廬古道場剩欲與君堅此約他年八十鬢眉蒼 近有術者言僕壽過八十

題醉中所作草書卷後

胷中磊落藏五兵欲試無路空崢嶸酒爲旗鼓筆刀槊勢從天落銀河傾端溪石池濃作墨燭光相射飛縱橫須臾收卷復把酒如見萬里煙塵清丈夫身在要有立逆虜運盡行當平何時夜出五原塞不聞人語聞鞭聲

登子城新樓遍至西園池亭

狂夫無計奈狂何何況登臨逸興多千疊雪山連滴博一支春水入摩訶吟餘騎省霜侵鬢釣罷玄真雨滿蓑逐虜榆關期尚遠不妨隨處得婆娑

小疾謝客

小疾深居不喚醫消搖更覺勝平時癡人未害看周易名士真須讀楚辭綠徑風斜花片片畫廊人靜雨絲絲晚來頓覺清羸甚自置篝爐煮粟糜

歸耕

隨牒人間鬢欲疎歸耕且復補東隅甑炊地碓新春米衣拆天吳舊繡圖有圃免煩官送菜叩門翻喜吏徵租不愁問字無來客惟欠楊雄宅一區

聞孫巖老挂冠歎仰之餘輒賦長句

聖賢在世龍行天出處何至爲物牽後人競作駒伏轅未死奄奄如九泉郫孫公者山澤僊嶙巖玉骨寒入肩哦詩調苦亂嘒蟬燥墨瘦字醜不妍諸公好之挽使前六丁力盡山巋然奏書告老不待年脫手徑

上峽山巔吾儕一官自糾纏俛首鞭箠不自憐彊欲作詩誦公賢事偉辭卑難竝傳

松驥行

驥行千里亦何得垂首伏櫪終自傷松閱千年棄澗壑不如殺身扶明堂士生抱材願少試誓取燕趙歸君王閉門高臥身欲老聞雞相蹴涕數行正令咿嚶死牀簀豈若橫身當戰場半酣浩歌聲激烈車輪百轉盤愁腸

遣興

鶴料無多又掃空今年真是浣花翁放教綠酒關身事留得朱顏在鏡中挾彈園林芳徑雨投竿窗檻小溪風癡頑自笑歸何日家在東吳更向東

野意

小東門外曳笻枝白葛烏紗自一奇閑客逍遙無吏責茂陰清潤勝花時茶經每向僧窗讀菰米仍於野艇炊便覺眼邊歸路近鏡湖禹廟見參差

雨中登安福寺塔 俗謂之黑塔

平生喜登高醉眼無疆界北顧極幽并東望跨海岱喟然撫手歎從古幾成敗英雄如過鳥城郭但遺塊今朝上黑塔千里曠無礙忽驚風霆掣坐覺天地晦急雨挾龍腥溽暑爲摧壞皇天念蟠鬱令我寄一快那知書生狂自倚心眼大更思駐潼關黃河看如帶

過野人家有感

縱轡江皐送夕暉誰家井臼映荊扉隔籬犬吠窺人過滿箔蠶飢待葉歸 吳人直謂桑曰葉 世態十年看爛熟家山萬里夢依稀躬耕本是英雄事老死南陽未必非

幽居晚興

借鉏斸藥喜微香汲井澆花趁晚涼胷次何曾橫一物尊前尚欲笑千場錦江秋雨芙蓉老笠澤春風杜若芳歸去自佳留亦樂夢中何處是吾鄉

飯保福

簷雨雲低未放晴閑門作病憶閑行攝衣丈室參耆宿曳杖長廊喚弟兄飽飯即知吾事了免官初覺此身輕歸來更欲誇妻子學煑雲堂芋糝羹

觀華嚴閣僧齋 閣下自四月初至七月末日飯僧數千人

拂劍當年氣吐虹喑嗚坐覺朔庭空早知壯志成癡絕悔不藏名萬衲中

閑中偶題

楚澤巴山歲歲忙今年睡足向禪房只知閑味如茶永不放羈愁似草長架上漢書那復看牀頭周易亦相忘客來拈起清談麈且破西窗半篆香

又

久矣雲衢斂羽翰退飛更覺一枝安七千里外新閑客十五年前舊史官花底清歌春載酒江邊明月夜投竿癡頑直爲多更事莫怪胷懷抵死寬

病中戲書

五十忽過二一流年消壯心避人便小疾移竹喜微陰

洗甕閑篘酒焚香靜斲琴鏡中青鬢在切莫遣愁侵

又

微疾錢餘災時須藥裏開禽驚杵聲去蜂認蜜香來
閉戶知長日全生幸散材晚涼幽興動彊到竹邊回

又

食筍動衰疾清羸逾兩旬藥囊隨臥起詩句雜吟呻
架足書籤蠹窗凝酒榼塵免從官乞假且喜是閑身
病起書懷

病骨支離紗帽寬孤臣萬里客江干位卑未敢忘憂
國事定猶須待闔棺天地神靈扶廟社京華父老望
和鑾出師一表通今古夜半挑燈更細看

又

酒酣看劍凜生風身是天涯一禿翁捫蝨劇談空自
許聞雞浩歎與誰同玉關歲晚無來使沙苑春生有
去鴻人壽定非金石永可令虛死蜀山中
寺樓月夜醉中戲作

素壁餘升天宇閑連峯積雪蒼茫間樓臺是處可見月無此巉巉羣玉山

又

水精盞映碧琳腴月下泠泠看似無此酒定從何處得判知不是文君壚

又

海山縹緲玉真妃貪看氷輪不肯歸樓上三更風露冷旋圍步障換羅衣

晚過五門

五門路四月乳鵶啼綠樹閑遊但喜日初長薄暑始知春已去樓頭風高舞雙旗晝角聲中日還莫馬蹄特特無斷時老盡行人路如故

躬耕

莫笑躬耕老蜀山也勝菜把仰園官喚回癡夢塵機息空盡閑愁酒地寬無復短衣隨李廣但思微雨過蘇端十年世事茫如海輸與閑人靜處看

晚興

老病愁趨畫戟門天教高臥浣花村山林獨往雜居釣世界皆空誰怨恩禪祕要經言觀空之法自一城一國一世界至三千大千世界皆空千卷蠹書忘歲月一尊濁酒信乾坤興來倚杖清江上斷角疎鐘正斂昏

夏夜大醉醒後有感

少時酒隱東海濱結交盡是英豪人龍泉三尺動牛斗陰符一編役鬼神客遊山南夜望氣頗謂王師當入秦欲傾天上河漢水淨洗關中胡虜塵那知一旦事大謬騎驢劍閣霜毛新却將覆氈草檄手小詩點綴西州春素心雖願老巖壑大義未敢忘君臣雞鳴酒解不成寐起坐肝膽空輪囷

合江夜宴歸馬上作

零露中宵溼綠苔江郊縱飲亦荒哉引盃快似黃河瀉落筆聲如白雨來纖指醉聽箏柱促長檠時看燭花摧頭顱自揣應虛死馬上長歌寄此哀

齋居書事

慵養金丹換鬢鬚微霜正要稱清癯平生風露充蟬腹到處雲山寄鶴軀道室焚香勤守白虛窗點易靜研朱自知世事難諧偶不待幽人夜見呼

午夢

苦愛幽窗午夢長此中與世暫相忘華山處士如容見不覓仙方覓睡方

江瀆池納涼

雨過荒池藻荇香月明如水浸胡牀天公作意憐羈客乞與今年一夏涼

晚步

屏居無俗事薄莫行溪園斷續風蟬噪俯仰露葉飜月出照西壁參差見簷痕新沐嬾不櫛清冷入髮根臨流揮羽扇對月傾芳尊寄謝南昌尉何必隱市門

姚將軍靖康初以戰敗亡命建炎中下詔求之不可得後五十年乃從呂洞賓劉高尚往來名

山有見之者予感其事作詩寄題青城山上清宮壁間將軍儻見之乎

造物困豪傑意將使有爲功名未足言或作出世資姚公勇冠軍百戰起西陲天方覆中原殆非一木支脫身五十年世人識公誰但驚山澤間有此熊豹姿我亦志方外白頭未逢師年來幸廢放儻遂與世辭從公遊五嶽稽首餐靈芝金骨換綠髓欻然松杪飛

客自鳳州來言岐雍間事悵然有感

表裏山河古帝京逆胡數盡固當平千門未報甘泉火萬耦方觀渭上耕前日已傳天狗墮 去年十一月天狗墮長安聲甚大 今年寧許佛貍生會須一洗儒酸態獵罷南山夜下營

席上作

綠波畫槳浣花船清簟疎簾角黍筵一幅葛巾林下客百壺春酒飲中仙散懷絲管繁華地寄傲江湖浩蕩天浮世升沉何足計丹成碧落珥貂蟬 青城山中有

孫太古畫碧落侍中苑長生舉手整貂蟬像特妙

水亭偶題

涼樹閑拈玉笛吹十年疎放負明時溝中木斷誰曾問空裏蓬征自不知金井梧桐生晝寂綠池蘋藻弄風漪人生行樂從來事此理何須更細推

避暑江上

苦熱厭城市初夜臨江湍風從西山來頗帶積雪寒堰聲靜尤壯噴薄如急灘頓遠車馬喧更覺衣裳單斷岸吐缺月恨不三更看且隨螢火歸城扉欲橫關

夏白紵 并序

古有四時白紵亦有止作一時者丙申五月在成都烈暑可畏戲作夏白紵二首

雲母屏薄望如空水精簾疎不礙風美人獨立何所似白玉芙蕖秋水中素綃細織冰蠶縷清寒不受人間暑晚來浴罷綠窗閑自把新詩教鸚鵡

又

翔鸞嬌嬌離風塵眼明見此絕代人紗窗弄筆消永
日臨得黃庭新逼真飛樓縹緲今何夕月與玉人同
一色下簾不爲九霄寒自要玲瓏看團壁
久旱忽大雨涼甚小飲醉眠覺而有作
暑雨蕭蕭滴夜長曉窗探借九秋涼金荷淺酌閑傳
酒銀葉無煙靜炷香舒雁且爲賒死計鳴鳩便欲策
勳忙散人亦未全無事枕籍琴書滿一牀
明日開霽益涼復得長句
睡起東窗照眼明朝陽爛熳作新晴已聞雨斷空階
滴更覺風從細葛生蛺蝶飛來停酒榼石榴飄落糝
棋枰四時好處閑方覺不枉今年住錦城
夜讀東京記
海東小胡辜覆冒敢據神州竊名號幅員萬里宋乾
坤五十一年讎未報煌煌藝祖中天業東都實宅神
明隩即今犬豕穴宮殿安得旄頭下除掃寶玉大弓
久不獲臣子義敢忘巨盜景靈太廟威神在北鄉慟

哭猶可告壯士方當棄軀命書生詎忍開和好孤臣白首困西南有志不伸空自悼

感事

青鬢當時映綠衣堯功曾預記巍巍玄都春老人何在華表天高鶴未歸流輩凋疎情話少年光遲莫壯心違倚樓不用悲身世倦鵲無風亦退飛

書歎

三代藏寶器世守參河圖埋湮則已矣可使列市區文章有廢興蓋與治亂符慶曆嘉祐間和氣扇大鑪數公實主盟渾灝配典謨開闢始歐王菑畬逮曾蘇大駕初渡江中原皆避胡吾猶及故老清夜陪坐隅論文有脈絡千古著不誣俯仰四十年綠髮霜蓬枯孤生尊所聞秉節不敢渝久幽士固有速售理則無世方亂珉玉吾其老江湖

睡起

睡味清甜鼻息輕碧幮文簟喜涼生片雲過處失簾

影急兩來時聞瓦聲索虜尚憑二三輔險散關未下九
天兵白頭漫倚詩豪在手掣鯨魚意未平

飯罷碾茶戲書

江風吹雨暗衡門手碾新茶破睡昏小餅戲龍供玉

食今年也到浣花村

夢遊山水奇麗處有古宮觀云雲臺觀也

神遊忽到雲臺宮太華彩翠明秋空曲廊下闞白蓮
沼小閣正對青蘿峯林間突兀見古碣雲外縹緲聞
疎鐘裼衣紗帽瘦如削遺像恐是希夷翁窮搜未遍
忽驚覺半窗朝日初曈曨却思嶮然五千仞可使常
墮胡塵中小臣昧死露肝鬲願扈鑾駕臨崤潼何當
真過此山下百尺嫋嫋龍旗風

月下醉題

黃鵠飛鳴未免飢此身自笑欲何之閉門種菜英雄
老彈鋏思魚富貴遲生擬入山隨李廣死當穿冢近
要離一樽彊醉南樓月感慨長吟恐過悲

野外劇飲示坐中

悲歌流涕遣誰聽酒隱人間已半生但恨見疑非節俠豈志小忍就功名江湖舟楫行安往燕趙風塵久未平飲罷別君攜劍起試橫雲海翦長鯨

與青城道人飲酒作

君不見太傅晚歲具海舟歸欲極意東山遊翰林偶脫夜郎謫大醉賦詩黃鶴樓兩公窮達何足道同是逸氣橫清秋我無一事行萬里青山白雲聊散愁有酒不換西涼州無酒不典鷫鸘裘不作王猛傲睨坐捫蝨不作甯戚悲歌起飯牛五雲覆鼎金丹熟笙鶴飄然戲十洲

銅壺閣望月

銅壺閣上看明月身在千尋白銀闕十年肺渴今夕平皓然胷次堆冰雪恨無僊掌出雲表更取墜露和玉屑夜闌三歎下危梯明日人間火雲熱

連日得雨涼甚有作

九淵龍起跨蒼茫聊爲西州洗亢陽曉看空濛知歲稔夜聞點滴覺心涼紗幮不下蚊蝇靜焙火微温書畫香睡足何須雲夢澤如雷鼻息撼隣牆

待青城道人不至

我亦從來薄世緣偶然采藥到西川慵追萬里騎鯨客且伴千年化鶴僊金鼎養丹曒海日玉壺取酒醉江天朝朝來坐待方平久讀盡黃庭內外篇

劍客行

我友劍俠非常人袖中青蛇生細鱗騰空頃刻已千里手決風雲驚鬼神荊軻專諸何足數正晝入燕誅逆虜一身獨報萬國讎歸告昌陵淚如雨

夜宴卽席作

宣華輦路牧牛羊摩訶龍池艸茫茫宮殿犂盡餘繚牆南風遠吹禾黍香艸間白骨橫秋霜何由喚起酹一觴癡人走死聲利場我獨感此惜流光蘋花開時風榭涼美人縹緲如鸞翔堯年舜日樂未央非子之

故爲誰狂

宿沱江彌勒院

雨足陂塘溢庭空艸樹荒衰年愁客路野寺憩衣囊
蛙吹喧孤枕蚊雷動四廊青燈照無寐寂寞數更長

學射道中感事

學射山前宿雨收籃輿咿軋自生愁得閑何惜傾家
釀漸老真須秉燭遊道廢尚書猶乞米時來挍尉亦
封侯自憐白首能豪在車轍何因遍九州

遊學射觀次壁間詩韻

走遍人間鬢尚青爾來樂事滿餘齡傍潭秋爽鉏甘
菊登嶽春暄采茯苓閑倚松蘿論劍術靜臨窗几勘
丹經嚴光本是逃名者安用天文動客星

昇僊橋遇風雨大至憩小店

觸熱真疑墮火灰雨如飛鏃亦佳哉空江魚鼈從龍
起平野雷霆擁馬來正怪橫吹屋茅盡俄聞下擊澗
松摧晚來日漏風猶急臥看柴扉闔復開

龍挂

成都六月天大風發屋動地聲勢雄黑雲崔嵬行風中凜如鬼神塞虛空霹靂迸火射地紅上帝有命起伏龍龍尾不卷曳天東壯哉雨點車軸同山摧江溢路不通連根拔出千尺松未言爲人作年豐偉觀一洗芥蔕胷

芳華樓夜宴

射虎將軍老不侯尚能豪縱醉江樓笙歌雜沓娛清夜風露高寒接素秋少日壯心輕玉塞莫年幽夢墮滄洲人間清絕沅湘路常笑靈均作許愁

遣興

老子從來薄宦情不辭落魄錦官城生前猶著幾兩屐身後更須千載名樓外雪山森曉色井邊風葉戰秋聲一尊尚有臨邛酒卻爲無憂得細傾 邛州守文吏部餉酒絕佳

六月九日夜步月至朝眞觀

朝斗真人有舊祠追涼老子曳笻枝從來步月難爲客此夕聽琴合有詩竹院沉沉聞漏永玉繩耿耿看星移慇懃更作重來約迨及氷輪未缺時

十日夜月中馬上作

身遊碧海跨鯨魚心似寒氷貯玉壺衣溼三更清露墜眼明萬里片雲無橫空孤鶴曾相識槭髮飛僊定可呼老向人間無復意逝將從此謁清都

百歲

百歲紛紛易白頭一年鼎鼎又清秋壯心空似驥伏櫪病骨敢懷狐首丘屠釣論交成酒隱山林高臥得天遊莫悲晚節功名誤即死猶堪贈醉侯

獨飲醉臥比覺已夜半矣戲作此詩

澤畔元非慕獨醒槭人一飲費經營也知世少蘇司業安得官如阮步兵醉著面顏驚少壯澆餘胷次失崢嶸更闌莫厭殘燈火臥聽空廊絡緯聲

蒙恩奉祠桐柏

少年曾綴紫宸班曉落危途九折艱罪大初聞收郡印恩寬俄許領家山羈鴻但自思煙渚病驥寧容著帝閑回首觚稜渺何處從今常寄夢魂間

和范待制月夜有感

榆枋正復異鵬飛等是垂頭受馽鞿坐客笑談嘲遠志故人書札寄當歸醉思蓴菜黏篙滑饞憶鱸魚墜釣肥誰遣貴人同此感夜來風月夢苔磯

和范待制秋興

策策桐飄已半空啼螿漸覺近房櫳一生不作牛衣泣萬事從渠馬耳風名姓已甘黃紙外光陰全付綠尊中門前剝啄誰相覓賀我今年號放翁

又

睡臉餘痕印枕紋秋衾微潤覆爐熏井桐搖落先霜盡衣杵淒涼帶月聞佛屋紗燈明小像經奩魚蠹蝕真文身如病驥惟思卧誰許能空萬馬羣

又

山澤沉冥氣尚豪鬢絲未遽歎蕭騷已忘海運鯤鵬化那計風微燕雀高萬里客魂迷楚峽五更歸夢隔胥濤故知有酒當勤醉自古寧聞死可逃

和范待制秋日書懷二首游自七月病起蔬食止酒故詩中及之

閑窗貝葉對旁行不覺城笳報夕陽嗜酒步兵猶未達拂衣司諫亦成忙室無摩詰持花女囊有娑婆等價香欲與衆生共安隱秋來夢不到鱸鄉 陳文惠公松江詩云西風斜日鱸魚鄉傳本或誤作香字張文潛嘗辨之

又

故人無字寄相思敢向窮途怨不知老病已全惟欠死貪嗔雖斷尚餘癡數莖雪鬢江湖遠九轉金丹日月遲畬粟山苗俱可飽明年東去隱峨眉

劍南詩稿卷第七終

劍南詩稿目錄

卷第八

亭　雲谿觀竹戲書二絶　九月十日如漢州
小獵於新都彌牟之間投宿民家　獵罷夜飲
示獨孤生三首　自廣漢歸宿十八里草市
東郊飲村酒大醉後作　九月十八夜夢避雨
叩一僧院有老宿年八十許邀留甚勤若舊相
識者夢中爲賦此詩　秋晚登城北門

劍南詩稿卷第八

宋 陸游 務觀

遊學射山遇景道人

肩輿適青郊飛屐登翠麓餘霜未泫瓦晨日初掛木推門覓黃冠避客似犇鹿雖無與晤語清坐意亦足豈知逢此士曠度超世俗欣然同一笑齒頰粲冰玉探囊贈奇艸甘香勝芎菊試臨清鏡照衰髮森已綠出門恣幽討老僊有遺躅丹竈雖已空藥九遍山谷嗟予迫遲莫冠蓋厭追逐結茅遠人境此討亦已熟若人真我友玉字當共讀客來不知處雞犬望雲屋

城東醉歸深夜復呼酒作此詩

冬夜走馬城東回追風逐電何雄哉五門鼓動燈火鬧意氣忽覺如章臺歸來脫靴靴滿霜月明如水浸野堂梅花滿手不可負催燒獸炭傳清觴書生所懷

未易料會與君王掃燕趙只愁漸老不禁寒臥載輜車君勿笑

融州寄松紋劍

十年學劍勇成癖騰身一上三千尺術成欲試酒半酣直躡丹梯削青壁青壁一削平無蹤浩歌却過蓮花峯世人仰視那得測但怪雪刃飛秋空老胡畏誅奉約束假息漁陽連上谷願聞下詔遣材官恥作腐儒常碌碌

歲晚

歲晚城隅車馬稀偷閑聊得掩荆扉征蓬滿野風霜苦多稼連雲雁鶩肥報國有心空自信結茅無地竟安歸浣花道上人誰識華表千年老令威

玉京行 觀煉丹作

玉京清都奉紫皇赤明開皇劫茫茫有路坦如馳康莊惜哉背之趨死鄉絳陵朱兒朝吐光森然箭鏃攢玉牀潔齋山棲祓不祥朝餐夕食芝朮香縹囊藥笈

出祕方日精月華鍊陰陽爐開沐浴時日良清夜玉杵聞琳房服之刀圭換肝腸三十六帝參翱翔下視一笑爭奪場纍纍枯冢壓北邙

步出萬里橋門至江上

久坐意不懌掩卷聊出遊一笻吾事足安用車與騶浮生了無根兩踵蹋百州常憶航巨海銀山卷濤頭一日新雨霽微茫見流求（在福州泛海東望見流求國）西行亦足快縱獵南山秋騰身刺猛虎至今血濺裘命薄每自笑技尉略已侯短劍隱市塵浩歌醉江樓頗疑屠博中可與共奇謀丈夫等一死滅賊報國讎徙倚萬里橋寒日墮前洲

晚步

院荒有古意僧少無人聲徘徊楠陰下賞此落日明著書亦何急寂寞身後名今年復止酒歌舞陳空觥不如且消搖出門隨意行看竹入廢園望江上高城纖纖素月出靄靄蒼煙横此夕當復奇縱山吹玉笙

數日寒頓減頗有春意感懷賦短歌

微陰寒不力破臘春暗動林梢報梅白水際聞鳥哢羈鴻漸整翮一一勞目送應憐飛蓬客猶作浣花夢平生江淮間裘馬事豪縱豈知老畏死齋鉢受蔬供忍饞每自笑小飲未敢痛何以慰寂寥臥聽壓春甕

春愁

春愁茫茫塞天地我行未到愁先至滿眼如雲忽復生尋人似瘧何由避客來勸我飛觥籌我笑謂客君罷休醉自醉倒愁自愁愁與酒如風馬牛

歲莫感懷

征塵十載暗戎衣虛負名山采藥期少日覆氈曾艸檄即今橫槊尚能詩昏昏殺氣秋登隴颯颯飛霜夜出師會有英豪能共此鏡中未用歎吾衰

梅花

冰崖雪谷木未芽造物破荒開此花神全形枯近有道意莊色正知無衰高堅政要飽憂患放棄何遽愁

荒遐移根上苑亦過計竹籬茅屋真吾家平生自嫌
亦自許妙處可識不可誇金樽翠杓未免俗篝火爲

試江南茶

寺居夙興

閑居無一事睡少自夙興空庭翠霧合高樹紅日昇
曳杖遶四廊悄然不逢僧廚煙俄漠漠魚鼓亦登登
晨粥香滿堂粱肉坐可憎匡山在何許吾將買行縢

萬里橋江上習射

坡隴如濤東北傾胡牀看射及春晴風和漸減雕弓
力野迥遙聞羽箭聲天上攙搶端可落草間狐兔不
須驚丈夫未死誰能料一笥他年下百城

關山月

和戎詔下十五年將軍不戰空臨邊朱門沉沉按歌
舞廄馬肥死弓斷弦戍樓刁斗催落月三十從軍今
白髮笛裏誰知壯士心沙頭空照征人骨中原干戈
古亦聞豈有逆胡傳子孫遺民忍死望恢復幾處今

宵垂淚痕

出塞曲

佩刀一刺山爲開壯士大呼城爲摧三軍甲馬不知
數但見動地銀山來長戈逐虎祁連北馬前曳來血
丹臆却回射雁鴨綠江箭飛雁起連雲黑清泉茂艸
下程時野帳牛酒爭淋漓不學京都貴公子唾壺麈
尾事兒嬉

戰城南

王師出城南塵頭暗城北五軍戰馬如錯繡出入變
化不可測逆胡欺天負中國虎狼雖猛那勝德馬前
嗢咿爭乞降滿地縱橫投劍戟將軍駐坡擁黃旗遣
騎傳令勿自疑詔書許汝以不死股栗何爲汗如洗

讀書

面骨崢嶸鬢欲疏退藏只合臥蝸廬自嫌尚有人間
意射雉歸來夜讀書

又

歸老寧無五畝園讀書本意在元元燈前目力雖非昔猶課蠅頭二萬言　時方讀小本通鑑

晚過保福

堂靜僧閑普請疏爐紅氈暖放參餘蓮花池上容投社椰子身中悔著書茶試趙坡如潑乳芋來犀浦可專車放翁一飽真無事擬伴園頭日把鉏

偶過浣花感舊遊戲作

憶昔初爲錦城客醉騎駿馬桃花色玉人攜手上江樓一笑鉤簾賞微雪寶釵換酒忽徑去三日樓中香未滅市人不識呼酒仙異事驚傳一城說至今西壁餘小草過眼年光如電掣正月錦江春水生花枝缺處小舟橫閑倚胡牀吹玉笛東風十里斷腸聲

夜讀唐諸人詩多賦烽火者因記在山南時登城觀塞上傳烽追賦一首

我昔遊梁州軍中方罷戰登城看烽火川迥風裂面青熒並駱谷隱翳連鄠縣月黑望愈明雨急滅復見

初疑雲罅星又似山際電豈無酒滿尊對此不能嚥
低頭媿虎韔零落白羽箭何時復關中却照甘泉殿

平明出小東門觀梅

知心多別離慰眼易零落東風吹梅花爛漫照城郭
晴日千堆雪偏宜馬上看逢迎無幾日不惜犯春寒
明年花發時我在兩京道花香固無盡我亦未遽老
脫帽髮如漆看花心未灰平戎那得妨持酒會有詩
傳劍外來

寺居睡覺

虛窗寂寂夜三更燈斂殘光避月明老嬾只貪春睡
美媿聞童子誦經聲

又

心地安平曉夢長忽聞魚鼓動修廊披衣起坐清羸
甚想像雲堂無粥香 僧雜菜餌之屬作粥名無粥

樓上醉書

丈夫不虛生世間本意滅虜收河山豈知蹭蹬不稱

意八年梁益凋朱顏三更撫枕忽大叫夢中奪得松
亭關中原機會嗟屢失明日茵席留餘潜益州官樓
酒如海我來解旗論日買酒酣博簺爲歡娛信手梟
盧喝成采牛背爛爛電目光狂殺自謂元非狂故都
九廟臣敢忘祖宗神靈在帝旁

醉題

裘馬清狂錦水濱最繁華地作閑人金壺投箭消長
日翠袖傳盃領好春幽鳥語隨歌處拍落花鋪作舞
時茵悠然自適君知否身與浮名若箇親

初春出遊

春風初來滿刀州江水照人如潑油犢車芳艸南陌
頭家家傾貲事遨遊萬里橋西繫黃騮爲君一登散
花樓半年長齋廢觥籌興來忽典千金裘小桃婀娜
弄芳柔紅蘭茁芽滿春洲壚邊女兒不解愁鬭艸纔
罷還藏鉤可憐世人自拘囚盎中乾坤舞蜉蝣百年
苦短去日遒問君安用萬戸侯

芳華樓夜飲

春風射雉苑城旁走馬還來入醉鄉夜暖酒波搖燭焰舞回妝粉鑠花光浮生一笑常難必此樂它年未易忘莫作五陵豪俠看奚奴歸路有詩囊

又

結客追遊亦樂哉城南城北古池臺香生赭汗連錢馬光溢金舩撥雪醅難覓長繩縻日住且憑羯鼓喚花開一春政使渾無事醉到清明得幾回

東門外遍歷諸園及僧院觀遊人之盛

馬上哦詩畫醉鞭東城南陌去翩翩微風蹙水魚鱗浪薄日烘雲卵色天隔屋鳩鳴閑院落爭門花簇小輜軿病來久已疎杯酌春物撩人又破禪

城東馬上作

古寺名園處處行翩然南陌復東城手柔弓燥獵徒喜耳熱酒酣詩興生月似有情迎馬見鷺如相識向人鳴摩挲病眼還三歎猶擬中原看太平

又

割鮮藉艸醉春醪仰看鳴髇百尺高杜老何妨希稷禼孔明本自陋袁曹邊頭插羽無傳檄篋裏盤鵰有舊袍寄語長安衆年少妓圍不似獵圍豪

丁酉上元

突兀毬場錦繡峯遊人士女擁千重月離雲海飛金鏡燈射冰簾掣火龍信馬隨車紛醉佽賣薪買酒到耕農今年自笑真衰矣但覺憑鞍睡思濃

又

鼓吹連天沸五門燈山萬炬動黄昏美人與月正同色客子折梅空斷魂寶馬暗塵思輦路釣船孤火夢江村古來漫道新知樂此意何由可共論

又

放翁也入少年場一笑燈前未歇狂翠袖成圍欺月冷氈車爭道覺塵香蠻酥點綴春風早楚餌留連夜漏長結騎莫辭侵曉色昔人萬里看西涼

後陵永慶院在大西門外不及一里蓋王建墓也有二石幢猶當時物又有太后墓琢石爲人馬甚偉

陵闕淒涼俯舊邦恨流袞袞似長江穿殘已歎金鳧盡缺落空餘石馬雙攫飯飢烏占寺鼓避人飛鼠上經幢阿和乳臭崇韜耄堪笑昏童束手降

小飲趙園

少年結騎厭追歡漸老方知一笑難邂逅偶能成午醉登臨未覺怕春寒高林橫靄丹青幅亂蝶爭花錦繡團滿眼風光索彈壓酒盃須似蜀江寬

和范舍人書懷

歲月如犇不可遮即今楊柳已藏鴉客中常欠尊中酒馬上時看檐上花末路淒涼老巴蜀少年豪舉動京華天魔久矣先成佛多病維摩尚在家

和范舍人病後二詩末章兼呈張正字

放衙元不爲春酲澹蕩江天氣未清欲賞園花先夢

到忽聞簷雨定心驚香雲不動熏籠暖蠟淚成堆斗帳明明闘隴宿兵胡未滅祝祝公垂意在尊生

又

士生不及慶曆初下方元祐當勿疏請看蛟龍得雲雨豈比烏雀馴階除舍人起視北門艸學士歸著東觀書劍外老農亦吐氣釀酒畦花常晏如

江路見杏花

我行浣花村紅杏紅於染數樹照南陂一林藏北崦雖慚嶺梅高繁麗豈易貶雨絲飛復止雲葉低未斂似嫌風日緊護此燕脂點身閑得縱觀無語吾所歉

夜聞雨聲

高簷夜雨瀉淋浪起擁寒衾旋炷香春事豈堪頻破壞客愁不可復禁當長缾磊落輸郫釀輕騎聯翩報海棠著意物華君莫笑世間得喪更茫茫

海棠

十里迢迢望碧雞一城晴雨不曾齊今朝未得平安

報便恐飛紅已作泥

又

蜀地名花擅古今一枝氣可壓千林讒彈更到無香處常恨人言太刻深

張園海棠

洛陽春信久不通姚魏開落胡塵中楊州千葉昔曾見已歎造化無餘功西來始見海棠盛成都第一推燕宮池臺掃除凡木盡天地眩轉花光紅慶雲墮空不飛去時有絳雪縈微風蜂蝶成團出無路我亦狂走迷西東此園低樹猶三丈錦繡却在青天上不須更著刀尺裁乞與齊奴開步障

登劍南西川門感懷

自古高樓傷客情更堪萬里望吳京故人不見莫雲合客子欲歸春水生瘴癘連年須藥石退藏無地著柴荊諸公勉畫平戎策投老深思看太平

和范舍人永康青城道中作

風驅雨壓無浮埃騶驛千騎東方來勝遊公自輩王謝淨社我亦追宗雷峻山樓上一徙倚如地始闢天初開廓然眼界三萬里山一蟻垤水一杯世間幻妄幾變滅正自不滿吾曹咍丈夫本願布衣老達士詎畏蒼顏催君看神君歲食羊四萬處處棄骨高成堆西山老翁飽松麨造物賦予何遼哉

宿上清宮

永夜寥寥憩上清下聽萬壑度松聲星辰頓覺去人近風雨何曾敗月明是夕山下風雨絕頂月明達曉早歲文辭妨至道中年憂患博虛名一菴儻許西峯住常就巢僊問養生上官道人巢居山中

登上清小閣

樓觀參差倚晚晴偶然信脚得閑行欲求靈藥換凡骨先挽天河洗俗情雲作玉峯時特起山如翠浪盡東傾何因從此橫空去笙鶴飄然過洛城

小憩長生觀飯已遂行

清絕長生觀再遊疑後身人間空石刦物外自壺春
道士青精飯先生烏角巾回頭增悵望倦馬撲征塵

新津小宴之明日欲遊修覺寺以雨不果呈范
舍人

風雨長亭話別離忍看清淚溼燕脂酒光搖蕩歌雲
暖不似西樓夜宴時

又

新津渡頭船欲開山亭準擬把離盃不如意事十八
九正用此時風雨來

眉州驛舍睡起

平生百無能一嬾每自喜胡爲八年間逐食走萬里
身如盤汞轉心似爐丹死事君未免媿富貴不如已
雨餘古驛涼晝寐無錯履澹然得高臥睡思極清美
心平了無夢驚魘何自起尚嫌漆園蝶肯作南柯蟻
斜陽生木影龍蛇滿窗紙煎茶儻已熟一笑問童子

送范舍人還朝

平生嗜酒不爲味聊欲醉中遺萬事酒醒客散獨悽然枕上屢揮憂國淚君如高光那可負東都兒童作胡語常時念此氣生癭況送公歸覲明主皇天震怒賊得長三年胡星失光芒旄頭下掃在旦莫嗟此大議知誰當公歸上前勉畫策先取關中次河北堯舜尚不有百蠻此賊何能穴中國黄屝甘泉多故人定知不作白頭新因公併寄千萬意早爲神州清虜塵

過魚蛇市小寺

六月苦多雨屑輿走江村過市居人集陟險兵子喧日昳休野寺汎掃開北軒霧氣如蒼虬夭矯出洞門溪清見白石糾結菖蒲根遊魚去甚健投餌棄不吞嗟予獨何爲貪祿忘故園馳驅不自恤面有風沙痕俯仰二十年竟孤明主恩寄謝衆君子努力蘇元元

眉州作

扁舟久不泛蟇津常恐黄塵解汚人爛醉破除千日醞 予不至眉山三年矣 狂吟判斷四州春 此行自成都歷

永康唐安至眉山　汀洲漸歎蘋花老風露初嘗茘子新便欲騎鯨東海去勝遊未忍別峨岷

過修覺山不果登覽

前日泛江時雨昏失南山今日迎我馬鬖髿擁髻鬟白塔映朱閣間見青林間問我豈忘之揚鞭亟西還西還亦聊爾行矣來憑欄擾擾紅塵中豈無一日閑會復賡此詩大書榜其顔但恐厄風雨清遊天所慳

青城縣會飲何氏池亭贈譚德稱

赤日黃塵行路難青城縣裏得偷閑十年去國悲霜鬢六月登樓望雪山醉客千言猶落筆美人斗酒未酡顔憑誰喚住譚夫子更與徘徊水石間

題菴壁

偶向城南卜草廬二年浪迹寄樵漁大牀獨臥豪猶在萬衆橫行策竟疎清濁戲分春甕酒朱黃閑勘夜窗書衰顔安用頻看鏡日日元知有不如

幽居

殊方飄泊向誰論小住僧廬亦所欣得飽罷能揮求米帖愛眠新著毀茶文摘蘇籃小霑清露斸藥鉏輕帶溼雲從此生涯足幽事宦遊虛用半生勤

又

剡曲故廬歸未得暫從地主借茅茨桃花春水夢不到菰菜秋風心自知彊健猶穿幾兩屐榮華正似一鉤絲此心炯炯無人會煙雨蒼茫獨立時

浣花女

江頭女兒雙髻丫常隨阿母供桑麻當戶夜織聲咿啞地爐豆藍煎土茶長成嫁與東西家柴門相對不上車青裙竹笥何所嗟插髻㷮㷮牽牛花城中妖姝臉如霞爭嫁官人慕高華青驪一出天之涯年年傷

春抱琵琶

七月八日馬上作

溝水浸新月街槐生碧煙明河七夕後倦馬五門前小市燈初鬧高樓鼓已傳賦詩寬客恨哦罷却凄然

江樓

急雨洗殘瘴江邊閑倚樓日依平野沒水帶斷槎流擣紙荒村晚呼牛古巷秋腐儒憂國意此際入搔頭

夜登小南門城上

曳杖上江城清宵破二更月回高樹影風壯急灘聲野艇魚罾舉優場炬火明湖塘正如此回首憶柴荊

予故山在鏡湖之南

野步至青羊宮偶懷前年嘗劇飲于此

錦官門外曳枯笻此地天教著放翁萬事元無工拙處一官已付有無中拏雲柏樹瘦蛟立繞郭江流清鏡空欲把酒盃終覺嬾緩歌曾醉落花風

月夜江瀆池納涼

微逕荒城曲叢祠野水邊月能從我醉風欲駕人僊靜看黏螢艸遙聞采芡船熱官那有此留滯莫尤天

華亭院僧房

半園朱門見綠苔幽花仍傍小山開劍南七月暑未

退明日更攜棋簟來

又

悠悠馬上困思茶休歇僧房到日斜殿背無人綠錢滿小盆零落珊瑚花

乾明院觀畫

唐年蘭若占閑坊名畫蕭條半在亡歘歘殘篁常似雨陰陰古屋自生涼入門疊鼓初催講喚馬斜陽欲滿廊顯晦孰思真有數萬金奇跡棄頹牆 院中有黃筌花竹幾二十壁多已壞矣

登城

我登少城門四顧天地接大風正北起號怒撼危堞九衢百萬家樓觀爭岌嶪臥病氣壅塞放目意頗愜永懷河洛間煌煌祖宗業上天祐仁聖萬邦盡臣妾橫流始靖康趙魏血可蹀小胡寧遠略爲國恃剽刦自量勢難久外很中已懾籍民備勝廣陛戟畏荊聶誰能提萬騎大呼 去聲 擁馬鬣奇兵四面出快若霜

埽葉植旗朝受降馳驛夜奏捷豺狼一朝空狐兎何足獵遺民世忠義泣血受汙脅繫箭射我詩往檄五陵俠

秋日登僊遊閣

馬蹄連早莫車塵細如霧誰知此路邊高閣下風馭頗傳秋月夕語笑聯杖屨始知僊與人混迹無異處我來想鸞鶴稽首祈一顧飛僊不可見惟與白雲遇白雲如有情傍我欄角住借問何山來雲驚却飛去

自詠

華髮蕭蕭居士身江頭風雨折烏巾無人問字尤宜嬾有吏徵租未是貧薄宦黨來難倚仗舊交漸少每酸辛敲門且復尋僧話要結他生物外因

雜詠

青羊宮中竹暗天白馬廟畔柏如山琴尊處處可消日車馬紛紛自欠閑

又

石犀廟壖江已回陵谷一變吁可哀卽今禾黍連雲處當日帆檣隱映來

又

微風颭颭芋葉白落日漠漠稻花香出門縱轡何所詣萬里橋南追晚涼

又

世事盛衰誰得知惠陵煙草掩柴扉陵邊人家叢竹裏燈火喧呼迎婦歸

大醉歸南禪弄影月下有作

昔我變姓名釣魚散花洲有舩不用檥江急聽自流卽今客錦城醉過百花樓天風吹笥輿快若凌空遊月露浩無際指點隘九州君看塵土中頗有此樂不

題詩碧玉簡飛僊相答酬酒醒墮何處樓臺海山秋

訪楊先輩不遇因至石室

訪客客已去追涼成獨行衣冠嚴漢殿草木拱秦城古甃蒼苔滑空庭落日明出門還𢠽悦列屋打碑聲

牆東卽石經堂

病酒戲作

新秋風月佳數夕破酒戒飲少輒醉眠衰早頗自怪高春未離枕眩轉疑屋壞家人具雞豚熟視不能啜尚無千里蓴敢覓鏡湖蟹一盃苦黄齏價直娑婆界

訪昭覺老

久矣耆年罷送迎喜聞華屨下堂聲遊山笑我驀直去過夏憐君太瘦生庭際楠陰凝晝寂牆頭鵲語報秋晴功名已付諸賢了長作閑人樂太平

晝臥

秋暑侵人氣力微燒香高枕掩齋扉弄姿野蘤晴猶斂作態江雲晚未歸身外極知皆夢事世間隨處有危機故山松菊今何似晚矣淵明悟昨非

晚步江上

萬里橋邊帶夕陽隔江漁市似清湘山林獨往吾何恨車馬交流渠自忙高柳陰中扶拄杖平沙穩處據

胡牀故人京國無消息安得相攜共此涼

夜坐

大風橫吹斗柄折迅雷下擊山壁裂放翁閉戶寂不聞楞嚴卷盡燈花結

夜行

紅藤拄杖扶衰病村北村南破夜行閑繞長堤逐螢火戲臨荒沼問鼉聲倦遊但有笭箵與久客真諳褦襶情安得故人同一醉三更城上看河傾

悲秋

一抛蓑笠雪溪舟八載梁州復益州纔破繁華海棠夢又驚搖落井梧秋曉班無復趨行殿晚境惟思老寢丘病肺經旬疏酒盞愁來惟是上南樓

城北青蓮院方丈壁間有畫鷰子者過客多題詩予亦戲作二絕句

一雙掠水鷰來初萬點飛花社雨餘辛苦成巢君勿笑從來吾亦愛吾廬

又

明窗短壁拂蛛絲常是江邊送客時留滯錦城生白髮不如巢鷰有歸期

睡起

閑身喜午睡睡起日猶早茂竹青入簷幽花紅出草苔錢亦滿砌護惜不忍掃宦情本自疎此地可忘老

天涯

天涯到處自生愁游子征塵暗弊裘燈火青熒五門夜風煙索莫二江秋帝城漫誦新詩句客路難逢舊輩流送老把茅須早決此生何止四宜休

暇日行城上同行追不能及

疾步登城殊未衰欣然一笑擲筇枝正當閑似白鷗處不減健如黃犢時秋野煙雲橫慘淡莫天樓閣倚參差高吟醉舞忘歸去乞與丹青畫怪奇

感秋

西風繫杵擣征衣客子關情正此時萬事從初聊復

爾百年彊半欲何之晝堂蟋蟀怨清夜金井梧桐辭故枝一枕凄涼眠不得呼燈起作感秋詩

雙流旅舍

孤市人稀冷欲冰昏昏一盞店家燈開門拂榻便酣寢我是江南行脚僧

又

西風黃葉滿江村瘦馬來穿渡口雲動地傳呼逢醉尉誰何禁殺故將軍

又

每因髀肉歎身閑聊欲勤勞鞍馬間黑稍黃旗端未免會衝風雪出榆關

早行至江原

喔喔鳴雞促起程飜飜飛鷺導孤征節旄盡落歸猶遠帶眼頻移瘦自驚小市蕭條黃葉滿斷橋零落綠苔生居人猶復多愁思何況天涯倦客情

安仁道中

千古臨邛路飄然偶獨遊病身那迫老遠客更禁秋水退橋未葺渡閑舩自流飛騰付年少回首思悠悠

又

三驛未爲遠衰翁愁出門貪程多卒卒失睡每昏昏天大圍平野江回隔近村何時有餘俸小築占雲根

八月十四夜三义市對月

去年看月籌邊樓雲鋪微光如玉鈎主人不樂客歎息清歌空送黃金舟今年看月三义市纖雲不作良宵祟素娥命駕洗客愁我亦傾杯邀共醉風露萬里方渺然氷輪無轍行碧天盈盈耿耿意無盡月不忍落人忘眠一言欲報廣寒殿茅簷華屋均相見明年萬事不足論但願月滿人常健

豐橋旅舍作

我本山林人心期在塵表出門消底物兩屩萬事了羣兒何足愠爲爾常悄悄今朝山中路更喜相識少三义市人醉爭席豐橋逆旅留饋食小婦梳髻高一

尺梭聲札札當戶織

文君井

落魄西州泥酒盃酒酣幾度上琴臺青鞋自笑無羈束又向文君井畔來 相如琴臺在成都城中文君井在邛州相傳爲卓氏故宅

白鶴館夜坐

竹聲風雨交松聲波濤飜我坐白鶴館燈青無晤言廓然心境寂一洗吏卒喧袖手哦新詩清寒媿雄渾屈宋死千載誰能起九原中間李與杜獨招湘水魂自此競摹寫幾人望其藩蘭苕看翡翠煙雨啼青猿豈知雲海中九萬擊鵬鯤更闌燈欲死此意與誰論

南津勝因院亭子

南江平無風如鏡新拂拭漁舟不點破瀲灩千頃碧闌干西北角雲散山爭出坡陁競南走翠入窗戶窄江山不世情作意娛此客豈無尊中酒豪飲非宿昔明當還成都塵土埋馬跡後巖在眼中飛去無羽翼

後巖在鳳凰山後七八里山水尤奇絶

登邛州譙門門三重其西偏有神仙張四郎畫像張蓋隱白鶴山中

浮雲在脚底千里在眼邊攀躋忽至此倚柱眩欲顚車馬細如蟻紛紛衢路間嗟汝何爲者馳驅窮歲年我本澹蕩人此心實愛閑向來出處際不媿咫尺天風吹哦詩聲十里搖西山懸知老僊翁爲我一粲然

書寓舍壁

天與癡頑不解愁未埋病骨且閑遊山於拄杖横時看路到芒鞵破處休初擬燒丹住南嶽却因學劍客西州秋風巾褐添蕭爽又作臨邛十日留

又

落佩頹冠慣放慵經旬寓館古臨邛西偏取路横穿竹北向開門倒看松醉後蹇驢歸薄莫閑來支枕睡高舂鵠鳴山谷曾遊處剩欲扶犂學老農　鵠鳴一名鶴鳴在邛之大邑縣

次韻使君吏部見贈時欲遊鶴山以雨止
蟇頤江上約同行白鶴峯前辱寄聲青史功名男子
事後堂歌舞故人情午甌誰致葉家白春甕旋撥郎
官清登覽不嫌鳩喚雨十年芒屩慣山程

西巖翠屛閣
把酒孤亭半日留西巖獨擅鶴山秋也知絕境終難
賦且喜閑身得縱遊鸜鵒起危巢時磔磔鹿鳴深澗莫
呦呦人生適意方爲樂甲第朱門秖自囚

幽居院
久墮塵沙裏幽尋始此行侵雲千嶂合披草一僧迎
蘚潤泉時滴崖傾竹倒生登高忽平曠回首失崢嶸
老矣猶孤客歸哉念耦耕結廬殊未定此地頗關情

中溪
散人無俗事日日山中行今朝中溪寺妙絕不可名
幽處萬木合忽然千頃平綠黛染晴嶂白雲如玉城
巖花勸小酌天風吹獨醒雖無九皐鶴奇哉此松聲

我如折翼鵬回盡九萬程脫屨擲拄杖於此餞餘生

天台院有小閣下臨官道予爲名曰玉霄

竹輿衝雨到天台綠樹陰中小閣開牓作玉霄君會否要知散吏按行來予所領崇道觀蓋在天台山中玉霄峯下

山中小雨得宇文使君簡問嘗見張僊翁乎戲作一絕

張僊挾彈知何往清嘯穿林但可聞拾得鐵丸無處用爲君打散四山雲張四郎常挾彈視人家有災疾者輒以鐵丸擊散之

雨中山行至松風亭忽澄霽

煙雨千峯擁髻鬟忽看青嶂白雲間卷藏破墨營丘筆却展將軍著色山

贈宋道人

我不如昔人騎鶴上九天玉簡奏事虛皇前平生嗇養氣麤全兩脚馳走輕如煙鳥道懸崖忽飛騫戲擲短劍聲鏗然轉盼跳下千仞淵已復取劍升層巔騰

猿俊鶻爭後先飢食松花掬飛泉金骨綠髓漸凝堅
口哦七字黃庭篇西來欲訪掞彈僊丹經劍訣更精
研嗟哉一失五百年作詩付子勿妄傳

自山中泛舟歸郡城

我呼小艇浮南津落日亂山銜半輪背船雙鷺低掠
水下灘峭風冷逼人中流回望始太息煙中白塔高
嶙峋適從彼來忽在此老夫拄杖捷有神尉曹堆盤
笠澤膾秀才瀉榼中山春豈惟外物不挂眼醉後兀
爾忘吾身朝冠行即挂神武買犢遂欲耕峨岷金丹
自喜日日長白髮未許年年新擁橋炬火遠已鬧歸
舍睡息清而勻明朝笑謂同載客有脚莫踏東華塵

次韻宇文使君山行

城中望西山爽氣固可致不如山中行衣屨染濃翠
使君資高逸鐵馬奏橫吹平郊何曠蕩修竹亦清閟
既聞蘇門嘯遂挹浮丘袂似嫌太清絕開宴盡主意
戲留楚臺雲寶靨鬭姿媚珠貫按歌聲泉湧發詩思

歸來殊不倦吏牘閱千紙却笑江左人把酒輒遺事
下客亦未衰尚可提萬騎安能學胡公危苦寄鶴翅

仙人胡安學道西巖跨鶴上昇山以此得名

同王無玷羅用之訪臨邛道士墓

樂天詩句本嘲詼那有人從碧海來五百年間逢好
事披榛來訪此崔嵬

登太平塔

我從平地來忽寄百尺巔眼力與脚力初不減少年
漸高山愈出杳杳浮雲煙舉手捫參旗日月磨蛞旋
天風忽吹衣便欲從此僊且復下梯去著書未終篇

中夜投宿修覺寺

陸走崔嵬水下瀧客中更復客它邦曉離方井雲藏
市夜渡新津火照江人語紛紛投野寺牀敷草草寄
僧窗五更風雨妨歸夢卧看殘燈吐半釭

絶勝亭

蜀漢羈遊歲月侵京華乖隔少來音登臨忽據三江

會飛動從來萬里心地勝頓驚詩律壯氣增不怕酒
盃深一琴一劍白雲外揮手下山何處尋

雲谿觀竹戲書二絶句

氣蓋冰霜勁有餘江邊見此列僊癯清寒直入人肌
骨一點塵埃住得無

又

溪光竹色兩相宜行到溪橋竹更奇對此莫論無肉
瘦閉門可忍十年飢

九月十日如漢州小獵於新都彌牟之間投宿
民家

適從邛州歸又作漢州去天低慘欲雪遊子悲歲莫
十年辭京國疋馬厭道路野火炎高岡江雲暗空戍
角弓寒始勁霜鶻飢更怒邂逅成小獵尺箠聊指呼
北連武侯祠南並稚子墓合圍蹙窮鹿設伏截狡兎
壯哉帶箭雉耿介死不顧吾寧暴天物戰法因得寓
黄昏過民家休馬燎裘袴割鮮盛燔炙毛血灑庭戶

老姚亦復奇汎掃邀我駐丈夫儻未死千金酬此遇
獵罷夜飲示獨孤生
客途孤憤只君知不作兒曹怨別離報國雖思包馬
革愛身未忍價羊皮呼鷹小獵新霜後彈劍長歌夜
雨時感概却愁傷壯志倒瓶濁酒洗餘悲
又
關輔何時一戰收蜀郊且復獵清秋洗空狡穴銀頭
鶻突過重城玉腕騮賊勢已衰真大慶士心未振尚
私憂一樽共講平戎策勿為飛鳶念少游
又
白袍如雪寶刀橫醉上銀鞍身更輕帖草角鷹掀兔
窟憑風羽箭作鴟鳴關河可使成南北豪傑誰堪共
死生欲疏萬言投魏闕燈前攬筆涕先傾
自廣漢歸宿十八里草市
月黑叩店門燈青坐牀簀飯麤糲雜沙土菜瘦等草棘
泰然均一飽未覺異玉食我豈兒女哉口腹為怨德

古人恥懷祿不仕當力穡從今扶犂手終老謝翰墨

東郊飲村酒大醉後作

丈夫無苟求君子有素守不能垂竹帛正可死隴畝

邯鄲枕中夢要是念所有持枕與農夫亦作此夢否

今朝櫟林下取醉村市酒未敢羞空囊爛熳詩千首

九月十八夜夢避雨叩一僧院有老宿年八十許邀留甚勤若舊相識者夢中爲賦此詩

畫簷急雨傾高秋夜投丈室燈幽幽耆年擁毳雪滿頭拂拭牀敷邀我留雛猊戲擲香出喉蓬蓬結成蒼玉毬蠻童揭簾侍者憂觸散香煙當罰油

秋晚登城北門

幅巾藜杖北城頭卷地西風滿眼愁一點烽傳散關信兩行雁帶杜陵秋山河興廢供搔首身世安危入倚樓橫槊賦詩非復昔夢魂猶繞古梁州

劍南詩稿卷第八終

劍南詩稿目錄

卷第九

六里梅至多有兩大樹夭矯若龍相傳謂之梅
龍予初至蜀嘗爲作詩自此歲常訪之今復賦
一首丁酉十一月也　閒意　飲罷夜歸　江
亭冬〻望　大風登城　書雨　一笑　歲晚懷
鏡湖舊隱慨然有作　華髮　歎息　冬至
城南尋梅四首　書歎　感興二首　莫冬〻夜
宴　枕上　謁石犀廟　江上散步尋梅偶得
三絶　漣漪亭賞梅　芳華樓賞梅　浣花賞
梅　蜀苑賞梅　大醉梅花下走筆賦此　之
廣都懇鐵像院　廣都江上作　宿龍華山中
寂然無一人方丈前梅花盛開月下獨觀至中
夜　次韻張季長正字梅花　次韻季長見示
廣都道中呈季長　看梅歸馬上戲作五首
別後寄季長　中夜對月小酌　客愁　詩
酒　道室夜意　道室晨起　城南王氏莊尋
梅　遊萬里橋南劉氏小園　過筰橋道中龍

祠小留　道上見梅花　倚樓　寄王季夷
丁酉除夕　正月二日晨出大東門是日府公
宴移忠院　小飲落梅下戲作送梅　立春
初春出遊戲作　初春遣興三首　予年十六
始識葉晦叔於西湖上後二十七年晦叔之弟
聲叔來爲臨邛守相遇於成都晦叔沒久矣訪
其遺文略無在者乃賦此詩　初春探花有作
遊諸葛武侯書臺　觀花　張園觀海棠
月夕　夜飲卽事　夜宴賞海棠醉書　二月
十六日賞海棠　卽席　東歸有日書懷　眉
州披風榭拜東坡先生遺像

劍南詩稿卷第九

宋　陸游　務觀

秋興

成都城中秋夜長燈籠蠟紙明空堂高梧月白繞飛鵲衰草露溼啼寒螿堂上書生讀書罷欲眠未眠偏斷腸起行百匝幾歎息一夕綠髮成秋霜中原日月用胡曆幽州老酋著柘黃滎河温洛底處所可使長作旃裘鄉百金戰袍鵰鶻盤三尺劍鋒霜雪寒一朝出塞君試看旦發寶雞莫長安

夜飲

引劍酣歌亦壯哉要君共覆手中盃秋鴻陣密橫江去莫角聲酣戰雨來莫恨皇天無老眼請看白骨有青苔中年倍覺流光速行矣西郊又見梅

莫秋

時序中年速風霜客路長孤愁巴月白清夢楚山蒼燈暗秋銜壁鐘疎夜殷床端居有微祿不敢恨殊方

又

萬里歸無策八年淹此留羞蒙子公力寧倦長卿遊聽雨瀟湘夜飛鷹鄠杜秋更須論富貴此計亦悠悠

夜雨有感

北風吹雨暗江郊十月僧廬旋補茆病馬敢希三品料驚禽聊借一枝巢少時諸老爭求識晚歲殊方罕定交閉戶不妨新得趣丹經盈篋手親抄

道室

一室冷如冰人凝在定僧手稱丹竈火紗護佛龕燈食減形雖槁心虛氣自凝平生坐忘論字字欲銘膺

飯罷戲作

南市沽濁醪浮蛆甘不壞東門買彘骨醯醬點橙薤蒸雞最知名美不數魚蟹輪囷犀浦芋磊落新都菜欲賡老饕賦畏破頭陀戒況予齒日疎大臠敢屢嘬

杜老死牛肉千古懲禍敗閉門餌朝霞無病亦無債

初冬夜宴

絲管紛紛燭滿堂梟盧擲罷夜飛觴帷犀風定歌雲暖香獸煙濃漏箭長泛菊已成前日夢探梅又續去年狂醉歸自笑摧頹甚冷逼貂裘怯曉霜

冬夜醉歸復小飲

野外歸來晚空庭露氣新乍晴雲妬月多病酒欺人倚杖行吟久投盃起舞頻早梅消息動春事漸關身

病酒述懷

閑處天教著放翁卅廬高臥笮橋東數莖白髮悲秋後一醆青燈病酒中李廣射歸關月墮劉琨嘯罷塞雲空古人意氣憑君看不待功成固已雄

數日暄妍頗有春意予閑居無日不出遊戲作

小春花蕾索春饒已有暄風入紫貂村路雨晴鳩婦喜射場草綠雉媒嬌苑邊結客飛金勒樓上誰家弄玉簫莫怪夕陽歸獨後早梅喚我度谿橋 蜀宣華苑在

摩訶池上

遣興

耆舊日凋謝將如此老何遽拈如意舞狂叩唾壺歌

郡縣輕民力封疆恃虜和功名莫看鏡吾意已蹉跎

趙將軍 并序

客爲予言靖康建炎間關中奇士趙宗印者

提義兵擊虜有衆數千所向輒下虜不敢當

會王師敗於富平宗印知事不濟大慟於王

景略廟盡以金帛散其下被髮入華山不知

所終予感其事爲作此詩

我夢遊太華雲開千仞青擘山瀉黃河萬古仰巨靈

往者禍亂初氛祲干太寧豈無臥雲龍一起奔風霆

時事方錯謬三秦盡羶腥山河銷王氣原埜失大刑

將軍散髮去短劍斸茯苓定知三峯上爛醉今未醒

江樓醉中作

淋漓百榼宴江樓秉燭揮毫氣尚遒天上但聞星主

酒人間寧有地埋憂生希李廣名飛將死慕劉伶贈醉侯戲語佳人頻一笑錦城已是六年留 退之詩云越女一笑三年留

曳策 遊房園作

慈竹蕭森拱廢臺醉歸曳策一徘徊紛紛落日牛羊下黯黯長空霰雪來三峽猿催清淚落兩京梅傍戰塵開客懷已是淒涼甚更聽城頭畫角哀

謁漢昭烈惠陵及諸葛公祠宇

雨止風益豪雪作雲不動淒涼漢陵廟衰草臥翁仲畫妓空笙竽土馬鬪羈鞚壞沃黃犢耕柏密幽鳥哢尚想忠武公身任社稷重整整渭上營氣已無岐雍少須天意定破賊寧患衆與士信有數星隕事可痛陵邊四五家茆竹居接棟手皸紙上箔 居民皆以造紙爲業 醅熟酒鳴甕雖嗟生理微亦足逭飢凍劉葛固雄傑閱世均一夢論高常近迂才大本難用九原不可作再拜臨風慟

遙夜

遙夜雨聲急愔愔窗戶幽閑編堯舜在得句鬼神愁同俗愚儒皐容身壯士羞燈殘不成睡曉角動南樓

遠遊

遠遊行復歲華新嬾學劉郎問大鈞一點不蒙稽古力十分合作臥雲身苦寒與酒頓增價小雨爲梅先辟塵擬佩一壺江路去花邊醉墮白綸巾

大雪歌 累日作雪竟不成戲賦此篇

長安城中三日雪潼關道上行人絕黃河鐵牛僵不動承露金盤凍將折虬鬚豪客狐白裘夜來醉眠寶釵樓五更未醒已上馬衝雪却作南山遊千年老虎獵不得一箭橫穿雪皆赤拏空爭死作雷吼震動山林裂崖石曳歸擁路千人觀髑髏作枕皮蒙鞍人間壯士有如此胡不來歸漢天子

簡譚德稱

幼與骨相稱山巖自要閑遊不避譏錦里先生爲老

伴玉霄散吏是頭銜探春苑路花簪帽看月江樓酒滿衫惟恨題詩無逸氣媿君陣馬與風飆

排悶

世事何知與願違十年高臥看羣飛獵圍花市無人問漁艇煙村有夢歸銀燭熖長搖酒浪寶刀佩穩壓戎衣君看白首寒窗客俠氣縱横亦未非

夜意

名姓人誰記形骸老漸侵酒慳停劇飲詩退負高吟雨隔踈更斷雲藏古院深衰遲常兀兀惆悵少年心

又

心清知睡少氣定覺神凝但有一無媿何妨百不能燈昏如隔霧研冷欲生冰兀爾遺身世東窗待日升

又

瘴地晨霜薄郊墟莫雨昏啼螿如有恨微火解相溫末路真無策孤忠敢自言輪囷肝膽在白首倚乾坤

玉局觀拜東坡先生海外畫像

商周去不還盛哉漢唐宋蘇公本天人謫墮爲世用
太平極嘉祐珠玉始包貢公車三千牘字字岌飛動
氣力倒犀象律呂諧鸞鳳天驥西極來矯矯不受鞚
飛騰上臺閣廢放落雲夢至寶不侵蝕終亦老侍從
晚途遷海表萬里天宇空豈惟騎鯨魚遂欲跨蝃蝀
心空物莫撓氣老筆愈縱粃糠郊祀歌遠友清廟頌
我生雖後公妙句得吟諷整衣拜遺像千古尊正統

心太平菴 余取黃庭語名所寓室

天下本無事庸人擾之耳胷中故湛然忿欲定誰使
本心倘不失外物真一螘困窮何足道持此端可死
空齋夜方中窗月淡如水忽有清磬鳴老夫從定起

訪客至西郊

摵摵敗葉飛黯黯寒雲低村墟與市里觸目一慘悽
今日病體輕駕言適城西丹柿滿野店青帘出江隄
獵騎載雉兎樵檐懸鶉雞居人各自得使我念故谿
故谿不敢說況復朝金閨傷哉齧雪翁歲晚猶牧羝

下愚不自還大惑終身迷君恩何由報力耕愧黔黎

得都下八月書報蒙恩牧敘州

鳳城書到錦江邊故里歸期愈渺然掌上山川初入夢壺中日月尚經年方輪落落難推轂倦馬駸駸怕著鞭未佩魚符無吏責看花且作拾遺顛 戍期尚在明年冬

晚起

賣劍捐書絕世緣掩關高枕送流年久從道士學踵息誰管門生嘲腹便化蝶飛時嗟昨夢睡蛇去後喜安眠欠伸看起東窗日也似金鑾過八甎

又

學道逍遙心太平幽窗鼻息撼牀聲柳花無蔕蠻氈煖龜甲有紋繒帳明候起兒童陳盥櫛笑衰人客闖柴荆此生睡足無餘念安用元戎報五更

江樓吹笛飲酒大醉中作

世言九州外復有大九州此言果不虛僅可容吾愁

許愁亦當有許酒吾酒釀盡銀河流酌之萬斛玻瓈舟酣宴五城十二樓天爲碧羅幕月作白玉鉤織女織慶雲裁成五色裘披裘對酒難爲客長揖北辰相獻酬一飲五百年一醉三千秋却駕白鳳驂班虬下與麻姑戲玄洲錦江吹笛餘一念再過劍南應小留

晚登子城

江頭作雪雪未成北風吹雲如有營驅車出門何所詣一放吾目登高城城中繁雄十萬戶朱門甲第何崢嶸錦機玉工不知數深夜窮巷聞吹笙國家自從失河北煙塵漠漠暗兩京胡行如鬼南至海寸地尺天皆苦兵老吳將軍獨護蜀坐使井絡無攙槍名都壯邑數千里至今不聞戎馬聲安危自古有倚伏相持默默非敵情棘門灞上勿兒戲犬羊豈憚渝齊盟

夙興出謁

嗜酒狂無敵居家懶有餘苦寒愁手版美睡付肩輿覓句吟哦慣逢人省識疎亦知歸去好無地著蝸廬

十一月三日過升仙橋作

旱過升仙不暇炊橋邊買麨療朝飢紛紛滿座誰能識大似新豐獨酌時

又

尉手金鞭天馬駒氷河雪谷笑談無只言燕趙多奇士豈必書生盡腐儒

又

橋邊沙水綠蒲老原上煙蕪黃犢閑老子真成興不淺憑鞍歸夢遶家山

遣興

蓬壺舊隱已微茫淚迹紅塵樂未央縱酒山南千日醉看花劍外十年狂新詩刻燭驚詞客駿馬追風戲鞠場要是世間男子事不須臺省競飛翔

艸堂拜少陵遺像

清江抱孤村杜子昔所館虛堂塵不掃小徑門可款公詩豈紙上遺句處處滿人皆欲拾取志大才苦短

訃公客此時一飽得亦罕阨窮端有自寧獨坐房琣
至今壁間像朱綬意蕭散長安貂蟬多死去誰復算

青羊宮小飲贈道士

青羊道士竹爲家也種玄都觀裏花微雨晴時看鶴
舞小窗幽處聽蜂衙藥爐宿火熒熒煖醉袖迎風獵
獵斜老我一官真漫浪會來分子淡生涯

夜寒

清夜焚香讀楚詞寒侵貂褐歎吾衰輕冰滿研風聲
急忽記山陰夜雪時

又

斗帳重茵香霧重膏粱那可共功名三更騎報河冰
合鐵馬何人從我行

書懷

武擔山上望京都誰記黃公舊酒壚宿負本宜輸左
校寬恩猶聽補東隅一官漫浪行將老萬卷縱橫只
自愚甫里松陵在何許古人投劾爲蓴鱸

記夢

烏巾白紵憶當年抵死尋春不自憐䰐頷劍南雙鬢改夢中猶上暗門船

又

團臍霜蟹四腮鱸樽俎芳鮮十載無塞月征塵身萬里夢魂也復醉西湖

醉中出西門偶書

古寺閑房閉寂寥幾年躭酒負公朝青山是處可埋骨白髮向人羞折腰末路自悲終老蜀少年常願從征遼醉來挾箭西郊去極目寒蕪雉兔驕

訪客不遇

風急斜吹帽泥深亂濺衣杜門常畏罵訪客却空歸老馬舉蹄嬾枯槐無葉飛馳驅幾時了散髮憶苔磯

劍客行

世無知劍人太阿混凡鐵至寶棄泥沙光景終不滅一朝斬長鯨海水赤三月隱見天地間變化豈易測

國家未滅胡臣子同此責淚迹潸山海歲晚得劍客酒酣脫七首白刃明霜雪夜半報雠歸斑斑腥帶血細雠何足問大恥同憤切臣位雖卑賤臣身可屠裂誓當函胡首再拜奏北闕逃去變姓名山中餐玉屑

故蜀別苑在成都西南十五六里梅至多有兩大樹夭矯若龍相傳謂之梅龍予初至蜀嘗爲作詩自此歲常訪之今復賦一首丁酉十一月也

昔年曾賦西郊梅茫茫去日如飛埃卽今衰病百事嬾陳迹未忘猶一來蜀王故苑犂已遍散落尚有千雪堆珠樓玉殿一夢破煙蕪牧笛遺民哀兩龍臥穩不飛去鱗甲脫落生莓苔精神最遇雪月見氣力苦戰冰霜開羈臣放士耿獨立淑姬靜女知誰媒摧傷雖多意愈厲直與天地爭春回蒼然老氣壓桃杏笑我白髮心尚孩微風故爲作嫵媚一片吹入黃金罍

閑意

柴門雖設不曾開爲怕人行損綠苔姸日漸催春意
動好風時捲市聲來學經妻問生疎字嘗酒兒斟瀲
灩盃安得小園寬半畝黃梅綠李一時栽

飲罷夜歸

老病畏多酌退閑愁夜行市燈疎欲盡樓月澹初生
露冷莎蛩咽天高塞雁征歸來差自喜擁被聽疎更

江亭冬望

霜落江清水見魚偶來徙倚草亭孤雲天黯淡常如
晚煙樹微茫直欲無下澤乘車終碌碌上方請劍漫
區區擬將疎逸消豪氣尋罷酒徒尋獵徒

大風登城

風從北來不可當街中橫吹人馬僵西家女兒午未
妝帳底爐紅愁下牀東家喚客宴畫堂兩行玉指調
絲簧錦繡四合如垣牆微風不動金猊香我欲登城
望大荒勇欲爲國平河湟才疎志大不自量西家東
家笑我狂

書雨

仲冬候始寒丙夜天正黑雨來挾風助吼擊不遺力聲如拔高山勢若伐强國初憂老柏折遂恐石筍踣乾坤本無心百神各効職蛟龍鬭歲莫豪横理莫測農功幸已成龍怒亦會息屋漏何足言袖手姑默默一笑

半醉微吟不怕寒江邊一笑覺天寬莫愁艇子急衝雨何遜梅花頻倚闌萬事任從皮外去百年聊作夢中觀放翁縱老狂猶在倒盡金壺燭未殘

歲晚懷鏡湖舊隱慨然有作

公府還家鬢未秋鏡湖南畔決歸休讀書精舍豈輕出采藥名山成遠遊白墮輿來猶小醉青精材足更何求俗間毁譽惟堪笑常隘韓公咎斗牛

華髮

華髮蕭蕭老蜀關倦飛可笑不知還人生只似駒過隙世事莫驚雷破山光景半銷樽酒裏英豪或隱博

徒聞車帷閑置真何樂書劍飄然未厭閑

歎息

國家圖籙合中興歎息吾寧粥飯僧賣劍買牛衰可笑壞裳爲袴老猶能曉過射圍雲藏壘夜讀兵書雨灑燈安得龍媒八千騎要令窮虜畏飛騰

冬至

歲月難禁節物催天涯回首意悲哀十年人向三巴老一夜陽從九地來上馬出門愁歛版還家留客强傳杯探春漫道江梅早盤裏酥花也鬬開

城南尋梅得

老子今年嬾賦詩風光料理鬢成絲青羊宮裏春來早初見梅花第一枝

又

黯淡江天雪欲飛竹籬數掩傍苔磯清愁滿眼無人說折得梅花作伴歸

又

青煙漠漠暗西村問訊梅花置一尊冷淡生涯元不
惡却嫌歌吹合江園 成都故事合江園官梅開及五分即府尹
領客來遊

又

籬邊細路竹間庵一段風流擅劍南吾國以香爲佛
事客來試向鼻端參

書歎

歷盡危塗井與參鬢毛飽受雪霜侵平生不可俗子
眼後世誰知吾輩心河洛方行胡正朔山林虛度醉
光陰浩歌未闋先投枕衰病常憂感慨深

感興

少小遇喪亂妄意憂元元忍飢臥空山著書十萬言
賊亮負函貸江北煙塵昏奏記本兵府大事得具論
請治故臣罪深絕衰亂根言疎卒見棄袂有血淚痕
爾來十五年殘虜尚遊魂遺民淪左衽何由雪煩冤
我髮日益白病骸寧久存常恐先狗馬不見清中原

又

高帝王蜀漢天下豈易圖幡然用其鋒項羽不支梧
嗟余昔從戎久戍南鄭墟登高望夕烽只尺咸陽都
羣胡本無政剽奪常自如民窮訴蒼天日夜思來蘇
連年況枯旱鬬輔尤空虛安得節制師弓刀肅馳驅
父老上牛酒善意不可孤諸將能辦此機會無時無

莫冬夜宴

官機錦茵金蹙鳳舞娃釵墮雙鬟重寶爐三尺香吐
霧畫燭如椽風不動主人愛客情無已箏聲未斷歌
聲起亦知百歲等朝露便恐一歡成覆水爐紅酒綠
春爲回坐上梅花連夜開堂前只尺異氣候冰合平
池霜壓階

枕上

枕上三更雨天涯萬里遊蟲聲憎好夢燈影伴孤愁
報國討安出滅胡心未休明年起飛將更試北平秋

謁石犀廟

閑過石犀祠登堂一歎欷江回陵谷變碑斷市朝非
有王蜀時修廟碑銘　荒圃連寒壠斜陽映夕霏與士俱昨

夢惆悵跨驢歸

江上散步尋梅偶得三絶句

小園風月不多寬一樹梅花開未殘剝啄敲門嫌特
地緩拖藤杖隔籬看

又

鐘殘小院欲消魂漠漠幽香伴月痕江上人家應勝
此明朝更出小南門　萬里橋門一名小南門

又

小南門外野人家短短疎籬繚白沙紅稻不須鸚鵡
啄清霜催放兩三花

漣漪亭賞梅

判爲梅花倒玉巵故山幽夢憶疎籬寫真妙絶横窗
影徹骨清寒蘸水枝苦節雪中逢漢使高標澤畔見
湘纍詩成怯爲花拈出萬斛塵襟我自知

芳華樓賞梅

素娥竊藥不奔月化作江梅寄幽絕天工丹粉不敢
施雪洗風吹見真色出籬藏塢香細細臨水隔煙情
脈脈一春花信二十四縱有此香無此格放翁年來
百事惰唯見梅花愁欲破金壺列置春滿屋寶髻斜
簪光照坐百榼淋漓玉斝飛萬人辟易銀鞍過不惟
豪橫壓清臞聊爲詩人洗寒餓

浣花賞梅

老子人間自在身插梅不惜損烏巾春回積雪層冰
裏香動荒山野水濱帶月一枝低弄影背風千片遠
隨人石家樓上貪吹笛肯放朝朝玉樹新

蜀苑賞梅

十里溫香撲馬來江頭還見去年梅喜開剩欲邀明
月愁落先教掃綠苔跌宕放翁新醉墨淒涼廢苑舊
歌臺盛衰自古無窮事莫向昆明歎刼灰

大醉梅花下走筆賦此

閑門坐歎息不飲輒千日忽然酒興生一醉須一石
檐頭花易老旗亭酒常窄出郊索一笑放浪謝形役
把酒梅花下不覺日既夕花香襲襟袂歌聲上空碧
我亦落烏巾倚樹吹玉笛人間奇事少頗謂三劾敵
酒闌江月上珠樹挂寒壁便疑從此僊朝市長掃迹
醉歸亂一水頓與異境隔終當騎梅龍海上看春色
梅龍蓋蜀苑中故物也

之廣都憩鐵像院

歲莫天苦寒風雨復乘之道邊得古寺欣然具晨炊
瘦樹立中庭斷蔓絡短籬小僧爲設爐童子燒槁枝
坐令手足柔髭間失氷澌敬禮龕中像盡讀廡下碑
少年志四方故里了不思晚知行路難更覺遊子悲
一官始巴僰剡曲歸何時置之勿復道爛醉忘天涯

廣都江上作

微波不搖江纖雲不行天我來倚杖立天水相澄鮮
平遠望不盡日落自生煙梅花耿獨立雪樹明前川

好風吹我衣春色已粲然東村聞酒美買醉上漁船宿龍華山中寂然無一人方丈前梅花盛開月

下獨觀至中夜

梅花如高人枯槁道愈尊君看在空谷豈比倚市門我來整冠佩潔齋三沐熏亦思醉其下燕婧恐瀆君敬抱綠綺琴玄酒挹古罇月明流水閑一洗世濁昏摸寫香與影詩君已厭聞老我少傑思尚喜非陳言

次韻張季長正字梅花

倚橋臨水似催詩戲伴鵝黃上柳絲萬里西湖驚斷夢二年東閣憶幽期游嘗官唐安 插瓶直欲連全樹簪帽憑誰揀好枝一味凄涼君勿歎平生初不願春知

次韻季長見示

倚遍南樓十二欄長歌相屬寓悲歡空懷鐵馬橫戈意未試冰河墮指寒成敗極知無定勢是非元自要徐觀中原阻絕王師老那敢山林一枕安

廣都道中呈季長

天上石渠郎能來伴楚狂風霜朝竝轡燈火夜連牀江水不勝綠梅花無賴香劇談那得住出處要平章

看梅歸馬上戲作

平明南出笮橋門走馬歸來趁未昏漸老更知閑有味一冬强半在梅村

又

本爲梅花判痛飲却嗅梅香消宿酲日欲落時始上馬青羊宮前聞發更

又

一點不雜桃李春一水隔斷車馬塵恨不來爲清夜飲月中香露溼烏巾

又

江路踈籬已過清月中霜冷若爲情不如折向金壺貯畫燭銀燈看到明

又

江郊車馬滿斜暉爭趁南城未闔扉要識梅花無盡
藏人人襟袖帶香歸

別後寄季長

俗子俗到骨一揖已溷人不知此曹面何處得許塵
我非作崖塹汝自不可親道途逢使君令我生精神
頓增江山麗更覺風月新對牀得晤語傾倒夜達晨
亟起忘縛絝小醉或墮巾繚出錦城南問訊江梅春
煎茶憩野店喚船截煙津淒涼吊廢苑蕭散誇閑身
莫歸度略彴月出水鱗鱗思君去已遠此會何由頻

中夜對月小酌

今夕復何夕素月流清輝徘徊入我堂化作白玉墀
棲鳥滿高樹空庭結煙霏可憐如許景早眠人不知
我幸與周旋一醉那得辭整我接䍦巾斟我翡翠巵
清愁不可耐三嗅梅花枝

客愁

騎馬出門無所詣端居正爾客愁侵蒼顏白髮入衰

境黃卷青燈空苦心天下極知須雋傑書生何恨死山林消磨未盡胸中事梁甫時時尚一吟

詩酒

酒隱凌晨醉詩狂徹日歌憫憐蝸左角嘲笑蝗南柯風月隨長笛江湖入短蓑平生會心處最向漆園多

道室夜意

寒泉漱酒醒午夜誦仙經茶鼎聲號蚓香盤火度螢齋心守玄牝閉目得黃寧寄語山中友因人送茯苓

道室晨起

紙帳晨光透山爐宿火燃雞鳴猶喔喔鴉起已翩翩形槁寒巖木心凝古澗泉何須更臨鏡斷是一癯僊

城南王氏莊尋梅

涸沚積槁葉茆屋圍踈籬可憐庭中梅開盡無人知寂莫終自香孤貞見幽姿雪點滿綠苔零落尚爾奇我來不須晴微雨正相宜臨風兩愁絕日莫倚笻枝

遊萬里橋南劉氏小園

佳園寂無人滿地梅花香閑來曳拄杖臘月日已長朱橋架江面欄影搖波光奇哉小垂虹夢破鱸魚鄉汀鷺一點白煙柳千絲黃便欲喚釣舟散髮歌滄浪可憐隔岸人車馬日夜忙我歸門復掩寂歷挂斜陽

過笮橋道中龍祠小留

江邊龍廟何年作白浪花中插朱閣朝暾漸上宿霧收春氣已動晨霜薄我來倚欄一悵然蘆花滿空如柳綿安得身爲雙白鷺飛上灘頭却飛去

道上見梅花

載酒房湖風日美探梅喜折一枝新今朝忽向街頭見萬萼千跗俗却春

倚樓

減盡朱顏白髮新高樓徙倚默傷神未酬馬上功名願已是人間老大身太史周南方臥疾拾遺劍外又逢春一杯且爲江山醉百萬呼盧迹已陳

寄王季夷

平生吾子最知心巴隴飄零歲月侵萬里喜聞身尚健五更惟有夢相尋插花意氣狂如昨中酒情懷病至今共約莫年須強飯天台廬阜要登臨

丁酉除夕

浮生過五十光景如飛鴻寒暑倏俯仰四序忽已終殊方感飄泊晚境嗟龍鍾桃符與爆竹嬾復隨兒童不寐非守歲燕坐夜過中氣定神自凝海日何曈曨豈惟三彭逃坐覺六入空徂年勿惆悵閱世方無窮

正月二日晨出大東門是日府公宴移忠院

成都春事早開歲已暄妍爁尾傳盃後遨頭出郭前爭門金騕褭滿野繡輜軿白髮花邊醉何妨似少年

小飲落梅下戲作送梅一首

零落梅花不自由斷腸容易付東流與人又作經年別問月應知此夜愁已是狂風卷平野更禁橫笛起危樓何時小雪山陰路處處尋香繫釣舟

立春

鬢毛蕭颯寸心灰生怕新年節物催幸是身閑朝睡美忽聞鼓吹打春回

初春出遊戲作

綠窗百舌喚春眠問柳尋花意已便京洛化衣無夢去邯鄲觀伎有詩傳銅壺閣下閑欹帽石鏡坊前戲墜鞭酒隱人間君勿誚定勝山澤作臞僊

初春遣興 始於志退休而終於惓惓許國之忠亦臣子大義也

爛熟思來怕熱官退飛心地喜輕安捨魚正可取熊掌食肉何須知馬肝放眼柳梢初暗動褪花梅子已微酸典衣剩作江頭醉莫謂天涯苦鮮歡

又

大隱悠悠未棄官俸錢雖薄却心安人方得意矜蝸角天豈使予爲鼠肝佳日劇棋忘旅恨短衣馳射壓儒酸小桃楊柳爭時節載酒江頭罄一歡

又

白髮淒涼故史官十年身不到長安卽今天末吊形影何日上前傾肺肝孤憤書成詞激烈五噫歌罷意辛酸此懷欲說無人共安得相攜素所歡

予年十六始識葉晦叔於西湖上後二十七年晦叔之弟聲叔來爲臨邛守相遇於成都晦叔沒久矣訪其遺文略無在者乃賦此詩

故人零落久山丘誰記京華第一流曹霸揮毫空萬馬庖丁投刃解千牛相逢夢境何勞記追想清言未免愁雷電取將遺稿盡他年虛有茂陵求

初春探花有作

燈山昨夢歎忽忽便恐新春過眼空千縷未搖官柳綠一梢初放海棠紅金羈絡馬閑遊處彩筆題詩半醉中流落天涯何足道年年常策探花功

遊諸葛武侯書臺

沔陽道中草離離臥龍往矣空遺祠當時典午稱猾賊氣喪不敢當王師定軍山前寒食路至今人祠丞

相墓松風想像深甫吟尚憶幡然答三顧出師一表千載無遠比管樂葢有餘世上俗儒寧辦此高臺當日讀何書

觀花

我遊西川醉千場萬花成圍柳著行紅錦地衣舞霓裳翠帟繡袂天寶妝清歌一發無留觴嫋嫋餘聲縈杏梁黃金絡馬照路光自護羃䍦觀海棠搜奇選勝日夜忙不惟燕宮碧雞坊莫歸奚奴負錦囊路人爭看放翁狂

張園觀海棠

朝陽照城樓春容極明媚走馬蜀錦園名花動人意嚴妝漢宮曉一笑初破睡定知夜宴歡酒入妖骨醉低鬟羞不語困眼嬌欲閉雖豔無俗姿太息真富貴結束吾方歸此別知幾歲黃昏廉纖雨千點裛紅淚

月夕

醉從東郭歸散髮臨前楹呼僮淨掃地勿使翳月明

庭空臥松影簷迴送鐸聲鐘斷心境寂露下毛髮清
出門碧霧合九陌無人行坐令錦官城化作白玉京

夜飲即事

天涯久客我何堪聊喜燈前得縱談磊落金盤薦糖
蟹纖柔玉指破霜柑燭圍寶馬人將起花墜紗巾酒
正酣更作茶甌清絕夢小窗橫幅畫江南

夜宴賞海棠醉書

便便癡腹本來寬不是天涯强作歡燕子歸來新社
雨海棠開後却春寒醉誇落紙詩千首歌費纏頭錦
百端深院不聞傳夜漏忽驚蠟淚已堆盤

二月十六日賞海棠

常年春半花事竟今年春半花始盛衰翁不減少年
狂走馬直與飛蝶競妍華有露洗愈明纖弱無風搖
不定莫放飄零作紅雨剩看倩笑臨妝鏡溪梅枯槁
墮巖谷山杏輕浮真妾媵欲誇絕豔不勝說縱欠濃
香何足病華燈銀燭搖花光翠杓金船豪酒興夜闌

感事獨淒然繁枝空折誰堪贈

即席

解鞍名園眼倍明殷勤翠袖勸飛觥海棠紅杏欲無色蛺蝶黃鸝俱有情去日不留春漸老歸舟已具客將行倦遊短鬢無多綠生怕尊前唱渭城

東歸有日書懷

萬里橋邊白版扉三年高臥謝塵鞿半窗竹影棋僧去滿棹蘋風釣伴歸看鏡已添新雪鬢聽雞重拂舊朝衣故人零落今無幾華表空悲老令威

眉州披風榭拜東坡先生遺像

蜿蜒回顧山有情平鋪十里江無聲孕奇蓄秀當此地鬱然千載詩書城高臺老仙誰所寫仰視眉宇寒崢嶸百年醉魂吹不醒飄飄風袖筇枝橫爾來逢迎厭俗子龍章鳳姿我眼明北扉南海均夢耳謫墮本自白玉京惜哉畫史未造極不作散髮騎長鯨故鄉歸來要有日安得春江變酒從公傾

劍南詩稿卷第九終

劍南詩稿目錄

卷第十

歸　出遊　大堤　阻風　初發荊州　泊公
安縣　劉郎浦夜賦　小雨極涼舟中熟睡至
夕　岳陽樓　再賦一絶　乘大風發巴陵
通濟口　醉書　南樓　黃鶴樓　頭陀寺觀
王簡栖碑有感　夜熱　舟中偶書　燈下讀
書　泊三江口　自雪堂登四望亭因歷訪蘇
公遺迹至安國院　月下步至臨臯亭　發黃
州泊巴河遊馬祈寺　舟行蘄黃間雨霽得便
風有感　南京　泊蘄口泛月湖中　初見廬
山　六月十四日宿東林寺　舟過小孤有感
　雁翅夾口小酌　長風沙　泛小舟姑熟溪
口　明日再遊又賦　過采石有感　將至金
陵先寄獻劉留守　登賞心亭　夜泊龍廟冋
望建康有感　將至京口　荆谿館夜坐　泝
谿　歸雲門　月下自三橋泛湖歸三山　懷
成都十韻　湖村秋曉　夜夢與宇文子友譚

劍南詩稿卷第十

宋 陸游 務觀

訪青神尉廨借景亭蓋山谷先生舊遊也
造朝下白帝弔古遊青神城頭三間屋聊得岸我巾
元祐太史公世寧有斯人瘴煙侵玉骨老作宜州民
至今杖屨地來者猶酸辛密竹翦已空喬木亦半薪
陂池獨渺然中有鷗鷺馴人生能自足一尉可終身
三歎下城去捩柂春江津

舟過玉津
玻瓈江上送殘春疉鼓催飄過玉津蜀苑鬪花初破
夢巴山風月又關身幅巾久已忘朝幘短劍惟思隱
市塵莫倚諸公容此老西曹那許吐車茵

敘州
畫船衝雨入戎州縹緲山橫杜若洲須信時平邊堠

靜傳烽夜夜到西樓 州治西樓

又

文章何皐觸雷霆風雨南谿自醉醒八十年間遺老盡壞堂無壁艸青青 無等院山谷故居

又

楚柂吳檣又遠遊浣花行樂夢西州千尋鐵鎖還堪恨空鎖長江不鎖愁 鎖江亭

瀘州使君巖在城南一里深三丈有泉出其左音中律呂木龍巖相距亦里許黃太史所嘗遊憩也

雲間刁斗過邊州沙際丘亭艤客舟漲水方憂三峽嶮短筇猶作兩巖遊蛟龍矯矯拏雲起琴筑泠泠繞榻流未死人生誰料得會來擕客試茶甌

南定樓遇急雨

行遍梁州到益州今年又作度瀘遊江山重複爭供眼風雨縱横亂入樓人語朱離逢峒獠棹歌欸乃下

吳舟天涯住穩歸心懶登覽茫然却欲愁

夜泊合江縣月中小舟謁西涼王祠

懸瀑雪飛舞奇峯玉嶙峋搖碎一江月來謁西涼神
我雖不識神知是山水人不敢持笏來袒裼整幅巾
出我囊中香羞我南谿蘋杯湛玻瓈春盤橫水精鱗
出門意惝怳煙波浩無津安得結茆地與神永爲隣

風順舟行甚疾戲書

昔者遠戍南山邊軍中無事酒如川呼盧喝雉連莫
夜擊兔伐狐窮歲年壯士春蕪臥白骨老夫晨鏡悲
華顛可憐使氣尚未減打鼓順流千斛船

舟中對月

百壺載酒遊凌雲醉中揮袖別故人依依向我不忍
別誰似峨嵋半輪月月窺船窗挂淒冷欲到渝州酒
初醒江空裊裊釣絲風人靜翩翩葛巾影哦詩不睡
月滿船清寒入骨我欲仙人間更漏不到處時有沙
禽背船去

漁翁

江頭漁家結茆廬青山當門畫不如江煙淡淡雨疎疎疎老翁破浪行捕魚恨渠生來不讀書江山如此一句無我亦衰遲慚筆力共對江山三歎息

涪州道中

遠客喜歸路清遊逾昔聞雨添山翠重舟壓浪花分洛叟經名世張侯勇冠軍 郡境有伊川先生故居及張益德祠 懷人不可覿袖手對爐熏

涪州

古壘西偏曉繫舟倚欄搔首思悠悠欲營丹竈竟無地 地產丹砂 不見荔枝空遠遊官道近江多亂石人家避水半危樓使君不用勤留客瘴雨蠻雲我欲愁

太守招飲辭不往

北巖 有程正叔先生祠堂

艤船涪州岸攜兒北巖遊搖櫼横大江褰裳躡高樓雨昏山半失江漲地欲浮老矣寧再來爲作竟日留

烏帽程丈人閉戶本好修駭機一朝發議罪至竄投黨禁久不解胡塵暗神州修怨以稔禍哀哉誰始謀小人無遠略所懷在私讎後來其鑑茲賦詩識巖幽

平都山 忠州豐都縣

名山近江步蠟屐得閑行犇鹿衝人過藏丹徹夜明唐碑多斷蝕梁殿半欹傾洞口雲常湧簷牙柏再榮行逢負籠客臥聽送船聲乞我誅茆地靈苗得共烹

忠州禹廟

古郡巴蠻國空山夏禹祠鴉歸暗庭柏巫拜薦江蘺艸蔓青緣壁苔痕紫滿碑欲歸頻悵望回棹夕陽時

忠州醉歸舟中作

耿耿船窗燈火明東樓飲罷恰三更不堪酒渴兼消渴起聽江聲雜雨聲垂首道塗悲驥老滿懷風露覺蟬清蘭亭禹廟山如畫安得飄然送此生

雨中遊東坡

木蓮花下竹枝歌歡意無多感慨多更恐他年有遺

悵曉來衝雨上東坡

龍興寺吊少陵先生寓居

中原艸艸失承平戍火胡塵到兩京扈蹕老臣身萬里天寒來此聽江聲 以少陵詩考之蓋以秋冬間寓此州也寺門聞江聲甚壯

遊萬州岑公洞 岑公隋時人居此二十年得道仙去

大業征遼發閭左軍興書檄煎膏火此時也復有閑人自引巖泉拾山果後六百歲吾來遊洞中正夏淒如秋乳石床平可坐臥水作珠簾月作鈎十年神遊八極表浮名坐覺秋毫小試問岑公迎我不鶴飛忽下青松杪

萬州放船過下巖小留

畫舡四月滿旗風飲散匆匆鷁首東醉裏偏憐江水綠意中已想荔枝紅斷碑零落莓苔遍幽澗淙潺略彴通一疋寧無好東絹憑誰畫此碧玲瓏

白帝泊舟

客路閑無事津亭爽有餘峽江春漲減瀼岸夜燈疎老矣孤舟裏依然十載初倦遊思稅駕更覺愛吾廬

醉中下瞿唐峽中流觀石壁飛泉

吾舟十丈如青蛟乘風翔舞從天下江流觸地白鹽動灩澦浮波真一馬主人滿酌白玉盃旗下畫鼓如春雷回頭已失瀼西市奇哉一削千仞之蒼崖蒼崖中裂銀河飛空裏萬斛傾珠璣醉面正須迎亂點京塵未許化征衣

莫次秭歸

朝披南陵雲夕揖建平樹啼鴉隨客檣落日滿孤戍惡灘不可說石芒森如鋸浪花一丈白吹沫入窗戶是身初非我底處著憂怖酒酣一枕睡過盡鮫鰐怒欣然推枕起曳杖散予步殷勤沙際柳記我維舟處

歸州重五

鬬舸紅旗滿急湍船窗睡起亦閑看屈平鄉國逢重五不比常年角黍盤 屈平祠在州東南五里歸鄉沱蓋平故

居也

屈平廟

委命仇讎事可知章華荊棘國人悲恨公無壽如金石不見秦嬰係頸時

楚城

江上荒城猿鳥悲隔江便是屈原祠一千五百年間事只有灘聲似舊時

新灘舟中作 三峽新灘尤險今已平矣

江路桃花浪已生新灘穩過失崢嶸九年行半九州地三峽歸無三日程繫纜便增笻杖興倚窗時聽棹歌聲衰遲未覺詩情減又襞吳牋賦楚城

舟出下牢關

大舸淩驚濤飛度青玉峽虛壁雲濛濛陰洞風颯颯拂天松蓋偃入水山脚插炎曦忽摧破亭午手忘箑懸知今夜喜月白宿沙夾曠哉七澤遊盟鷗不須歃

峽口夜坐

三峽至此窮兩壁猶峭立估船無時行婦盎有夜汲風生樹影動月碎水流急艸根綴微露螢火飛熠熠吾行已四旬纔抵楚西邑浩歌散鬱陶還舟覺衣溼

峽州甘泉寺

江上甘泉寺登臨擅一州山亭喜無恙老子得重遊灘急常疑雨林深欲借秋歸途更清絕倚杖喚漁舟

峽州東山

十年不踏東山路今日重爲放浪行老矣判無黃鵠舉歸哉惟有白鷗盟新秧刺水農家樂修竹環溪客眼明已駕巾車仍小駐綠蘿亭下聽鸎聲

江上觀月

暗浪銜舟韈鞳聲夷陵城下正三更十分傾酒禁風力一點無雲祟月明久坐不知衣露溼浩歌時有水禽驚詩成莫駕長鯨去自是虛皇白玉京

初發夷陵

雷動江邊鼓吹雄百灘過盡失途窮山平水遠蒼茫

外地闢天開指顧中俊鶻横飛遙遶岸大魚騰出欲
淩空今朝喜處君知否三丈黄旗舞便風

舟中夜坐

風露浩無際星河淡欲傾遥知竝船客聞我詠詩聲
水鳥横江去漁舟背月行神清不成寐隱几待窗明

初到荆州

萬里泛仙槎歸來鬢未華蕭蕭沙市雨淡淡渚宫花
斷岸添新漲高城咽晚笳船窗一樽酒半醉落烏紗

醉歸

持酒江頭到夕霏愁城頓覺解重圍澄波宜月移船
看醉面便風走馬歸未路已驚添白髮故人頻報上
黄扉彊隨官簿真成懶乞我吴松舊釣磯

出遊

萬里崎嶇蜀道歸荆州非復壯遊時行吟自怪詩情
减坐睡人驚酒量衰卷地風號雲夢澤黏天草映伏
波祠一枝藤杖平生事擊鼓開帆未恨遲

大堤

日晚大堤行莽然千里平天低垂曠野風壯撼高城列肆居茶估連營宿戍兵纍纍北門堠淚盡望神京

荆州距東都纔十七八程

阻風

沙市三日風萬鼓鳴船頭欲去不得發臥對青燈幽聽兒誦離騷可以散我愁微言入孤夢恍與屈宋遊睡起銅瓶響欣然喚茶甌吾道無淹速風伯非所尤

初發荆州

淋漓牛酒起檣干健艣飛如插羽翰破浪乘風千里快開頭擊鼓萬人看鵲聲不斷朝陽出旗脚微舒宿雨乾堪笑塵埃洛陽客素衣如墨據征鞍

泊公安縣

秦關蜀道何遼哉公安渡頭今始回無窮江水與天接不斷海風吹月來船窗簾捲螢火鬧沙渚露下蘋花開少年許國忽衰老心折柁樓長笛哀

劉郎浦夜賦

平生遠遊心眦睨萬里窄今年下三巴放浪浮七澤菰蒲無遠近但覺風索索浪高星辰溼天碧河漢白十年散醉髮未易著朝幘守符倘可乞來作瀟湘客

小雨極涼舟中熟睡至夕

舟中一雨掃飛蠅半脫綸巾臥翠藤清夢初回窗日晚數聲柔艣下巴陵

岳陽樓

身如病鶴短翅翎雨雪飄灑號沙汀天風忽吹不得住東下巴峽泛洞庭軒皇張樂雖已矣此地至今朝百靈雄樓岌嶪鎮吳楚我來舉手捫天星帆檣纔放已隱隱雲氣亂入何冥冥黿鼉出沒蛟鱷橫浪花遮盡君山青黃衫仙翁喜無恙袖劍近到城南亭眼前俗子敗人意安得與翁同醉醒

再賦一絕

江風吹雨灑征塵百尺闌干爽氣新不向岳陽樓上

醉定知未可作詩人

乘大風發巴陵

雪濺浪方作翠飐山欲浮奇哉萬頃湖著我十丈舟
三老請避風叱去非汝憂神物識忠信壯士憎滯留
擊鼓催挂帆揮手別岳州仰視羣鵠翔下闞百怪囚
衡湘清絕地恨不從此遊聊須百斛酒往醉庾公樓

通濟口

朝發嘉魚縣晚泊通濟口睡起喜微涼船窗一盃酒
長魚吹浪聲恐人巨黿露背浮奫淪今夕風生月復
暗寄語舟人更添纜

醉書

青艸渡頭波接天山翁吟嘯自悠然朝餐偶過賣魚
市晚泊時逢迎荻船投老未除遊俠氣平生不作俗
人緣一樽酹罷玻璃酒高枕窗邊聽雨眠 偶餘眉州酒

一樽獨酌遂醉

南樓

十年不把武昌酒此日闌邊感慨深舟楫紛紛南復北山川莽莽古猶今登臨壯士興懷地忠義孤臣許國心倚杖黯然斜照晚秦吳萬里入長吟

黃鶴樓

手把仙人綠玉枝吾行忽及早秋期蒼龍闕角歸何晚黃鶴樓中醉不知江漢交流波渺渺晉唐遺迹艸離離平生最喜聽長笛裂石穿雲何處吹

頭陀寺觀王簡棲碑有感

舟車如織喜身閑獨訪遺碑艸棘間世遠空驚閱陵谷文浮未可敵江山老僧西逝新成塔舊守東歸正掩關笑我驅馳竟安往夕陽飛鳥亦知還 庚寅過武昌與太守張之彥遊累日時頭陀有老僧持律精苦

夜熱

觸熱行萬里煩促詎可論泊船鄂州步終日如炮燔搖扇腕欲脫揮汗白雨翻推枕再三起散髮臨前軒秋近更漏長天旱星宿繁甘澍何時來太息憂元元

鄂州頗悶雨

舟中偶書

老子西遊萬里回江行長夏亦佳哉晝眠初起報茶熟宿酒半醒聞雨來漢口船開催疊鼓淮南帆落亞高桅四方本是丈夫事白首自憐心未灰

燈下讀書

少年喜書策白首意未足幽窗燈一點樂處超五欲而況黃州路小雨漁村宿蕭蕭蒹葭聲爲我洗暑毒琅然誦經史少倦兒爲續何必效萊公長夜醉畫燭

泊三江口

遲明離武昌薄莫次黃岡勿言觸熱行一雨三日涼北窗荻蕭蕭南窗江茫茫玄雲一池墨碧綫半篆香尚無車馬塵況復爭奪場徐行勿挂帆此樂殊未央

自雪堂登四望亭因歷訪蘇公遺迹至安國院

我醉飛屐登孱顏挂杖出沒風煙閒三山葱巄鮫鱷靜九關肅穆虎豹閑幾年金骨煉綠髓此日始得窮

躋攀老僊歸侍紫皇案空有野水流淙潺蜿蜒翠阜圍綠野似嶺非嶺山非山向來龍蛇滿雪壁雷霆下取何時還名花亦已天上去居人指似題詩處九十一翁不識公我抱此恨知無窮 定惠院已廢海棠亦不復在安國老僧景滋年九十一自言東坡去黃後四年方生

月下步至臨皐亭

芒鞵踏松陰迨此船未發清遊豈無伴三友風露月山川鬱盤紆鷗鷺浩滅沒當年老先生想像散醉髮浮生等昨夢久已埋玉骨吾儕幸彊健何事拘簪笏

發黃州泊巴河遊馬祈寺

南望武昌山北望齊安城楚江萬頃綠著我畫舫橫雲帆不須挂鼉鼓不須鳴淡然隱曲几山水相逢迎疎雨漏薄日非陰亦非晴晚泊巴河市小陌聞屐聲紫髯荊馬地一怒江漢清中原今何如感我白髮生

舟行蘄黃間雨霽得便風有感

天青雲白十分晴帆飽舟輕盡日行江底魚龍貪晝

睡淮南艸木借秋聲好山縹緲何由住華髮蕭條只自驚莫怪時人笑疎嬾宦情元不似詩情

南京

十年流落憶南京初見鱸魚眼自明堪笑吾宗輕許可坐令羊酪僭蓴羮

泊蘄口泛月湖中

炎天倦長路月夕泛平湖晃瀁披銀闕清寒住玉壺釣絲縈藻荇蓬艇入菰蒲自別蜻蜓浦斯遊十載無

予故廬在蜻蜓港東南暑月常與客泛舟至中夜

初見廬山

從軍憶在梁州日心擬西征艸捷書鐵馬但思經太華布帆何意拂匡廬計謀落落知誰許功業悠悠定已疎尚喜東林尋舊社月明清露溼芙蕖

六月十四日宿東林寺

看盡江湖千萬峯不嫌雲夢芥吾胸戲招西塞山前月來聽東林寺裏鐘遠客豈知今再到老僧能記昔

相逢虛窗熟睡誰驚覺野碓無人夜自舂

舟過小孤有感

小孤山畔峭帆風又見煙鬟縹緲中萬里客經三峽路千篇詩費十年功未嘗滿箸蒲芽白先看堆盤鱠縷紅商略人生爲何事一蓑從此入空濛

雁翅夾口小酌

墟煙淡將散江雨細欲無回風吹衣襟晴光滿菰蒲隱几樂此時清和如夏初犬吠船丁歸小市得美蔬歡言酌清醥侑以案上書雖云泊江渚何異歸林廬

長風沙

江水六月無津涯驚濤駭浪高吹花艣聲已出雁翅浦荻夾喜入長風沙長風自古三巴路檣竿參差雜煙樹南船北船各萬里淒涼小市相依住歌呼雜沓燈火明黃昏風死浪亦平勞苦舟師剩沽酒安穩明朝到池口

泛小舟姑熟溪口

姑溪綠可染小艇追晚涼棹進破樹影波動搖星芒荻深漁火明風遠水艸香尚想錦袍公醉眼隘八荒坡陁青山冢斷碣臥道旁悵望不可逢乘雲遊帝鄉溪東南即青山太白墓

明日再遊又賦

舟中如甑炊端坐畏暍死未能踏增冰且復呼艇子纖纖新月低玉鈎沈野水微風生蘋末塵抱真一洗可憐黃山塔突兀莫煙裏依然十年前看我行萬里兩槳且勿搖橫舟小灘尾得詩偶長吟宿鷺爲驚起

過采石有感

短衣射虎早霜天歎息南山又七年揮手每思雙羽箭快心初見萬樓船平波漫漫看浮馬一作深爲高柳陰陰聽亂蟬明日重尋石頭路醉鞍誰與共聯翩

將至金陵先寄獻劉留守

梁益羈遊道阻長見公便覺意差彊別都王氣半空紫大將牙旗三丈黃江面水軍飛海鶻帳前羽箭射

天狼歸來要了浯溪頌莫笑狂生老更狂

登賞心亭

蜀棧秦關歲月遒今年乘興却東遊全家穩下黃牛峽半醉來尋白鷺洲黯黯江雲瓜步雨蕭蕭木葉石城秋孤臣老抱憂時意欲請遷都涕已流

夜泊龍廟回望建康有感

我醉行水上身輕如飛煙魚龍互悲嘯伴我夜不眠羽扇揮浮雲月挂牛斗間河漢橫復斜風露方浩然

將至京口

坡陁石頭城寂莫七百年世事感予懷踈身入青天臥聽金山古寺鐘三巴昨夢已成空船頭坎坎回帆鼓旗尾舒舒下水風城角危樓晴靄碧林間雙塔夕陽紅銅瓶愁汲中濡水不見茶山九十翁頃在京口嘗取中濡水寄曾文清公

荆谿館夜坐

河漢無聲天正青三三五五滿天星艸根冷露黏溼

螢幽人岸巾坐津亭憶下瞿唐浮洞庭陽臺繫船夢娉婷朱門重重夜不扃四山猿鳥啼青冥人生無蔕風中萍幸我夢斷狂已醒繡韉金絡帶萬釘何如故山斸茯苓

泝谿

射的峯前禹廟東短蓬三扇臥衰翁閑攜清聖濁賢酒重試朝南莫北風水落痕留紅蓼節雨來聲滿綠蒲叢最銜煙莫作匆匆去擬看溪丁下釣筒

歸雲門

萬里歸來值歲豐解裝鄉墅樂無窮甑炊飽雨湖菱紫篋絡迎霜野柹紅壞壁塵埃尋醉墨孤燈餅餌對隣翁微官行矣閩山去又寄千巖夢想中

月下自三橋泛湖歸三山

素壁初升禹廟東天風爲我送孤蓬山横玉海蒼茫外人在氷壺縹緲中茅舍燈青聞吠犬蘋汀煙淡見驚鴻白頭尚耐清寒在安得終年伴釣翁

懷成都十韻

放翁五十猶豪縱錦城一覺繁華夢竹葉春醪碧玉壺桃花駿馬青絲鞚鬬雞南市各分朋射雉西郊常命中壯士臂立綠絛鷹佳人袍畫金泥鳳椽燭那知夜漏殘銀貂不管晨霜重一梢紅破海棠回數蕊香新早梅動酒徒詩社朝莫忙日月匆匆迭賓送浮世堪驚老已成虛名自笑今何用歸來山舍萬事空臥聽糟牀酒鳴瓮北窗風雨耿青燈舊遊欲說無人共

湖村秋曉

劍閣秦山不計年却尋剡曲故依然盡收事業漁舟裏全付光陰酒榼邊平野曉聞孤唳鶴澄湖秋浸四垂天九關虎豹君休問已向人間得地仙

夜夢與宇文子友譚德稱會山寺若餞予行者明日犂明得子友書感歎久之乃作此詩

夜夢集山寺二三佳友生相顧慘不樂若有千里行在門僕整駕臨道騅嘶鳴我友顧謂我天寒戒晨征

遲速要當到徐驅勿貪程丁寧及藥餌依依有餘情
隣鐘忽驚覺鴉䎘窗欲明作詩謝我友有使頻寄聲

寒夜

小隱謝城市新寒尋褐袍秋燈依壁暗夜雨挾風豪
俗自隨時異身寧與世鏖殘年更何事持蟹酌松醪

偷閑

老向人間未拂衣偷閑聊喜息塵機丹楓斷岸秋來
早淡日孤村客到稀偶憶雪溪攜鶴去却從雲肆買
蓑歸酒徒莫笑生涯别久矣淵明悟昨非

冬夜聞雁有感

從軍昔戍南山邊傳烽直照東駱谷軍中罷戰壯士
閑細艸平郊恣馳逐洮州駿馬金絡頭梁州毬場日
打毬玉杯傳酒和鹿血女真降虜彈箜篌大呼拔幟
思野戰殺氣當年赤浮面南遊蜀道已低摧猶據胡
牀飛百箭豈知蹭蹬還江邊病臂不復能開弦夜聞
雁聲起太息來時應過桑乾磧

書懷

愁向東華蹋軟紅暫歸舊隱樂無窮石池洗藥涓涓水漁艇投竿嫋嫋風盡日醉醒菱唱裏隣家來往竹陰中何須列戟長安第四面雲山擁此翁

湖中莫歸

弄檝漁舟水濺衣輿闌却傍柳邊歸風平別浦沈新月日落前村鎖夕霏乍起鷺行橫野去欲栖鴉陣暗天飛詩情自合江湖老敢恨功名與願違

題齋壁

葺得湖邊屋數椽茅齋低小竹窗妍墟煙寂歷歸村路山色蒼寒釀雪天性懶杯盤常偶爾地偏雞犬亦翛然早知栗里多幽事虛走人間四十年

新葺門屋

林棲四壁空百事從簡易缺籬寒未補幽戶夜不閉東偏欲廣屋厚費敢輕議設關力可具稚子請遂事呀然兩竹扉寧復志容駟西山正當前浩蕩納空翠

下臨漁樵路橫鎖風月地惟愁俗客來剝啄驚午睡

吾廬

吾廬雖小亦佳哉新作柴門斷綠苔拄杖每闌歸鶴入釣船時帶夕陽來墟煙隔水霏霏合籬菊凌霜續續開千里安期那可得笑呼鄰父共傳杯

冬夜泛舟有懷山南戎幕

釣船東去掠新塘船逆篷低露篛香十里澄波明白石五更殘月伴清霜飄飄楓葉無時下娟娟菱歌盡意長誰信梁州當日事鐵衣寒枕綠沉槍

夢至成都悵然有作

春風小陌錦城西翠箔珠簾客意迷下盡牙籌閑縱博刻殘畫燭戲分題紫氍毹暖帳中醉紅叱撥驕花外嘶孤夢凄涼身萬里令人憎殺五更雞

又

宦途元不羨飛騰錦里豪華壓五陵紅袖引行遊玉局華燈圍坐醉金繩階前汗血洮河馬架上霜毛海

國鷹世事轉頭誰料得一官南去冷如冰

月夕

開戶滿庭雪徐看知月明微風入叢竹復作雪來聲俗塵不待掃凜然肝肺清村深無漏鼓鶴唳報三更

將入閩夜行之雲門

東鶩竝偏門籃輿兀睡昏紡燈穿壁罅吠犬鬭籬根久客悲行役清愁怯夢魂餘生猶幾出回首付乾坤

山中觀殘菊追懷眉山師伯渾

空山菊花瘦如棘傾倒滿地枝三尺陰風冷雨不相貸爛艸蒼苔共狼藉人雖委棄渠自香詎必泛酒登華堂君不見仁人志士窮死眉山陽空使後世傳文章

自雲門之陶山肩輿者失道行亂山中有茅舍小塘極幽邃求見主人不可意其隱者也

陂池幽處有茅堂井臼蕭條艸樹荒小鴨怯波時聚散病蔬傷蠹半青黃童兒銜雨收魚網婢子聞鐘上

佛香我亦莫年思屏迹數椽何討得連牆

冬夜聽雨戲作

少年交友盡豪英妙理時時得細評老去同參惟夜雨焚香臥聽畫簷聲

又

遶簷點滴如琴筑支枕幽齋聽始奇憶在錦城歌吹海七年夜雨不曾知

適閩

春殘猶看少城花雪裏來嘗北苑茶未恨光陰疾駒隙但驚世界等河沙功名塞外心空壯詩酒樽前髮已華官柳弄黃梅放白不堪倦馬又天涯

欲行雨未止

幽幔依燈影空階送雨聲暫歸仍客路投老倍鄉情眼澀書難讀心搖夢易驚病多常怕醉酒盡却思傾

比作陳下瓜麴釀成奇絕屬病瘍不敢取醉小啜而已

翠蔓扶疎采擷忙麴生系出古淮陽蹋成明月團團白釀作新鵝淡淡黃醅甕秋凄驚凜冽糟牀夜注愛淋浪西齋幽事新成譜首爲高人著此方 酒方昔得之胡基仲

大雨中離三山宿天章寺

苦雨催寒不肯晴曉來餘勢更縱橫雲如山壞長空黑風似潮回萬木傾要借闕河供遠眼不辭泥淖困初程解衣一笑僧窗下幾兩青鞵了此生

早飯干溪蓋干吉故居也

劍外歸來席未溫南征浩蕩信乾坤峯回內史曾遊地竹暗仙人舊隱村白髮孤翁鉏麥壠茜帬小婦闖籬門行行莫動鄉關念身似流槎豈有根

贈楓橋化城院老僧

老宿禪房裏深居罷送迎爐紅豆萁火糝白芋魁羹毳衲年年補紗燈夜夜明門前霜半寸笑我事晨征

雙橋道中寒甚

裂面霜風快似鎌重重裘袴曉仍添梅當官道香撩客山逼過籃輿翠入簾男子坐爲衣食役年光常向道途淹古來共說還家樂豈獨全軀畏楚鉗

行牌頭奴寨之間皆建炎末避賊所經也

今朝霜薄風氣和霽色滿野行人多沙平水淺木葉下搖櫼渡口生微波建炎避兵犇竄地誰料白首重經過四十餘年萬事改惟有青嶂高嵯峨安得西國蒲萄酒滿酌南海鸚鵡螺侑以吳松長絲之玉鱠送以邯鄲皓齒之清歌向來喪亂汝所記大地凜凜憂干戈偶然不死到老大爲底苦惜朱顏酡

早發奴寨

暖徹衣篝蠟炬明鄰雞喔喔促殘更丈夫雖有四方志客子終悲千里行月落龍蛇蟠木影山空風雨起灘聲上車莫恨晨霜冷又得脩途一日晴

題繡川驛

繡川池閣記曾遊落日欄邊特地愁白首即今行萬

里淡煙依舊送孤舟歸心久負鱸魚鱠春色初回杜若洲會買一蓑來釣雨憑誰先爲謝沙鷗

夜行宿湖頭寺

臥載籃輿黃葉村疎鐘杳杳隔谿聞清霜十里伴微月斷雁半行穿亂雲去國不堪心破碎平戎空有膽輪囷泗濱樂石應如舊誰勒中原第一勳

衢州道中作

耿耿孤忠不自勝南來清夢遶觚稜驛門上馬千峯雪寺壁題詩一硯氷疾病時時須藥物衰遲處處少交朋無情最恨寒沙雁不爲愁人說杜陵

過靈石三峯

奇峯迎馬駭衰翁蜀嶺吴山一洗空拔地青蒼五千仞勞渠蟠屈小詩中

又

曉日曈曨雪未殘三峯傑立插雲間老夫合是征西將胸次先收一華山

宿僊霞嶺下

吾生眞是一枯蓬行徧人間路未窮暫聽朝雞雙闕下又騎羸馬萬山中重裘不敵晨霜力老木爭號夜谷風切勿重尋散關夢朱顏改盡壯圖空 連日風霜可畏自去梁州未嘗有此寒也

道中病瘍久不飲酒至魚梁小酌因賦長句

我行浦城道小疾屏杯酌癬疥何足言亦復妨作樂此身會當壞百歲均電雹胡爲過自惜備慮臥困鐵烙未嘗膾噞喁況敢烹郭索今朝寓空驛窗戶寒寂寞悠然忽自笑頓解貪愛縛紅燭映綠樽奇哉萬金藥

宿魚梁驛五鼓起行有感

憶從南鄭客成都身健官閑一事無分騎霜天伐狐兎張燈雪夜擲梟盧百憂忽墮新衰境一笑難尋舊酒徒投宿魚梁溪遶屋五更聽雨擁篝爐

又

少時談舌坐生風管葛奇才自許同閉戶著書千古

計變名學劍十年功酒醒頓覺狂堪笑睡起方知夢本空它日故人能憶我葛僊磯畔覓漁翁 若耶溪有葛僊公釣磯

夢藤驛

倦馬投孤驛一峯青壓門蕭條秋浦路荒陋夜郎村地瘴霜常薄林深日易昏百年常作客排悶近清樽

又

又入千山去真成萬里行 今年自成都八千餘里赴行在又千餘里入閩 履霜常早駕秉炬或宵征古驛怪藤合荒陂羣鴈鳴客中常少睡歸夢若爲成

梅花絶句

空谷佳人洛浦仙洗妝真態更嬋娟廣平莫倚心如鐵撩起清愁又破禪

又

月中疎影雪中香只爲無言更斷腸曾與詩翁定花品一丘一壑過姚黃 曾文清公嘗問予梅與牡丹孰勝予以此

荅

又

折得梅花愧滿顏文書堆案正如山輸君一覺脩然
夢長在清泉白石間

又

濯錦江邊憶舊遊纏頭百萬醉青樓如今莫索梅花
笑古驛燈前各自愁

又

蜀王小苑舊池臺江北江南萬樹梅只怪朝來歌吹
鬧園官已報五分開 成都合江園蓋故蜀別苑梅最盛自初開監官日報府報至開五分則府主來宴遊人亦競集

又

湖上梅花手自移 予所居在山陰鏡湖 小橋風月最相
宜主人歲歲常爲客莫怪幽香怨不知

又

吾州古梅舊得名雲蒸雨漬綠苔生一枝只好僧窗

看莫售千金入鳳城 山陰古梅枝幹皆苔蘚都下甚貴重之

又

探春歲歲在天涯醉裏題詩字半斜今日谿頭還小
飲冷官不禁看梅花

又

池館登臨雪半消梅花與我兩無聊青羊宮裏應如
舊腸斷春風萬里橋

又

今年真負此花時醉帽何曾插一枝漸老情懷多作
惡不堪還作送梅詩 去年在成都嘗賦詩送梅

劍南詩稿卷第十終

劍南詩稿目錄

卷第十一

珍倣宋版印

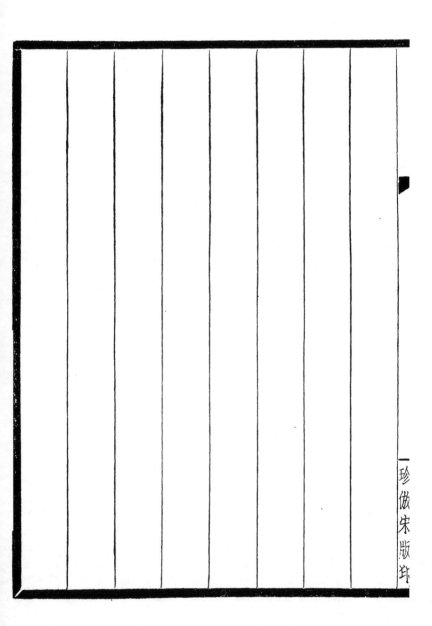

劍南詩稿卷第十一

宋 陸游 務觀

對酒

識字記姓名擊劍一人敵孫吳相斫書了解亦何益不如黃金罍瀲瀲春波碧欣然對之笑未飲愁已釋白頭生黑絲蒼顏桃李色金丹空九轉正恐無此力朝飲績五斗莫飲髡一石寄謝采芝翁無爲老青壁

遣興

西州落魄九年餘濯錦江頭已結廬誰遣徑歸朝鳳闕不令小住奉魚書（余將赴僰道被命東歸）塵埃眯目詩情盡疾病侵人酒興疎寄語鷺花休入夢世間萬事有乘除

建安雪

建谿官茶天下絕香味欲全須小雪雪飛一片茶不

憂何況蔽空如舞鷗銀瓶銅碾春風裏不枉年來行
萬里從渠荔子腴玉膚自古難兼熊掌魚

雪晴至後園

病扶藤杖覓殘梅牢落情懷怕酒盃約束園丁勤灑
掃新年作意待春來

又

寶馬東風擁犢車碧雞坊裏擅豪華南來强作尋春
夢何處如今更有花

開元莫歸

白髮書生不自珍天涯又作宦遊身谿橋煙淡偏宜
晚梵寺花遲未覺春日暝登山思謝屐病餘漉酒負
陶巾茹芝却粒平生事回首巖扉一愴神 寺在紫芝山
下

書懷

濯錦江頭成昨夢紫芝山下又新年久因多病疎雲
液近爲長齋進玉延啼鳥傍簷春寂寂飛花掠水晚

翩翩支離自笑生涯別一炷爐香繡佛前

遊鳳皇山

窮日文書有底忙幅巾蕭散集山堂一樽病起初浮白連焙春遲未過黃坐上清風隨麈柄歸途微雨發松香臨溪更覓投竿地我欲時來小作狂

園中雜書

蕭蕭慈竹鳥呼風宛似山光小閣東剩欲杖藜尋昨夢更添紅綻綠陰中 山光閣在潭毒關下

又

北窗看鏡意淒然夢斷粱州已七年獵獵綵旗春日晚不堪花外見鞦韆 山南鞦韆最盛巷陌處處有之

又

筍生密密復疏疏來看偏宜曉雨餘乞與人間作圖畫幅巾短褐小籃輿

又

殘花委地筍掀泥香椀詩囊到處攜幽夢欲成誰喚

覺半窗斜日鷓鴣啼

烹茶

麴生可論交正自畏中聖年來衰可笑茶亦能作病噎嘔廢晨飧支離失宵瞑是身如芭蕉寧可與與物競兔甌試玉塵香色兩超勝把玩一欣然為汝烹茶竟病中久止酒有懷成都海棠之盛

碧雞坊裏海棠時彌月兼旬醉不知馬上難尋前夢境樽前誰記舊歌辭目窮落日橫千嶂腸斷春風把一枝說與故人應不信茶煙禪榻鬢成絲

北齋

新竹侵幽幔疏蓮散遠汀研朱朝點易搗蘗夜潢一作橫經巖壑知心賞琴樽樂性靈會當煩太史一奏少微星

出塞曲

千騎為一隊萬騎為一軍朝踐狼山雪莫宿榆關雲將軍羽箭不虛發直到祈連無雁羣鼕鼕鼕鼕春雷收陣

鼓蜿蜿驚蛇射生弩落蕃遺民立道邊白髮如霜淚如雨褫魄胡兒作窮鼠競裹胡頭改胡語陣前乞降馬前舞檄書夜入黃龍府

思故山

千金不須買畫圖聽我長歌歌鏡湖湖山奇麗說不盡且復爲子陳吾廬柳姑廟前魚作市道士莊畔菱爲租一彎畫橋出林薄兩岸紅蓼連菰蒲陂南陂北鴉陣黑舍西舍東楓葉赤正當九月十月時放翁艇子無時出船頭一束書船後一壺酒新釣紫鱖魚旋洗白蓮藕從渠貴人食萬錢放翁癡腹常便便莫歸稚子迎我笑遙指一抹西村煙

送錢仲耕修撰

姑孰溪邊識勝流十年重見豈人謀自應客路難爲別不是陽關作許愁儤直公看鼇禁月倦遊我夢鏡湖秋殷勤爲報中朝舊睡足平生是建州

建寧重五

霏微入戶黃梅雨磊落堆盤碧筒黍病來一滴不飲酒但嗅菖蒲作端午人生忽忽東逝波白頭奈此節物何去年已作歸州客今年建州更愁絕歸州猿吟鳥啼裏屈沱醉歸詩滿紙 屈沱蓋屈原故居楚人謂江之別流爲沱 卽今憶此那可得西望歸州三嘆息

雨晴至園中

入夏經月雨園路久已荒今朝偶一到蒿艾如人長豈惟蟲黽豪頗覺蜂蝶狂悵然懷故山舍東百本桑迨此積雨餘枝葉沃以光父老適相遇藉草揮一觴一觴頹然醉笑語相扶將賦詩示兒子此樂未易忘

夏日

微風過中庭庭樹颯有聲穿簾徐入座巾屨有餘清

又

展畫發古香弄筆娛晝寂是中亦何好使我喜忘食

又

呼兒整吾駕駕言返林廬可使臨老眼常親吏文書

發書畫還故山戲書

昨日遣畫笥今日發書簏空齋惟一牀窗影亂風竹
平生鑽故紙夙好老尤篤奇哉掃除盡蟫蛻三萬軸
豈惟息煩心亦足養病目從渠襤褸生自獻公車牘

白髮

白髮千莖綠鬢稀臥看鵜鷺刺天飛平生竊鄙貢公
喜故里但思陶令歸清坐了無書可讀近盡遣書笥歸殘年賴有佛堪依君看世事皆虛幻屛酒長齋豈必
非

懷譚德稱

譚子文章舊有聲幾年同客錦官城江樓列炬千鍾
飲花市聯鞍一字行人世絕知非昨夢天真堪笑博
浮名空齋獨夜蕭蕭雨枕上詩成夢不成

客思

千里關山道路賒可憐客子費年華杯觴瀲瀲紅燒
酒風露盈盈紫笑花孤月有情來海嶠雙魚無信到

天涯此生那得常飄泊歸臥東溪弄釣車

又

兩鬢星星久倦遊淒涼況復寓南州未甘蟋蟀專清
夜已嘆梧桐報素秋綺語安能敵生死熱官正欲快
恩讎空堂飽作東歸夢夢泊嚴灘月滿舟　舟行還山陰
道出七里灘

建安遣興

建安酒薄客愁濃除却哦詩事事慵不許今年頭不
白城樓殘角寺樓鐘

又

錦城重到嘆無期忽憶書臺步月時白浪黏天鮫鱷
橫夢中識路亦何爲

又

今歲清詩欠百篇强尋筆硯意茫然秋風有句君知
否合在嚴光釣瀨邊

又

古今清絶沅湘路臥想蒲帆十幅開不是避人思遠
適肺肝塵土要詩才

又

綠沈金鎖少時狂幾過秋風古戰場夢裏都忘閩嶠
遠萬人鼓吹入平涼

又

刺虎騰身萬目前白袍濺血尚依然聖時未用征遼
將虛老龍門一少年

病起偶到復菴

經旬羸臥怯登臨偶憶東菴試一尋新竹初成迷棧
路 菴後依古城有小棧百步 斷雲不散抱城陰陂池綠靜
龜魚樂亭館蒼涼草樹深欲把一盃無奈懶病來觸
目動歸心

前有樽酒行

虛堂雨過生涼颸勸君一醉君勿辭去年不知今歲
事明年萬事今得知舊時扶床同戲兒還還鄉問訊令

人悲冢丘累累在者誰紙錢雨溼抱樹枝君去六十有幾時更望七十何其癡求師學道亦已遲謝客努力從鴟夷

又

綠酒盎盎盈芳樽清歌娟娟留行雲美人千金織寶帬水沈龍腦作燎焚問君胡爲慘不樂四紀妖氛晴幽朔諸人但欲口擊賊茫茫九原誰可作丈夫可爲酒色死戰場橫屍勝牀笫華堂樂飲自有時少待擒胡獻天子

遊南塔院

小破文書夢閑成杖屨遊澗幽泉潄潄院靜竹修修病骨涼如洗歸心浩莫收舩輕不載石一葉亂沙鷗

感懷

半年建安城士友闕還往出門每太息還舍猶惝怳有酒誰與傾得句空自賞疎直觸人情低回泚吾顙豈無佳山水正爾寄夢想何當載親朋煙浦搖雨槳

雨夜

一雨遂通夕安眠失百憂窗扉淡欲曉枕簟凜生秋

夜坐偶書

晝燭爭棊道金尊數酒籌依然錦城夢志却在南州

衰髮蕭疏雪滿簪莫年光景易駸駸已甘身作溝中

斷不願人知爨下音病鶴摧頹分薄俸悲蛩斷續和

微吟向來誤有功名念欲挽天河洗此心

長歌行

人生宦遊亦不惡無奈從來宦情薄旣不能短衣射

虎在南山又不能鬬雞走馬宴平樂惟有釣船差易

具問君胡爲不歸去片雲雨暗玉筍峯斜日人爭石

旗渡渡頭酒壚堪醉眠白酒醇醲鱸魚鮮菰米如珠

炊正熟蓴羹似酪不論錢翁唱菱歌兒舞櫂醉耳那

知朝市鬧城門幾度送迎官睡擁亂蓑呼未覺

雨夜不寐觀壁間所張魏鄭公砥柱銘

疾風三日橫吹雨竹倒荷傾可憐汝空堂無人夜向

中臥看床前燭花吐壯懷耿耿誰與論楷床老龜不能語世間豈無一好漢叱咤喑嗚氣吞虜壁間三丈砥柱銘貞觀太平如更覩何當鼓吹渡河津下馬觀碑馳馬去

客談荊渚武昌慨然有作

去歲出蜀初東遊峩舸大艑下荊州便風轉頭五百里吟嘯已在黃鶴樓戲拈鐵笛吹出塞水涌月落魚龍愁明朝喧傳古仙過碧玉帶束黃絁裘豈知一官自桎梏簿書期會無時休豐城寶劍已化久我自吐氣冲斗牛洞庭四萬八千頃蟹舍正對蘆花洲速脫衣冠挂神武散髮爛醉垂虹秋

書懷

青城結雲巢擬住三千年御風偶南遊萬里棲紫煙翠裘綠玉杖白日凌青天招呼方瞳翁邂逅鳥爪仙朝詠陰陽歌莫誦道德篇玉童持碧簡笙鶴來翩翩海邊武夷山小留賞宿緣火食非所樂巾褐常翛然

清時未免出頗息世世俗傳行矣秋風高去采玉井蓮

平生

平生涉世似虛舟不著胸中一點愁已用浮雲看富貴肯緣華屋嘆山丘戴溪寒釀千峯雪嚴瀨聲酣七里秋好景人間隨處有未埋白骨且閑遊

自詠

遊戲人間歲月多癡頑將奈此翁何放開繩箠牛初熟照破乾坤鏡未磨日落苔磯閑把釣雨餘蓬舷亂堆蓑明朝不見知何處又向江湖醉踏歌

池亭夜賦

池上小亭幽清宵秉燭遊荷盤時瀉露螢火早知秋有感歲時速無聲河漢流殊方不堪住歸夢繞滄洲

雨夜偶書

高臥空堂風雨來更闌頻看燭花摧新涼蕭爽秋期近多病侵尋老境催萬事極知終變滅一官那得久低回床頭幸有楞伽在更炷爐香手自開

思歸

平生無宦情方外久浪迹往來梁益閒一笑頗自得花穠錦城酒月白瞿唐笛咿啞下江艣跌宕登山屐巴東煙雨秋渭上風雪夕至今客枕夢萬里不能尺誰知建安城觸目非夙昔冥冥瘴霧細瀲瀲蠻江碧出門無交朋嗚呼吾何適歸哉故山路詎必須暖席

客懷

客懷耿耿向誰語世事茫茫空自知堅坐嬾窮牛渚怪倦遊何恨雁門踦眼前客共一盃酒身後人傳千首詩報與故交當賀我討歸猶及菊花時

伏中官舍極涼戲作

盡障東西日洞開南北堂漏從閑處永風自遠來涼客愛炊菰美僧誇瀹茗香曉來秋色起肅肅滿筠床

夢與劉韶美夜飲樂甚

死生契闊十年餘欲話交情涕已濡夢裏偶同清夜宴醉中猶攬故人鬚岸巾談笑今誰記滿腹詩書只

自愚我亦與公同此病早收身世老江湖

暑夜

毒暑彌三伏微涼起二更月窗風竹亂煙渚露荷傾寂莫借書讀清羸扶杖行無功耗官廩太息負平生

客意

山行曳杖水拏舟走遍茫茫禹畫州蝴蝶夢魂常是客芭蕉身世不禁秋早因食少妨高臥晚憶茶甘作遠遊龍焙一嘗端可去無心更爲荔枝留

夜香

投老誤乘傳竊食慚無功清夜一炷香實與天心通忤物雖至愚許國猶孤忠一念倘自欺百年寧有終上帝職造化生殺操至公稽首矢此心其敢累兒童

柴懷叔殿院世綵堂

卷服貂冠世間有榮悴紛紛翻覆手不如御史老萊衣世綵堂中奉春酒北斗爲觴山作豆鳳竹鸞絲太中壽今年宗祀降恩綸太中拜前公拜後嗚呼人誰

無父母盛事有及公家否萬鍾苦晚三釜薄人生此恨十八九我欲殺青書孝友愧非太史馬牛走聖朝若遣采詩官尚可爲公圖不朽

月夜

小醉初醒月滿床玉壺銀闕不勝涼天風忽送荷香過一葉飄然憶故鄉

雙清堂夜賦

陸子病少間獨臥谿上堂人靜魚自躍風定荷更香素月行中天流螢失孤光歸鳥飛有聲度此十里塘嗟我獨何事遲莫客異鄉太息搔短髮起視夜未央

采蓮

蘸水朱扉不上關采蓮小舫夜深還一樽何處無風月自是人生苦欠閑

又

雲散青天挂玉鉤石城艇子近新秋風鬟霧鬢歸來晚忘却荷花記得愁

又

帝青天映麴塵波時有遊魚動綠荷回首家山又千里不堪醉裏聽吳歌

橋南納涼

曳杖來追柳外涼畫橋南畔倚胡床月明舩笛參差起風定池蓮自在香半落星河知夜久無窮草樹覺城荒碧筒莫惜頹然醉人事還隨日出忙

芒屨

芒屨一雙青筇枝九節輕登山猶健在投檄太遲生滿意竹風冷入懷溪月明清秋故不遠回首憶蓴羹

荔子絶句

驛騎星馳亦快哉筠籠露溼手親開不應相與無平素曾忝戎州刺史來

又

放翁遊蜀十年回病眼茫茫每嬾開怪底酒邊光景別方紅江綠一時來

官舍夙興

朝陽淡淡挂窗欞桐葉無風忽自零不復扶頭傾白墮但知臨目養黃寧新蔬帶露來幽圃脩綆飛泉灑廣庭一出文書又圍繞正應高臥盡頹齡

書懷

功名富貴兩茫茫惟有躬耕策最長吏牘沈迷妨養疾囊衣結束待還鄉洲中未種千頭橘宅畔先栽百本桑書寄子公吾自懶故人不是總相忘

風月

老來苦無伴風月獨見知未嘗費招呼到處相娛嬉披襟萬里快弄影三更奇淋漓蜀苑酒散落江樓詩狂歌撼山川醉墨飛蛟螭聊將調俗子更遣半生疑

大將出師歌

將軍北伐辭前殿恩詔催排苑中宴紫陌驚塵壓中使來青門立馬羣公餞繡旗雜沓三十里畫鼓敲鏗五千面行營莫宿咸陽原滿朝太息傾都羨天聲一震

胡已士捷書奕奕如飛雹高秋不閉玉關城中夜罷傳青海箭可汗垂泣小王號不敢跳犇那敢戰山川圖籍上有司張掖酒泉開郡縣還朝策勛兼將相詔假黃鉞調金鉉丈夫未遇誰得知昔日新豐笑貧賤

婕妤怨

妾昔初去家鄰里持車箱共祝善事主門户望寵光一入未央宮顧盼偶非常稚齒不慮患傾身保專房燕婉承恩澤但言日月長豈知辭玉陛翩若葉隕霜永巷雖放棄猶慮重謗傷悔不侍宴時一夕稱千觴妾心剖如丹妾骨朽亦香後身作羽林爲國死封疆

移疾

朝來移疾臥虛堂暫屏文書日更長鷗鷺近人情漸熟簾櫳欲雨意先涼紗巾自照清池影蕊笈閑銷古篆香莫恨微霜侵綠鬢爲渠歇盡少年狂

病中懷故廬

我家山陰道湖山淡空濛小屋如舴艋出沒煙波中

天寒橘柚黃霜落穲稏紅祈蠶簫鼓鬧賽雨雞豚空叉魚有竭作刈麥無遺功去年一月留行役嗟匆匆今年歸興動艤舟待秋風社飲可欠我寄書約鄰翁

夏夜不寐有賦

急雨初過天宇溼大星磊落纔數十飢鶻掠簷飛磔磔冷螢墮水光熠熠丈夫無成忽老大箭羽凋零劍鋒澀徘徊欲睡復起行三更猶凭闌干立

綠淨亭晚興

綠淨亭邊物色奇放翁睡起曳筇枝新涼已似雁來後微雨却如梅熟時綠竹成陰藏細棧朱闌倒影入清池登臨獨恨非吾土不爲城頭畫角悲

憶山南

貂裘寶馬梁州日盤槊橫戈一世雄怒虎吼山爭雪刃驚鴻出塞避雕弓朝陪策畫清油裏莫醉笙歌錦幄中老去據鞍猶矍鑠君王何日伐遼東

又

一珍倣宋版印

醉墨淋漓洒百盃轅門山色碧崔嵬打毬駿馬千金買切玉名刀萬里來結客漁陽時遣簡踏營渭北夜銜枚十年一夢今誰記閑置車中只自哀

夕雨

屣履行莎徑移牀臥草亭風聲雜溪瀨雨氣挾龍腥奕奕空中電昏昏雲罅星徂年又如許吾鬢得長青

又

獨夜初傳漏空齋半掩扉候蟲燈下語水鳥雨中歸客舍愁彈劍京塵怯化衣故人招隱意字字莫相違

試茶

北窗高臥鼾如雷誰遣香茶挽夢回綠地毫甌雪花乳不妨也道入閩來

莆陽餉荔子

江驛山程日夜馳筠籠初拆露猶滋星毬皺玉雖奇品終憶戎州綠荔枝

初秋書懷

二十年前已二毛卽今何恨鬢蕭騷孤燈自伴詩情苦俗子從嫌醉眼高煙外莫鐘來遠寺雨餘秋漲集空壕思歸更向文書嬾此手惟堪把蟹螯

建州絶無芡意頗思之戲作

鄉國雞頭賣早秋綠荷紅縷最風流建安城裏西風冷白棗堆盤看却愁

憶昔

憶昔西遊變姓名獵圍屠肆押豪英淋漓縱酒滄溟窄慷慨狂歌華岳傾壯士有心悲老大窮人無路共功名生涯自笑惟詩在旋種芭蕉聽雨聲

客思

裘馬平生喜遠遊莫年顛頓向南州文書與睡中分日衰病和愁總怕秋無復雪郊看射虎但思煙浦聽呼牛還家誰道無餘俸倒橐猶堪買釣舟

初秋夢故山覺而有作

陂水白茫茫艸煙溼霏霏牧童一聲笛落日無餘暉

遙山已漸隱村巷亞竹扉老翁延我入苦謝柹栗微幸逢歲有秋一醉君勿違念此動中懷命駕吾將歸

又

犬吠舍前後月明村東西岸草蛩亂號庭樹烏已栖我僕城中還擔頭有懸雞小兒勸我飲村酒拆赤泥我醉不自覺頹然葛巾低著書笑蒙莊茗艼物自齊

又

昔我東歸時父老迎船頭開篷相勞苦怪我領雪稠故山何負君且作數月留豈知席未煖疋馬來南州鑾花四時紅瘴霧日夜浮歸哉不可遲勿與婦子謀

又

杜宇真吾交勸去恨不速忠告輸肝肺厚意均骨肉陋哉鷓鴣語揣我貧念祿竹雞更鄙淺泥淖憂車軸秋風嚴瀨清春雨戴溪綠行矣勿復疑照影巾一幅

寓嘆

千載前人每暗同眼邊俗客馬牛風作文要可張子

布飲酒思從陳孟公半世氛埃成潦倒幾時蓑笠釣入空濛一菴處處皆堪老莫怕無山著此翁

雙清堂醉臥

客裏逢秋醉似泥空堂獨臥意悽迷亂號庭樹西風急斜掛城樓北斗低末路敢貪請鶴料微官久厭駕雞棲平生玉局經行地擬乞冰銜隱剡溪

醉書

半年愁病劇一雨喜涼新稍與藥囊遠初容酒盞親浩歌驚世俗狂語任天眞我亦輕餘子君當恕醉人

憶唐安

南鄭戍還初過蜀朝衫與鬢猶爭綠逢春飲酒似長鯨醉裏千篇風雨速唐安池館夜宴頻激激玉船搖畫燭紅索琵琶金縷花百六十絃彈法曲曲終却看舞霓裳嬌嬌宮腰細如束明朝解酲不用酒起尋百畝東湖竹歸吳寂莫時自笑縱有詩情誰省錄今年二頃似可謀去斸雲根結茅屋

秋懷

莫年身世轉悠悠又向天涯見早秋昨夜月明今夜
雨闌人何事總成愁

又

星斗闌干河漢流建州風物更禁秋年來多病題詩
嬾付與鳴蛩替說愁

晝臥聞碾茶

小醉初消日未晡幽窗催破紫雲腴玉川七盌何須
爾銅碾聲中睡已無

月下獨行橋上

新秋未再旬月露已浩然放翁一幅巾與影俱翩僊
飛橋拄澄谿幽竇鳴細泉開歲纔俛仰已近搖落天
殊方久滯留感此歲月遷歸來看青燈悄愴不得眠

夜意

火雲夕方收艸露秋已白堂空燈欲翳壁壞蟲自嘖
四顧寂無人獨立岸吾幘窮通何足論等是百年客

何能爲一飽半世出下策布帆幸無恙誰謂江海迮

秋夜書懷

斷香漠漠繞藤牀新月娟娟轉畫廊鄉遠每勞千里
夢雨慳未放九秋涼衰遲分作驥伏櫪斂退敢求錐
出囊剩喜今年有奇事嚴遵灘下繫歸航

思故廬

平生一束書不爲屋廬計微官寄郵傳俯仰閱半世
艸堂白雲邊日夜長松桂柴門入幽夢落日亂蟬嘒
宦遊有何好海角愁瘴癘拂衣便可耳勿使老春薺

雨夜

小雨初涼夜殘燈欲暗時病多愁近酒心弱怯題詩
舊友殊方少歸耕晚歲宜回頭語孤影此意有君知

北窗哦詩因賦

二十來年賦遠遊一窗又復寄南州雙鵝戲雨陂塘
曉亂葉飄風院落秋顏鬢蹉跎愁覽鏡江山重復怯
登樓平生事業詩千首殘稿從教處處留

又

露下螢飛仲秋月山圍水繞建安城病多不辨酒中聖身遠且令心太平數卷蠹書行老矣一盂蔬飯太憎生白雲只在簷間宿聽我清宵詠句聲

傚裴

絕物離人恨未能聊爲日過打包僧蹇驢渺渺秋山雨孤榻昏昏夜店燈酒量已隨詩共退客愁仍與病相乘頹然衰颯嗟誰識俠氣當年蓋五陵

追感梁益舊遊有作

西遊萬里倚朱顏肯放尊前一笑慳蜀苑妓圍欺夜雪梁州獵火滿秋山晚途忽墮塵埃裏樂事渾疑夢寐間浮世變遷君勿歎劇談猶是詫鄉關

莆陽昭武延平送兵漸集戲書

鼓聲晨紞紞角聲莫嗚嗚作官了何事空歎歲月徂送兵稍稍集秣馬脂吾車風霜迫搖落殘暑亦已無野渡明丹楓破驛吹黃榆聊收作詩料未用厭征途

別建安

三十年來雲水僧常挑鉢帒繫行縢信緣不作癡巢窟卽是吾家無盡燈

又

楚澤吴山已慣行武夷從昔但聞名北巖小寺長汀驛且喜遊山第一程

又

欹帽揚鞭晚出城驛亭燈火向人明多情葉上蕭蕭雨更把新涼送客行

初發建安

小雨初收雲未歸吾行迨及晚秋時寒沙新雁無人問露井殘桐有客悲征袂拂霜晨喚馬驛窗剪燭夜題詩悠然且作尋山想夢裏功名莫自期

宿北巖院

車馬紛紛送入朝北巖燈火夜無聊中年到處難爲別也似初程宿灞橋 岑參詩云初程莫早發且宿灞橋頭語意

至工

書感

溪路人家尚闔扉彊扶衰憊著征衣百年朝露古所歎一櫂秋風吾欲歸楚客長號沽白璧漢宮太息遣明妃鑠金消骨從來事老矣何心踐駭機

長汀道中

晚過長汀驛溪山乃爾奇老夫惟坐歎造物爲陳詩鳥送穿林語松垂拂澗枝憑鞍久忘發不是馬行遲

黃亭夜雨 去武夷四十里

未到名山夢已新千峯拔地玉嶙峋黃亭一夜風吹雨似爲遊人洗俗塵

遊武夷山

少讀封禪書始知武夷君晚乃遊斯山秀傑非昔聞三十六奇峯秋晴無纖雲空巖雞晨號峭壁丹夜暾巢居寄千仞鴻荒想羲軒風雨蛻玉骨難以俗意論丹梯不容躡修蔓亦畏捫泝灘進小艇媿驚白鷺羣

學道雖恨晚養氣敢不勤宦遊非本志寄謝鶴與猿

泛舟武夷九曲溪至六曲或云灘急難上遂回

莫年脚力倦躋攀借得扁舟臥看山怪怪奇奇何所似綠蘿溪入下牢關

又

一葉凌風入硤來山童指點幾崔嵬急流勇退平生意正要船從半道回

崇安縣驛

驛外清江十里秋雁聲初到荻花洲征車已駕晨窗白殘燭依然伴客愁

過建陽縣以雙鵝贈東觀道士爲長生鵝觀俯大溪鵝得其所矣武夷險絕處有仙船架崖壁間數日前大風吹墮船木數寸堅硬如石予偶得之皆此行奇事也各賦一詩

閑泛晴波唼綠萍却銜微雨傍煙汀會稽內史如相遇換取黃庭一卷經

右雙鵝

斷崖幽洞白雲深縹渺仙槎無古今飛下一峯相勞苦却疑天外有知音

右墮木

紫谿驛 信州鉛山縣

它鄉異縣老何堪短髮蕭蕭不滿簪旋買一尊持白賀病身安穩到江南

又

雲外丹青萬仞梯木陰合處子規啼嘉陵棧道吾能說略似黃亭到紫谿

鵝湖夜坐書懷

士生始墮地弧矢志四方豈若彼婦女齪齪藏閨房我行環萬里險阻真備嘗昔者戍南鄭秦山鬱蒼蒼鐵衣臥枕戈睡覺身滿霜官雖備莫府氣實先顏行擁馬涉沮水飛鷹上中粱勁酒舉數斗壯士不能當馬鞍挂狐兔燔炙百步香拔劍切大肉哆然如餓狼

時時登高望指顧無咸陽一朝去軍中十載客道傍看花身落魄對酒色淒涼去年忝號召五月觸瞿唐青衫暗欲盡入對衰涕滂今年復詔下鴻雁初南翔俯仰未閱歲上恩實非常夜宿鵝湖寺槁葉投客牀寒燈照不寐撫枕慨以慷李靖聞征遼病憊更激昂裴度請討蔡奏事猶衷創我亦思報國夢繞古戰場

信州東驛晨起

衣上征塵鬢畔霜信州古驛憩歸裝悲歌未肯彈長鋏豪氣猶能臥大牀半暗殘燈搖北壁常飢老馬臥東廂隣雞唱罷衣篝暖自笑行人日日忙

玉山縣南樓晚望

小樓在何許正在南溪上空濛過釣船斷續聞漁唱征途苦偪仄舒嘯喜清曠安得此溪水為我變春釀

玉壺亭

玉壺亭上小徘徊閑對殘荷把一盃冠蓋交馳期會急長官未必辦頻來

步過縣南長橋遊南山普寧院山高處有塔院

及小亭縹渺可愛恨不能到

偶扶藤杖過南津野寺長橋發興新暫就清溪照鬚

鬢不妨翠霧溼衣巾山縈細棧疑無路樹落崩崖欲

壓人朝莫有程常猝猝何因攜酒上嶙峋

枕上感懷

五更攬轡山路長老夫誦書聲琅琅古人已死心則

在度越秦漢窺虞唐三更投枕窗月白老夫哦詩聲

噴噴淵源雅頌吾豈敢屈宋藩籬或能測一代文章

誰汝數老不能閑真自苦君王雖賞于蔿于無奈宮

中須羯鼓

晚過招賢渡

老馬骨巉然𨃰蹬不受鞭行人爭晚渡歸鳥破秋煙

湖海淒涼地風霜搖落天吾生半行路搔首送流年

臥輿

白首躬耕已有期鳳城歸路却遲遲臥輿與擁被聽秋

雨占盡人間好睡時

奏乞奉祠留衢州皇華館待命

世念蕭然冷欲冰更堪衰與病相乘從來幸有不材木此去真爲無事僧 見丹霞錄 耐辱豈惟容唾面寡言端擬學銘膺尚餘一事猶豪舉醉後龍蛇滿剡藤

寓舍偶題

轉徙身飄梗淹留等繫匏雁孤依遠渚鳩拙寄空巢寒日頳梨頰清霜長橘包平生麴道士歲晚欲深交

夙興

客中睡眠少常以雞鳴興新炭熾宿火膏油續殘燈焚香倚蒲團外靜中已凝榮辱兩不到淡如秋水澄出定窗已白炯炯寒日昇廚人作芋糝供此在家僧

夜坐

老知世事謾紛紛紙帳蒲團自策勳一夜北風吹裂屋石樓無耳不曾聞

偶得石室酒獨飲醉臥覺而有作

初寒思小飲名酒忽墮前素罌手自傾色若秋澗泉浩歌復起舞與影俱翩僊一笑遺宇宙未覺異少年詩人不聞道苦歎歲月遷豈知汝南市自有壺中天河洛久未復銅駞棘森然秋風歸去來虛老玉井蓮

午睡

風霜踐殘歲我乃羈旅人如何得一室牀敷煖如春午枕挾小醉鼻息撼四隣心安了無夢一掃想與因逡巡起頮面覽鏡正幅巾聊呼蟹眼湯瀹我玉色塵

贈柯山老人

柯山老人九十餘亂髮不櫛瘦如枯百穿千結一布袴得酒一吸輒倒壺自言少年不蓄拏有錢徑付酒家壚人生辦此真良圖棄官從翁許我無

寓館晚興

隨牒人間不自憐衢州孤驛更蕭然百年細數半行路萬事不如長醉眠短髮經秋真種種腹寬耐事只便便晚窗商略唯當飲安得黃花到眼邊 今年九月將

盡竟未見菊

葉相最高亭

高亭新築冠鼇峯眼力超然信不同膚寸油雲澤天下大千沙一作法界納胸中春遊到處羣花擁夜宴歡時百榼空劉白老來忘世味只思詩酒伴裴公裴晉公留守東都白樂天劉夢得以分務與晉公倡酬

婺州州宅極目亭

尚書曳履上星辰小爲東陽作主人朱閣凌空雲縹緲青山繞郭玉嶙峋似聞旋教新歌舞且慰重臨舊吏民莫倚闌干西北角卽今河洛尚胡塵

謝演師送梅

早梅時節到江南已判樽前酒滿衫輸與西鄰明上座解從大庾嶺頭參

又

折送江梅意不疎要教相對鬬清臞爲君著向明窗下試問山翁具眼無

訪毛平仲問疾與其子适同遊柯山觀王質爛柯遺跡

籃輿訪客過仙村千載空餘一局存曳杖不妨呼小友還家便恐見來孫林巒巉絕秋風瘦樓堞參差莫氣昏酒美魚肥吾事畢一菴那得住雲根

月巖

幾年不作月巖遊萬里重來已白頭雲外連娟何所似平羌江上半輪秋

弋陽縣驛

大雨山中采藥回了頭巖畔覓詩來喚船野渡逢迎雪攜酒溪頭領略梅久客愁心端欲折何時笑口得頻開慇勤記著今朝事破驛空廊葉作堆

弋陽道中遇大雪

我行江郊莫猶進大雪塞空迷遠近壯哉組練從天來人間有此堂堂陣少年頗愛軍中樂跌宕不耐微官縛憑鞍寓目一悵然思爲君王掃河洛夜聽簌簌

窗紙鳴恰似鐵馬相磨聲起傾斗酒歌出塞彈壓胸
中十萬兵

雪中感成都

憶在西州遇雪時繡筵處處百花圍烏絲闌展新詩
就油壁車迎小獵歸感事鏡鸞悲獨舞寄書箏雁恨
慵飛愁多自是難成醉不爲天寒酒力微

雪後苦寒行饒撫道中有感

殘雪莫還結朔風晴更寒重裘猶粟膚連酌無騂顏
指直不可握終日縮袖間十年走萬里何適不艱難
附火財須臾攬轡復慨歎恨不以此勞爲國戍玉關

對酒

温如春色爽如秋一榼燈前自獻酬百萬愁魔降未
得故應用爾作戈矛

又

歎息人真未易知莫年始覺麴生奇個中妙趣誰堪
語最是初醺未醉時

梅花 臨州道中見梅數樹憔悴特甚

我與梅花有舊盟卽今白髮未忘情不愁索笑無多子惟恨相思太瘦生身世何曾怨空谷風流正自合傾城增冰積雪行人少試倩羈鴻爲寄聲

雪中尋梅

莫遣扁舟與盡回正須衝雪看江梅楚人原未知真色施粉何曾太白來

又

幽香淡淡影疎疎雪虐風饕亦自如正是花中巢許輩人間富貴不關渠

江上梅花

老年樂事少關身猶喜尊前見玉人豈是淒涼偏薄命自緣纖瘦不禁春娟娟月上明江練黯黯天低慘玉塵絕磵斷橋幽獨處護持應有主林神

劍南詩稿卷第十一終

劍南詩稿目錄

卷第十二

擬峴　晚晴至索笑亭　新釀熟小酌索笑亭
乾道初予自臨川歸鍾陵李德遠范周士送
別是日宿戰平風雨終夕今自臨川之高安復
以雨中宿戰平悵然感懷二首　村舍小酌
白塔道中乘臥輿行　宿城頭鋪小飲而睡
豐城村落小憩　再題　發豐城縣　豐城高
安之間憩民家景趣幽邃慨然懷歸　宿華嚴
寺　寄奉新高令　高安州宅二詠三首　與
高安劉丞游大愚觀壁間兩蘇先生詩

劍南詩稿卷第十二

宋　陸游　務觀

擬峴臺觀雪

垂虹亭上三更月擬峴臺前清曉雪我行萬里跨秦吳此地固應名二絶山川滅沒雪作海亂墜天花自成態狂歌痛飲豪不除更憶銜枚馳出塞蘆摧葦折號飢鴻欲傅粉墨無良工摩挲東絹三歎息收入放翁詩卷中明朝青天行日轂萬瓦生煙失瓊玉世間成壞本相尋却看晴山暈眉綠

舊在成都初春無事日訪昭覺保福正法諸刹甚可樂也追懷慨然因賦長句

憶在西川集寶坊幅巾蕭散日初長伊蒲塞饌分香積優鉢羅花散道場客路逢春增感慨舊遊回首已微涼新晴強作尋幽計有底文書作許忙

園中賞梅

閱盡千葩百卉春此花風味獨清眞江邊曉雪愁欲語馬上夕陽香趁人慰眼紅苞初報信回頭青子又生仁羈遊徧覺年華速徙倚闌干一愴神

又

行遍茫茫禹畫州尋梅到處得閑遊春前春後百回醉江北江南千里愁未愛繁枝壓紗帽最憐亂點糝貂裘一寒可賀君知否又得幽香數日留

正月十五日出郊至金石臺

漸老惜時節思遊郵可忘雪晴天淺碧春動柳輕黃笑語寬衰疾登臨到夕陽未須催野渡聊欲據胡床

又

開歲多休暇官身亦暫閑樓臺先晝永花柳向春慳啼鳥隨遊轡和風愜醉顏更憐歸路好破墨數峯山

晚歸見西南諸山如畫

六日小飲園中光景鮮妍紅梅已拆恍記在果

州偶得絶句
輕裘駿馬金泉路 金泉蓋謝自然輕舉之地 默數新春又九年風景不殊人自老忽驚作夢到臨川

聞雁
過盡梅花把酒稀熏籠香冷换春衣秦關漢苑無消息又在江南送雁歸

撫州上元
江月微雲外街泥小雨餘人如虛市散燈似曉星疎羈雁同身世新霜上鬢鬚明年更清絶魚火對茅廬

登擬峴臺
層臺縹緲壓城闉倚杖來觀浩蕩春放盡樽前千里目洗空衣上十年塵縈迴水抱中和氣平遠山如醞藉人更喜機心無復在沙邊鷗鷺亦相親

燈夕有感
芙渠紅綠亦參差睡起燒香强賦詩萬里錦城無夢到豈惟虛負放燈時

庚子正月十八日送梅

滿城桃李爭春色不許梅花不成雪世間尤物無盛衰萬點縈風愈奇絕我行柯山眠酒家初見窗前三四花恨無壯士挽斗柄坐令東指催年華今朝零落已可惜明日重尋更無迹情之所鍾在我曹莫倚心腸如鐵石

初春懷成都

我昔薄遊西適秦歸到錦城逢早春五門收燈藥市近小桃妖妍狂殺人（蜀中入春惟小桃先開似垂絲海棠）霓裳法曲華清譜燕妬身輕鶯學語歌舞更休轉盼間但見宮衣換金縷世上悲歡豈易知不堪風景似當時病來幾與麴生絕禪榻茶煙雙鬢絲

春雨

冬旱土不膏愛此春夜雨四郊農事興老稺迭歌舞相呼長沮耕分喜樊遲圃豐年已在目亭障靜桴鼓我歸未有期一官寄倉庾幸復寬簡書不敢恨羈旅

雨中遣懷

病中草草度年華睡起匆匆日易斜抵死愁禁千斛酒薄情雨送一城花鏡湖煙水搖朱舫錦里香塵走鈿車此夢即今都打破不妨寂寞住天涯

又

霏霏春雨細如絲正是春寒欺客時心向宦途元淡薄夢尋鄉國苦參差樓前新漲綠三尺牆外尚餘紅幾枝擺撥簿書呼酒榼南湖西塔有幽期

晚晴

水聲濺濺赴回塘簾影疏疏遶四廊靜院數盃傾白墮幽窗一枕夢清湘潤侵書笥深防蠹暵徹衣篝剩得香解組徑歸應更樂偷閑猶足傲羲皇

春晚

五十六翁身百憂年來轉覺此生浮山川信美故鄉遠天地無情雙鬢秋社後燕如歸客至春殘花不爲人留一觴一詠從來事莫笑扶衰又上樓

春晚坐講忽夢泛舟飲酒樂甚既覺悵然有賦

夢泛扁舟逸興多畫橈搖蕩麴生波微風蔌蔌生蒲葦小雨霏霏溼芰荷舞落烏紗從歲去歌酣白紵奈情何年來惟覺華胥樂莫遣茶甌戰睡魔

遣興

老子癡頑慣轉蓬殘年嬾復問窮通赦書雖未除詩債盟府猶當策酒功桐嶺市回人踏月柘岡月落烏呼風浮生觸處無眞實豈獨南柯是夢中

老去

老去時時病春來日日陰文書有期會山水負登臨倦客風埃眼孤臣狗馬心餘寒欺短褐莫惜酒盃深

雨夜

百紫千紅占歲華又隨風雨捲泥沙卽今空有夢爲蝶當日曾將命乞花倦枕殘燈人寂寞幽窗小草字欹斜悲歡變滅何窮已學得山僧自一家

簡黎道士

滿笱吳蠶繭漸稠四郊膏雨麥方秋道人昔是茶山客病叟新爲藥市遊耆舊凋零誰晤語篇章璀璨尚風流蘭亭剡曲春光好倘肯相從弄釣舟

臨川絶無佳酒時得一醉戲書

有酒時劇飲無酒徒浩歌庭花五六株老子獨婆娑誰云苦寂莫在我亦已多莞玆萬二千一笑謝天魔夢作青城去翠磴捫松蘿又爲平羌遊素月沉煙波覺來撫几歎奈此桎梏何流年不貸人去去如飛梭

醉中懷江湖舊遊偶作短歌

無渡河浪花無蔕高崢嶸莫登樓茫茫芳草難爲情華軒寶馬只好路旁看冶金伐石空留後世名古來惟有竹林諸人稱達生一醉之外萬事鴻毛輕可憐癡人競聲利坐使方寸森五兵散花洲上青山橫野魚可膾菰可烹脫冠散髮風露冷臥看江月金盆傾

三月二十一日作

蹴蹋牆東一市譁鞦韆樓外兩旗斜及時小雨放桐

葉無賴餘寒開楝花明月吹笙思蜀苑軟塵騎馬夢
京華懽情減盡朱顏改節物催人只自嗟
天祺節日飯罷小憩
臥聽午漏隔花傳簾裏花殘有斷煙莫放轆轤鳴玉
井偷閑要補五更眠
思歸
白髮滿青鏡悵然山水身那因五斗米常作半塗人
涉世風波惡思歸懷抱真會當求鉏斧送老鏡湖濱
齒痛有感
眼暗頭童負聖時齒牙欲脫更堪悲莫年漸解人間
事蒸食哀梨亦自奇
南窗睡起
夢中忘却在天涯一似當年錦里時狂倚寶箏歌白
紵醉移銀燭寫烏絲酒來郫縣香初壓花送彭州露
尚滋起坐南窗成絕嘆玉樓乾鵲誤歸期
又

晝漏迢迢暑氣清不妨小倦帶餘酲夢從隴客聲中斷愁向湘屛曲處生風度簾旌紅浪颭窗明香岫碧雲横閑情賦罷憑誰寄悵望壺天白玉京

初夏

百葉盆榴照眼明桐陰初密暑猶清深深簾幕度香縷寂寂房櫳聞燕聲細煆詩聯憑棐几靜思棋刼對楸枰浣花光景應如昨回首西州一愴情　浣花四月十九日也

讀程秀才詩

程子晚相得居然一坐傾新詩欲飛動病眼爲開明英妙非凡質衰遲畏後生吾徒可相賀五字有長城

晨起

一官又寄汝江頭落魄文園故倦遊榻上鏗聲悲破夢簷邊桐葉冷生秋莫年作吏寧長策薄祿縻人尚小留晨起凭欄嘆衰甚接䍦紗薄髮颼颼

雨夜

兩鬢新霜換舊青客遊身世等浮萍少年樂事消除盡雨夜焚香誦道經

得京書或怪久不通問

慣向江湖鎩羽翰雲霄那敢接鵷鸞百年未必如炊久萬事真須作夢看白首據鞍慚俠氣清燈顧影嘆儒酸手遮西日成何味還我平生舊釣竿

水亭

日淡暑猶薄雨餘風更清翛然水亭立試此葛衣輕晒粉憐孤蝶穿枝喜晚鶯誰知簿書裏也復得吾生

醉眠

達士如鴟夷無客亦自醉癡人如撲滿多藏作身祟放翁亦何長偶自遠聲利胸中白如練不著一毫僞醉來酣午枕晴日雷起鼻寄謝敲門人予方有公事

感舊絕句

鴨翎堠前山簇馬雞蹤橋下水連天金丹煉成不肯服且戲人間五百年

又

鵝黃酒邊綠荔枝　鵝黃廣漢酒名綠荔枝出敘州　摩訶池

上納涼時氷紈不畫駿鸞女却寫江南白紵辭

又

南市夜夜上元燈西鄰日日是清明青氈犢車碾花

去黃金馬鞭穿柳行

又

十月新霜兎正肥佳人駿馬去如飛纖腰婿婿戎衣

窄學射山前看打圍

又

半紅半白官池蓮　江瀆廟池　半醒半醉女郎船鴛鴦

驚起何曾管折得雙頭喜欲顛

又

紅葉琵琶出嘉州四絃彈盡古今愁胡沙漫漫紫塞

曉漢月娟娟青冢秋

又

美人傳酒清夜闌欲歌未歌愁遠山蒲萄一斗元無
價換得涼州也是閑

晝臥聞百舌

雨後郊原已遍犂陰陰簾幙燕分泥閑眠不作華胥
計説與春鳥自在啼 江南謂百舌爲春鳥

寄呂博士

薄宦東西蜀僑居太少城休論九年謫喜識萬人英
別久心常折書來眼未明功名君自力丘壑我平生

遊疎山

我願匹馬飛騰遍九州如今苦無騕褭與騂騮葛陂
之龍又難致兀兀安得忘吾愁幸餘一事差可喜雲
山萬里芒鞵底曳杖行穿嶓冢雲試茶手挹香溪水
江西山水增怪奇疎山之名舊所知惜哉不見侏儒
師尚想薪水俱空時寺門欲近山若拆老樹蒼崖含
古色挂包便住吾豈能一來要是疎山客

疎山東堂晝眠

飯飽眼欲閉心閑身自安樂超六欲界美過八珍盤香縷縈簷斷松風逼枕寒吾兒解原夢爲我轉雲團

是日約子分茶

山中作

朱墨紛紛訟滿庭半年初得試山行燒香掃地病良已飲水飯蔬身頓輕日落三通傳浴鼓雨餘千耦看農耕故巢光景還如此爲底淹留白髮生 余書堂在雲門寺西

觀蔬圃

菘芥可葅芹可羮晚風咿喔桔槔聲白頭孤宦成何味悔不畦蔬過此生

東堂晨起有感

不解飛車越九州青鞵處處爲山留百年未盡且作夢三日閑行聊散愁世上幾經華表柱尊前好在黑貂裘龍泉幸是無人斸莫露光芒上斗牛

金谿道中

雲闇苦竹市雨來烏石岡駕犂雙犢徤鬻繭一村香
天地君恩重風埃吏責忙敢辭坡路滑且領筍輿涼

小憩前平院戲書觸目

道邊小寺名前平殘僧二三屋半傾旁分千畦畫楸
局正對一山横翠屏修纖弱蔓上幽援（一作拔）堅瘦
穲柏當前犖稻秧正青白鷺下桑椹爛紫黃鸝鳴村
虛賣茶已成市林薄打麥惟聞聲泥行扶犂叱新犢
野饁燒笋炊香秔十年此樂發夢想忽然到眼難爲
情上車欲去復回首那將莫境供浮名

遣興

小麥登場雨熟梅閉門病眼每慵開酒盃不解爲愁
敵書卷纔開作睡媒骨朽空名垂斷簡冢荒殘碣臥
蒼苔紛紛紛傾奪知何得老覺人間但可哀

雨後獨登擬峴臺

高城斷處閣横空目力雖窮興未窮燕子爭泥朱檻
外人家曬網綠洲中誰能招喚三秋月我欲憑陵萬

里風更比峴山無湛輩論交惟是一枝節

數日訴牒苦多憒憒甚戲作

江南五月暑猶薄梅子正黃風雨惡庭中訟獠不貸人急甚常如虎遭縛空齋鼠迹留几塵賦詩飲酒疑前身脫歸徑臥與與壁語敢恨無人問良苦

與黎道士小飲偶言及曾文清公慨然有感

臨川稅駕忽數月嗜睡愛閑常閉門君詩始愜病僧意吾道難爲俗人言秋雨淒淒黃葉寺春風酣酣綠樹村曾公九原不可作一尊破涕誦招魂

念歸

江城五月朝莫雨雨腳纔收水流礎酒盃未把愁作病塵柄欲拈誰共語有時暫解簿書圍獨坐藤床看香縷林塘渺渺鳩正懽簾幙陰陰燕新乳湖山舊隱入我夢白首忘歸獨安取一生花裏醉春風即今願作扶犂翁

五月十一日夜且半夢從大駕親征盡復漢唐

故地見城邑人物繁麗云西涼府也喜甚馬上作長句未終篇而覺乃足成之

天寶胡兵陷兩京北庭安西無漢營五百年間置不問聖主下詔初親征熊羆百萬從鑾駕故地不勞傳檄下築城絕塞進新圖排仗行宮宣大赦岡巒極目漢山川文書初用淳熙年駕前六軍錯錦繡秋風鼓角聲滿天苜蓿峯前盡亭障平安火在交河上涼州女兒滿高樓梳頭已學京都樣

雨夜

牆西泥三寸牆東草三尺可憐白鹿泉蛙黽紛狼籍溼螢如隕星入戶黏几席病夫本嗜睡況此風雨夕永懷瀼西寺更憶山南驛陳迹不可追昏然墮吾幘

又

簷高雨聲壯堂豁霧氣入飛螢照畫棟相逐光熠熠向來經春旱蒼耳暗原隰微官又厚責撫事百憂集三日雨不休四野苗盡立登高思賦詩簿書縛人急

焚香晝睡比覺香猶未散戲作

小屏煙樹遠參差吏散身閑與睡宜誰似爐香念幽獨伴人直到夢回時

又

燕梁寂寂篆煙殘偷得勞生數刻閑三疊秋屏護琴枕臥遊忽到瀼西山

仲夏小旱方致禱忽大雨連日江水爲漲喜而有作

旱苗垂槁歎何堪大雨誰知變立談翠麓青林呑欲盡惡風白浪戰方酣江鯨龜窟連雲澤雷挾龍腥起雪潭從此年豐眞少事炷香終日坐蒲龕

冒雨登擬峴臺觀江漲

雨氣分千嶂江聲撼萬家雲翻一天墨浪蹴半空花噴薄侵虛閣低昂泛斷槎壯遊思夙昔乘醉下三巴

薙庭草

露草煙蕪與砌平羣蛙得意亂疎更微涼要作安眠

地放散今宵鼓吹聲

蛺蝶詞

蛺蝶子去復來草長齊腰花亂開蜜蜂辛苦爲人計林鷽百囀胡爲哉嗟爾蛺蝶獨得意飛來飛去無嫌猜追花逐絮闌干角人生安得如汝樂

大雨踰旬既止復作江遂大漲

牆角蚊雷喧甲夜溼星昏昏出雲罅臨堂仰占久歎咤懸知龍君未稅駕行人困苦泥沒胯居人悲啼江入舍便晴猶可望秋稼努力共禱城南社

又

一春少雨憂旱暵熟睡湫潭坐龍懶以勤贖懶護其短水浸城門渠不管傳聞霖潦千里遠榜舟發粟敢不勉空村避水無雞犬茆舍夜深螢火滿（民家避水多依丘阜以小舟載米賑之）

燒丹示道流

昔燒大藥青牛谷磊落玉床收箭鏃扶桑朝暾謹火

候仙掌秋露勤沐浴帶間小瓢鬼神衛異氣如虹夜穿屋點成黃金棄山海揮手人間一裘足明年服丹徑仙去洞庭月冷吹橫玉相逢只恐驚倒君毛髮毿毿垂地綠

書感

半世狂疎踐駭機莫年持此欲安居會憑香火消前業已築茆茨認昨非（余村居築小軒以昨非名之）薄俗慣看翻覆手憂心空復倒顛衣煙蓑雪笠家風在送老湖邊一釣磯

夏日

病退身初健時清吏更休渴蜂窺硯水慵燕息簾鉤碁局每坐隱屏山時臥遊真成愛長日未用憶新秋

寄統

大兒挈藥囊小兒負書笈共作蘭亭遊詎必羣賢集言此二十年白首終未踐汝復守荊扉經年不相見楚越天一涯書疏何由頻諸弟亦可憐說兄輒酸辛

江城秋尚遠桐葉落可掃悵然懷故谿菱絲雨中老

自訟

家弊須微祿年衰尚遠遊未逃朋友責更遣吏民羞
采藥思長往傳書却小留微風入桐葉分我一簾秋

夏日晝寢夢遊一院闃然無人簾影滿堂惟燕
蹋箏弦有聲覺而聞鐵鐸風響璆然殆所夢也
邪因得絶句

桐陰清潤雨餘天簷鐸搖風破晝眠夢到畫堂人不
見一雙輕燕蹴箏弦

虛堂

暑氣虛堂一點無爽如秋露貯冰壺滄州未遽浮舴
艋碧井聊聽放轆轤蕭蕭清風生薤簟酣酣美睡付
紗幮惱人不奈奴兵輩環抱文書待日晡 江西率以申
初治文書至莫夜乃已

夢仙 夢朝謁大官殿仰視去天甚近星皆大如月氣候清寒
如十月間時庚子六月一日也

中宵遊帝所廣殿綴仙官天逼星辰大霜清劍珮寒賦詩題碧簡侍宴跨青鸞惆悵塵緣重夢殘更未殘

自嘲

夜作看花夢朝賦飲酒詩吾夢固志矣詩亦聊自欺荒園無佳花牽牛漫疏籬給酒月四斗（官供酒月止四斗耳）一觴難屢持悲歡有定數未至誰得知願從大鈞問一笑在何時

長歌行

燕燕尾涎涎橫穿乞巧樓低入吹笙院鴨鴨觜唼唼朝浮杜若洲莫宿蘆花夾嗟爾自適天地間將儔命侶意甚閑我今獨何爲一笑乃爾慳世上悲歡亦偶然何時爛醉錦江邊人歸華表三千歲春入箜篌十四絃

對酒

簷鐸鳴雜珮簾旌動微波我老嬾讀書如此長日何名酒來清江嫩色如新鵝奇葅映玉盤珍鮭開綠荷

萬事姑置之逌然酣且歌宦遊亦何好且復小婆娑
秋風雲門道踏月捫青蘿

自詠

夢歸不恨故山深霜雪今年已滿簪報國有心身瀕
倒養生無術病侵尋晨興聊取經遮眼夜坐時憑易
洗心安用更爲逃暑飲虛堂三復自蕭森

夏日睡起

簟紋似秋水含風蹙微漪帳幅如春煙縹緲不受吹
團扇墮枕邊皎皎素月暉非睡復非覺心定息自遲
茶熟我亦起寒泉掬珠璣浮瓜空把玩甚矣今年衰

所居堂極涼雖三伏常有秋意也偶得長句

高棟虛簷六月涼野人誰遣寄華堂炎威自避重重
幙清吹時生曲曲廊白苧出箱開疊雪甘瓜隨刃落
輕霜憑誰爲報金羈客滿帽京塵有底忙

雨後露坐小酌

閉門誰與樂頹年旋掃桐陰近酒邊病久一春稀見

蝶雨多六月始聞蟬官倉求飽眞聊爾山墅懷歸每惘然從此讀書仍復嬾惟留白眼望青天

日莫南窗納涼

冠蓋塵沙得我憎脫巾聊喜髮鬅鬙素娥東湧行空闊清吹南來掃鬱蒸團扇正閑看破墨矮牀欹臥怯文藤扁舟歸去應尤樂莫羨金盤賜苑冰

中夜起登堂北小亭

幽人曳杖上青冥掠面風輕宿醉醒朱戶半開迎落月碧溝不動浸疎星禽聲格磔頻移樹花影扶疎自滿庭歎息明年又安往此身何啻似浮萍

登擬峴臺

顦顇思吳客凄涼擬峴臺一年秋欲到兩鬢老先催裊裊菱歌斷翩翩水鳥來倚闌哦五字未穩莫輕回

夜意

灑地移床曲檻前葛衣蕭爽接羅偏庭空秋近露沾草月落夜闌星滿天靜待微風停素扇旋消殘酒潄

寒泉翛然自與氛埃遠安用騎鯨學水仙

道院遣興

微官不復嘆頭顱高棟虛窗樂有餘中夜塔鈴空際語望秋庭樹月中疎獻炊青飯留巖客露點朱毫勘玉書猶恨未成歸刻曲小舟閑采白芙渠

夜行至白鹿泉上

小雨病良已新秋夜漸長隔城聞鶴唳出戶逐螢光荒徑穿蒙密遙空望莽蒼泉聲落環珮肝肺爲清涼

堂中以大盆漬白蓮花石菖蒲翛然無復暑意睡起戲書

海東銅盆面五尺中貯澗泉涵淺碧豈惟冷浸玉芙蕖青青菖蒲絡奇石長安火雲行日車此間暑氣一點無紗㡡竹簟睡正美鼻端雷起驚僮奴覺來隱几日初午碾就甕源分細乳卻拈燥筆寫新圖八幅冰綃瘦蛟舞

初秋

溼螢相逐照高棟又見一年風露秋流落江湖常踽踽掃平河洛轉悠悠簿書終日了官事尊酒何時寬客愁擬倩天風吹夢去浩歌起舞散花樓

書懷絕句

不到天台三十年草菴猶記宿雲邊老僧曉出松門去手挈軍持取澗泉

又

憶過棲賢見蜀僧雲堂十月冷生冰定回蔌蔌聞窗雪一椀琉璃照佛燈 蜀僧左綿海辨也

又

丈人祠西山谷盤麻姑洞前松櫟寒仙翁欲覓渺無處聞在青溪浴大丹 仙翁謂譙先生

又

早佩黃庭兩卷經不應靈府雜羶腥憑君爲買金鴉觜歸去秋山斸茯苓

又

未駕青鸞返帝鄉三江七澤路茫茫看山看水無程數漁艇爲家芡作糧

狂吟

浮世何須宇宙名一狂自足了平生秋風湘浦紉蘭佩夜月緱山聽玉笙學劍慣曾遊紫閣結巢終欲隱青城年來自笑彌耽酒百斛蒲萄未解酲

聞雨

潭底垂龍喚不譍驕陽似欲敗西成虛堂永夜耿無睡起聽四郊車水聲

初秋小疾効俳諧體

宿疢逢秋劇衰容逐日添專房一竹几列屋萬牙籤今年傳書頗多遣悶憑清聖忘情付黑甜晚來風月好一笑捲疎簾

雨後極涼料簡篋中舊書有感

日昳小雨不至晡雨雖未足涼有餘細泉泠泠咽幽竇清吹策策驚高梧笠澤老翁病蘇醒欣然起理西

齋書十年燈前手自校行間顛倒黃與朱區區樸學老自信要與萬卷歸林廬爾來世俗喜變古鑿空飾詐無根株愀然撫几三太息力薄挹恨何由袪蘭臺漆書非己責且爲籤縢除蠹魚

秋夜

湖海秋初到房櫳夜轉幽露濃驚鶴夢月冷伴蛩愁生計依微祿年光墮遠遊嚴灘已在眼早晚放孤舟

去年欲自三衢舟行泛七里瀨歸山陰今竟當爲此行也

抄書

書生習氣重見書喜欲狂擣蘗潢剡藤辛苦補散亡且作短檠伴未暇名山藏故家借籤帙舊友餉朱黃

借書于王韓晁曾諸家而呂周輔宇文子友近寄朱黃墨

皇墳採八索奇字窮三蒼儲積山崇崇探求海茫茫一笑語兒子此是却老方

晚自白鹿泉上歸

坐穴藜牀愧未能酌泉聊喜曳枯藤詩從病後功殊

少酒到愁邊量自增事業何由垂竹帛笑談空覺負
交朋輿闌却逐棲鴉返寂寞西窗已上燈

秋旱方甚七月二十八夜忽雨喜而有作

嘉穀如焚稗艸青沉憂耿耿欲忘生鈞天九奏簫韶
樂未抵虛簷瀉雨聲

秋日小雨有感

七月江邊暑已微虛窗臥看雨霏霏淒涼蛩伴艸根
語憔悴鵲從天上歸志士酒酣看寶劍美人淚盡倚
鴛機嗟予亦有新秋感遙憶蒼苔滿釣磯

書李商叟秀才所藏曾文清詩卷後

隴蜀歸來兩鬢絲茶山已作隔生期西風落葉秋蕭
瑟淚灑行間讀舊詩

碧海行

碧海如鏡天無雲衆眞東謁青童君九奏鏗鏘洞庭
樂八角森茫龍漢文共傳上帝新有詔蚩尤下統旄
頭軍徑持河洛還聖主更度遼碣清妖氛幽州蜡坒

一炬盡安用咸陽三月焚藝祖騎龍在帝左世世上但策雲臺勳

道院遣興

滿鏡新霜老可驚十年煙隴廢春耕黃絲黑黍有歸夢白髮蒼顏無宦情浮世不堪供把玩安心隨處是修行尚嫌未到無爲地酷愛朝鐘莫磬聲

夜酌

遙夜澆愁賴麴生燈前忽見臥長瓶比紅有句狂猶在染白無方老已成園徑露螢粘溼艸塔簷風鐸亂疎更悲秋要是騷人事未必忘情勝有情

言懷

莫笑生涯似斷蓬向來諸俠避豪雄報仇使氣風塵裏吹竹彈絲錦繡中樂事眼看成昨夢倦遊心伏作衰翁論交尚喜笻枝在白鹿泉邊遡晚風

送客城西

倦客憑鞍半醉醒秋光滿眼歎頹齡日斜野渡放船

小風急漁村攤網腥客思不堪聞斷雁詩情彊半在
郵亭歸來更恨城笳咽烟火昏昏獨掩屏

雨夜

庭院蕭條秋意深銅爐一炷海南沉幽人聽盡芭蕉
雨獨與青燈話此心

病中作

浮世寄酣枕勞生居漏船已悲身老大更著病沈綿
親舊動千里歡娛無百年牀頭周易在端擬絶韋編

社日小飲

社日西風吹角巾一尊彊醉汝江濱杏梁燕子還堪
恨歸去匆匆不報人

晚到東園

岸幘尋青士憑軒待素娥官身苦日短荒圃得秋多
醉眼輕浮世羈懷激浩歌功名從蹭蹬詩酒且婆娑

秋晚登擬峴望祥符觀

放翁局促留江干愛此樓前煙水寬雨昏回望殿突

兀秋晚剩覺山蒼寒中原未復淚橫臆故里欲歸身屬官雲外飛仙故不遠喚渠小爲駐青鸞

秋思

黄落梧桐覆井牀莎根日夜泣寒螿老生窺鏡鬢成雪俊鶻掣鞲天欲霜破虜誰持白羽扇從軍曾擁綠沈槍壯心自笑何時豁夢遶祁連古戰場

病目廢書終日危坐

肺渴常止酒目昏復捐書蒲團坐袖手一窗寬有餘心知世緣薄分與鐘鼎疎湛然千仞淵養此徑寸珠光明照憂患何適不自娛白雲可與友晴空閑卷舒

感昔

常記東園按舞時春風一架晚薔薇尊前不展鴛鴦錦只就殘紅作地衣 成都小東門外趙氏園

又

八陣原頭縱獵歸割鮮藉草酒淋漓誰知此夕西窗裏一盞青燈獨詠詩 八陣原在成都廣漢之間

視陂至崇仁村落

津亭徙倚客衣單秋盡江南亦已寒雁翅不禁疎雨溼楓林初染早霞丹少年已歎儒冠誤莫境更知行路難倦馬歸來踏殘日長吟聊得寫憂端

馬上

客遊多感慨老病少歡欣去去穿村市翻翻吹帽帬天低落平野雁遠入寒雲漸覺江城近秋笳馬上聞

寄周洪道參政

半生蓬艇弄煙波最愛三湘欸乃歌擬作此行公勿怪胸中詩本漸無多

又

菱舟煙雨久思歸貪戀明時未拂衣乞與一城教睡足猶能覓句寄黃扉

北窗

白首微官只自囚青燈明滅北窗幽五更風雨夢千里半世江湖身百憂壯志已孤金鎖甲倦遊空攬黑

貂裘灞亭夜獵猶堪樂敢恨將軍老不侯

登擬峴

翠阜圍平野朱樓壓繚牆風回半汀雁雲護一天霜有地聊容拙無方可療狂白頭詩興在吟罷意差彊

休日

賜休暫許養衰殘靜院翛然晝掩關釀酒移花調護悶弄琴洗硯破除閑與人多忤讒消骨報國無功愧滿顏一寸歸心向誰說小屏依約剡中山

別張教授歸獨登擬峴

小閣敞朱扉停車暫息機行人呼晚渡幼婦浣秋衣霜樹欹危堞風鴉滿落暉登臨客愁裏況是送將歸

晚晴至索笑亭

中年苦肺熱臢喜見新霜登覽江山美經行艸樹荒堂空響棊子盞小聚茶香興盡扶藜去斜陽滿畫廊

新釀熟小酌索笑亭

新酒黃如脫殼鵝小園持盞暫婆娑文章不進技止

此仕宦忘歸人謂何宿業簿書昏病眼夢遊煙雨溼
漁蓑醉中笑向兒童說白髮今年添幾多

乾道初予自臨川歸鍾陵李德遠范周士送別
于西津是日宿戰平風雨終夕今自臨川之高
安復以雨中宿戰平悵然感懷

故人已作山頭土倦客猶鄣陌上塵十五年間真一
夢又騎羸馬涉西津

又

十五年前宿戰平長亭風雨夜連明無端老作天涯
客還聽當時夜雨聲

村舍小酌

野性安衡茅傑屋愁兢兢上不補縣官下有肉食慚
雖非策雲驥實鄙作繭蠶失計不容悔漁蓑換朱藍
少壯尚可力老大真難堪今朝意頗豁村舍寄半酣
玉版烹雪筍金苞擘霜柑豈惟寫我憂亦以稅我驂
弄筆作一笑何用與客談逡巡上車去溼翠浮煙嵐

白塔道中乘臥輿行

小疾載臥輿獨飲亦薄醉朝離戰平館午過白塔市清寒正宜嬾搖兀更益睡所嗟下程早不得究此味忽憶從軍時雪夜馳鐵騎壯心誰復識撫事有餘愧

宿城頭鋪小飲而睡

亭傳臨江滸牀敷息我勞屋茅殘月冷庭樹北風鏖虛市饒新兎村場有濁醪氣衰仍病著小飲不能豪

豐城村落小憩

霜信催寒力尚微郵亭繫馬旋添衣平郊極目冬耕遍小婦簪花晚餉歸孤宦每隨征雁遠故人已似曉星稀上書自劾真須猛菰正堪炊蟹正肥

再題

柴門數頃秋半日爲遲留老驥厭伏櫪飢鷹思下韝野橋危欲斷山雨落還收何許丹青手端能寫此愁

發豐城縣

豐城古縣已再遷出郭十步江渺然冷雲四合欲下

雪柔櫓數聲初放船孤村燈火照破驛客子何以娛今夕不辭金盌醉十分要看玉花深一尺

豐城高安之間憩民家景趣幽邃爲之慨然懷歸

數家聚雲根細路入叢薄濺濺石渠水來往一略彴有無鄰里通笑語婦子樂濁醪時相就青蔬缺鹽酪日莫歸閉門績火星煜爚先期畢租稅老不入城郭嗟予獨何事早插紅塵脚故山未成歸悵望有餘怍

宿華嚴寺

夜宿華嚴寺人扶到上方喚僧同看畫避佛旋移牀小雨不成雪烈風還作霜鍾殘燈漸暗趺坐默焚香

寄奉新高令

小雨催寒著客袍艸行露宿敢辭勞歲饑民食糟糠窄吏惰官倉鼠雀豪只要閭閻寬箠楚不須亭障肅弓刀九重屢下丁寧詔此責吾曹未易逃

高安州宅三詠

丹井　神仙李八百煉丹處

丹成人已仙遺竈亦已平尚餘松根井鏘然環玦聲我來試一啜槁面還童嬰祝君勿關鑰人人遣長生井有闌楯護之

劍池　李八百洗劍處

我壯喜學劍十年客峨岷毫髮恐未盡屠釣求隱淪今年獨何幸見此度世人夜深來較術雷雨戰江津

偃松

巨松偃青蓋閱世歸獨存頗疑古仙翁藏丹在其根或是結靈藥百尺有伏黿終隨風雨化不死何足言

與高安劉丞遊大愚觀壁間兩蘇先生詩

野性縱壑魚宦身墮穽虎適得建溪春頗憶松下釜微霜初變寒短景已過午佳客能聯翩老宿相勞苦懷哉兩蘇公去日不可數泉扃一埋玉世事幾炊黍吾儕生苦晚佇立久惻楚尚想來遊時黃鍾賡大呂

劍南詩稿卷第十二終

劍南詩稿目錄

卷第十三

劍南詩稿卷第十三

宋　陸　游　務觀

宿黃傴觀兵火焚蕩之餘惟一殿突兀猶在黃傴蓋與許旌陽同時飛昇者

拔宅翛然上碧虛神傴豈亦愛吾廬重門不改雲山色古殿猶存劫火餘翠木蕭森高蔽日黃冠貧寠自畦蔬殘年安得長來此一椀松肪讀隱書

玉隆得丹芝

何用金丹九轉成手持芝草已身輕祥雲平地擁笙鶴便自西山朝玉京

贈西山老人

生世不把筆殘年惟灌園賃舂來竝舍賣畫到前村勤苦供租稅清貧遺子孫從來棲遁志剩欲與翁言

病酒宿土坊驛

少時見酒喜欲舞老大畏酒如畏虎一日飲酒三日病客路那堪夜聞雨雨聲蕭蕭宿空堂不寐始知更漏長賣藥思從伯休隱愛花却笑拾遺狂

十一月上七日蔬飯騾嶺小店

新秔炊飯白勝玉枯松作薪香出屋冰蔬雪菌競登槃瓦鉢氈巾俱不俗曉途微雨壓征塵午店清泉帶脩竹建谿小春初出碾一碗細乳浮銀粟老來畏酒厭芻豢却喜今朝食無肉尚嫌車馬苦縻人會入青雲騎白鹿

進賢驛感懷 明日當歸至臨川

環走幾千里馳歸亦再旬征途饒感慨訟牒費精神風雪常欺客文章本誤身小詩無傑思猶得當吟呻

入臨川境馬上作

投老縻身簿領間却因馬上得偷閑兼旬敢恨常爲客一飯何曾不對山銅鏡無情欺白髮霜風有力散酡顔今宵要看浮橋月儘放征騑晚入闗

別楊秀才

歲莫江頭又語離淡煙衰艸不勝悲俗人憒憒寧知子心事悠悠欲語誰燈暗想傾澆悶酒路長應和贈行詩人生但要身彊健一笑相從自有時

發臨川

見客道傍店添衣江上村陂長風浩浩山遠霧昏昏虛日人聲合凶年菜色繁扶衰歸北闕何以報君恩

早行

江路迢迢馬首東臨川一夢又成空日高未泫晨霜白風勁先消卯酒紅山市人經饑饉後孤生身老道途中著身穩處君知否射的峯前臥釣篷

白干鋪別傅用之主簿

我行忽百里送客亦已空傅子獨眷眷曰莫隨此翁謝之不肯去瘦馬銜北風泥濺及馬臆霜飛逼裘茸茅店得小語慨然念年凶不作兒女悲悲道義相磨礱我歸亦何為魚鳥愁池籠君乃臺閣人鸞鳳儀笙鏞

若耶澆青山 予艸堂在若耶溪上 天祿摩蒼穹此別各
努力出處何必同

過茱萸鋪青松朱戶前臨大道絶似西陲亭驛
悵然有作

茱萸小驛夕陽愁搔首臨風感舊遊渾似軍行散關
路但無鼓吹動涼州

青溪道中行古松間因少留瀹茶而行

露溼青松細細香旋呼拄杖踏斜陽三生舊發遊山
願一卷新傳辟穀方雲外未論笙鶴近塵中實厭簿
書忙拾樵汲礀俱清絶聊爲煎茶一據牀

弋陽縣江上書觸目

縣前奇哉一江水日莫風吹碧鱗起客恨征塵忽如
洗不用金篦刮眸子丹楓岸邊雪色蘆下有老翁方
捕魚欲求妙思貌畫圖王維鄭虔今世無

乾封驛早行

己巳被驛書乙亥戒徂兩扶衰犯霜露疲憊不可狀

夜行星滿天晨起雞初唱槁枝燒代燭凍菜擷供餉
三年走萬里天幸苟亡恙深知賦材薄自笑得名妄
宣温望玉座何以待諮訪春江色如藍歸舟行可榜

過江山縣浮橋有感

堪笑行人日日忙又扶衰病過浮梁灘流急處水禽
下桑葉空時村酒香枯枿敢懷貪雨露飢鴻自憫犯
風霜宦途商略無安處早晚歸耕剡曲旁

衢州早行

隣雞已三號殘燭無一寸參差發行橐迢遞望前頓
滿靴霜若雪破面風抵刃敢辭行路難漸喜京邑近
少年奉朝請親見堯授舜飄然如脫葉蹭蹬垂七閏
風埃暗征袍歲月集衰鬢餘生迫歸休周行愧英俊

杭頭晚興 嚴州

山色蒼寒野色昏下程初閉驛亭門不須更把澆愁
酒行盡天涯慣斷魂

又

落葉孤村晚下程癡雲殘日半陰晴篝爐火煖牀敷
穩臥聽黃鶉穀穀聲

行至嚴州壽昌縣界得請許免入奏仍除外官
感恩述懷

曉傳尺一到江村拜起朝衣漬淚痕敢恨帝城如日
遠喜聞天語似春溫翰林惟奉還山詔湘水空招去
國魂聖主恩深何力報時從天末望修門

桐廬縣泛舟東歸

桐江艇子去乘月笠澤老翁歸放慵一尺輪囷霜蟹
美十分瀲灩社醅濃宦遊何啻路九折歸臥恨無山
萬重醉裏試吹蒼玉笛爲君中夜舞魚龍

予欲自嚴買船下七里灘謁嚴光祠而歸會灘
淺陸行至桐廬始能泛江因得絕句

客星祠下渺煙波欠我扁舟舞短蓑不爲窮冬怕灘
惡正愁此老笑人多

又

桐廬縣前艣聲急蒼煙茫茫白鳥雙亂山日落潮未落勝絕不減吳松江

漁浦

桐廬處處是新詩漁浦江山天下稀安得移家常住此隨潮入縣伴潮歸

又

漁翁持魚叩舷賣烱烱綠瞳雙臉丹我欲從之逝已遠菱歌一曲莫江寒

蕭山

素衣已免染京塵一笑江邊整幅巾入港綠潮深蘸岸披雲白塔遠招人功名姑付未來劫詩酒何孤見在身會向桐江謀小築浮家從此往來頻

辛丑正月三日雪

開歲尚殘冬佳哉雪意濃潤歸千里麥聲亂五更鍾簾隙收初密牆隅積已重龍團笑羔酒狐腋襲駝茸危檻臨欹竹幽窗聽墮松忽思西戍日憑堞待傳烽

予從戎日嘗大雪中登興元城上高興亭待平安火至

正月二十八日大雪過若耶溪至雲門山中

山中看雪醉騎驢清賞真成十載無高壓孤峯增峭
絕斜傾叢竹失枝梧松肪火暖眠僧榻芋糝羹香擁
地爐病骨雖癯猶健在未應遽作臥遊圖

雪中登雲泉上方

滃滃雲堆上茫茫雪海中煎茶誇坐客打竹課蠻童
冰谷鳴飢鶴煙汀立斷鴻歸來更堪喜籸火滿爐紅

僧以籸爲火

衝雪至餘慶覺林雪連日不止

策蹇清吟涉若耶灞橋猶恨近京華山前千頃誰種
玉座上六時天散花林雀無聲溪彴斷炊煙不動竹
籬斜勝遊更覺平生少未羨銀河泛客槎

大雪歌

若耶溪頭朝莫雪鴉鵲墮死長松折橫飛忽已平屐
齒亂點似欲妝簾纈放翁憑閣喜欲顛摩挲拄杖向

渠說莫辭從我上嵯峨此景與子同清絕銀盃拌蜜
非老事石鼎煎茶且時毀題詩但覺退筆鋒把酒未
易生耳熱扶衰忍冷君勿笑報國寸心堅似鐵漁陽
上谷要一行馬蹄蹴踏河冰裂

雪霽歸湖上過千秋觀少留

縱轡不嫌遠逢山猶一登夕陽陂瀰瀰殘雪塔層層
折竹橫遮道飢烏下啄冰欲歸還小駐倚杖對崚嶒

二月四日作

早春風力已輕柔瓦雪消殘玉半溝飛蝶鳴鳩俱得
意東風應笑我閑愁

新築山亭戲作

危檻凌風出半空怪奇造化欲無功天垂繚白縈青
外人在紛紅駭綠中日月匆匆雙轉轂古今杳杳一
飛鴻酒酣獨臥林間石未許塵寰識此翁

春晴出遊

一春彊半病頗廢山澤遊今晨忽良已風日亦清柔

朝湌具冷餅瘦骨辭重裘穉荷出溝港芳杜滿汀洲勿言酒苦薄一笑失百憂且當詠尋壑詎必賦登樓

題山家壁

山中無傳漏猿鳴知既夕芳藤上幽援素月照高壁主人殊喜事歡若有夙昔稚子擎竹槃炊黍持餉客卜隣雖未辨清嘯聊自適衰病久廢詩筆端歎荊棘

春晚風雨中作

箕踞藜牀岸幅巾何妨病酒住湖濱駕風浪作連三日掃地花空又一春樂事清宵當秉燭畏途平地有摧輪頹然耐辱君無怪元是人間澹蕩人

北窗

九陌黃塵早莫忙幽人自愛北窗涼清吟微變舊詩律細字閑抄新酒方艸木扶疎春已去琴書蕭散日初長破羌臨罷楷頤久又破銅匜半篆香

山中晚興

薄酒亦陶然偃蹇澗石側巾墮拄杖橫意象頗自得

青山受落日忽作玻瓈色躊躇不忍去下磴天已黑

夜登山亭

飛觀崢嶸天宇寬幽人半醉凭闌干三山渺渺鸞鶴遠七澤茫茫蓑笠寒清吹拂林横玉笛紫雲覆鼎熟金丹童顏綠鬢無人識回首塵寰一夢殘

西村醉歸

俠氣崢嶸葢九州一生常恥爲身謀酒寧剩欠尋常債劍不虛施細碎讎見孟東野詩岐路凋零白羽箭風霜破弊黑貂裘陽狂自是英豪事村市歸來醉跨牛

自詠

三十年前接俊遊卽今身世寄滄洲俚聲不辨諧韶頀莫氣寧能徹斗牛綠酒可人消永日黃鸝多事管閑愁吹笙跨鶴何時去剩欲平章太華秋

閑中頗有四方之志偶得長句

世論紛紛枉見仇吾身自計本悠悠讀書漸嬾惟思

睡壓酒初成不怕愁蜀棧冷雲侵瘦馬楚江籠月繫孤舟興來會作飄然去更續騷人賦遠遊

遣興

綠髮凋零白髮多山林未死且婆娑無端忤俗坐狂耳甚欲讀書如嬾何雨過亂蓑堆野艇月明長笛和菱歌此中得意君須領莫愛車前印幾窠

又

遠簷新葉著啼鶯睡起東窗一榻横愁袞袞來疑有約春堂堂去恨無情鶻飛局上新棋勢龍吼牀頭古劍聲莫歎柴荆無客到綠尊還對莫山傾

醉題

坎止流行五十秋胷中不解著閑愁浩歌野渡驚雲起狂舞空庭挽月留性本自然憎截鶴器非大受愧函牛平生最愛嚴灘路早晩貂裘換釣舟

小園

小園煙艸接鄰家桑柘陰陰一徑斜臥讀陶詩未終

卷又乘微雨去鋤瓜

又

歷盡危機歇盡狂殘年惟有付耕桑麥秋天氣朝朝變蠶月人家處處忙

又

村南村北鵓鴣聲水刺新秧漫漫平行遍天涯千萬里却從隣父學春耕

又

少年壯氣吞殘虜晚覺丘樊樂事多駿馬寶刀俱一夢夕陽閑和飯牛歌

步虛

微風吹碧海細細生龍鱗半醉騎一鶴去謁青華君歸來天風急吹我過緱山鏘然哦詩聲清曉落人間人間仰視空浩浩遠孫白髮塵中老初見姬翁禮樂新千九百年如電掃

又

瀛海日月淵蓬壺仙聖宅駕鶴一時遊海面日夜窄
人生蜉蝣耳一興瓦甕中天地廣如許誰能發其蒙
丹書千卷藏一塵子能求之勿從人晴窗趺坐春滿
腹崑崙待得丹芝熟

又

曩者過洛陽宮闕侵雲起今者過洛陽蕭然但荒壘
銅駝臥深棘使我惻愴多可憐陌上人亦復笑且歌
世事茫茫幾成壞萬人看花身獨在北邙秋風吹野
蒿古冢漸平新冢高

又

一瓢小如繭芳醪溢其中醉此一市人吾瓢故無窮
不言術神奇要是心廣大觴豆有德色笑子乃爾隘
岳陽樓中橫笛聲分明爲子說長生金丹養成不自
服度盡世人朝玉京

醉中登避俗臺

半醉行歌上古臺脫巾散髮謝氛埃但知禮豈爲我

設莫管客從何處來剡曲煙波菱蔓滑耶溪風露藕花開老來世事渾成嬾一櫂幽尋未擬回

立秋前三日夜坐庭中偶賦

絳闕清都侍宴還天風搖珮夜珊珊月輪桂滿蟾初冷星渚橋空鵲尚閑一鶴每臨雲雨上幾人虛老市朝間試將綠髮窺清鏡未愧僊姝玉鍊顏 李文饒詩云河漢女玉鍊顏雲輧往往到人間

南堂臥觀月

河漢橫斜星宿稀臥看涼月入窗扉恍如北戍梁州日睡覺清霜滿鐵衣

夜坐獨酌

玉宇沉沉夜向闌跨空飛閣倚高寒一壺清露來雲表聊爲幽人洗肺肝

夜興

鶴瘦龜飢與靜宜更闌徙倚立清池月當三五初盈夜河直西南欲落時浩浩醉歌羣鶩起翩翩孤影角

巾㪚飛僊授我青瑤簡索賦山中夜興詩

月夜泛小舟湖中三更乃歸

落日愁思把釣鉤南隣借得采菱舟湖心月上明如晝樹杪風生冷逼秋壯歲功名慚汗馬莫年心事許沙鷗桐江一葉真奇策莫爲兒曹作滯留

無題

半酔凌風過月旁水精宮殿桂花香素娥定赴瑤池宴侍女皆騎白鳳凰

又

出繭脩眉淡薄妝丁東環佩立西廂人間涙作新秋感銀闕瓊樓夜夜涼

自山中夜行還湖上

火雲崢嶸水車鳴行人畏熱不敢寧蕭然一馬兩團丁缺月照我影伶俜荒鷄起早忽再唱北斗低盡餘三星扁舟菱歌正娟娟叢冢鬼火何熒熒迎人漸見鏡湖白回首已失秦山青道邊野店得小憩一盃濁

酒傾殘瓶登盤絶愛畦韭美鰾釜未厭谿鱗腥丈夫所要飽辛苦文叔尚困蕪蔞亭

大風

今年毒熱不可支白汗如雨愁纖絺皇天悔禍爲一洗秋風作意來如期聲如怒濤撼坤軸夜半折我南齋竹幽人晨起得奇觀鳳尾襹襹一窗綠

新秋

天河漸近鵲橋時一夜風吹斗柄移金井梧桐元未覺畫廊蟋蟀已先知青燈耿耿還相伴白髮蕭蕭只自悲猶勝玉門關外客臥聽沙雁數歸期

月夕睡起獨吟有懷建康參政

月上虛堂一榻横斷香漠漠欲三更隔簾清露挾秋氣繞樹驚鴉啼月明只怪夢尋千里道不知愁作幾重城苦吟更恨知心少西望金陵闕寄聲

病瘧後偶書

秋色已蕭然曲肱清夜眠孤燈欺病後薄酒慰愁邊

藥物從人乞文章畏客傳惟應一蓬艇湖海送凋年

秋日聞蟬

斷角斜陽觸處愁長亭搔首晚悠悠世間最是蟬堪恨送盡行人更送秋

感秋

南山射虎漫豪雄投老還鄉一禿翁世味掃除和蠟盡生涯零落倂錐空秋驚蠹葉凋殘綠病著衰顏失舊紅笠澤松陵家世事一竿惟是待西風

南軒

今年秋早涼七月已蕭然南軒修竹下枕簟終日眠時將半殘夢聽此欲斷蟬推枕起太息四序忽已遷功名墮渺莽衰疾方沈緜新月獨多情窺窗澹娟娟

夜坐

虛堂夜無寐顧影歎竛竮露溼螢黏艸雲迷雁落汀舊書閒蠹簡濁酒倒殘缾流落知無憾危機實飽經

新涼書事

臥看鳥篆印蒼苔窗戶涼生亦樂哉鳴樹亂蟬催日落拂堦飛葉報秋來病餘已覺身如寄醉裏却憐心尚孩排日從今占幽事折殘籬菊探溪梅

聞蟬思南鄭

昔在南鄭時送客褒谷口金羈叱撥駒玉盌蒲萄酒醉歸涉漾水鳴蟬在高柳回鞭指秦中所懼壯心負人生豈易料蹭蹬十年後蟬聲怳如昔而我已白首逆胡亡形具輿地淪陷久豈無好少年共取印如斗

憶昔

憶昔浮江發劍南夕陽船尾每相銜楠陰暗處尋高寺荔子紅時宿下巖（高寺在瀘州下巖在雲安軍）硤口烹猪賽龍廟沙頭伐鼓挂風帆區區陳迹何由記惟有征塵尚滿衫

病中夜興

病瘧秋來久未平艸堂遙夜不勝清疾風遞響驚林葉列宿收芒避月明百計不能逃白髮一生堪笑役

虛名釣車且作桐江夢莫念安西萬里行

秋夜

秋氣侵帷夢不成一燈西壁翳還明風高露井無桐葉雨急煙村有雁聲擊筑誰同燕市飲賃春方作會稽行從來自許知何等甚歎江湖白髮生

謝張時可通判贈詩編

聖朝中興六十年君家文武何聯翩先生劍履冠麟閣後嗣簪纍陪甘泉流傳到君愈卓犖投我千篇皆傑作未分玉帳萬貔貅且擅詩人一丘壑爾來士氣日靡靡文章光燄伏不起君今已似驥籲雲更看他年鯤擊水

酬莊器之賢良見贈

先朝六科親策士事業功名何壯偉元祐復科財數年所得四三俄復止中興思賢形夢想屢詔自是朝廷美紈袴小兒壞人事賜帛西歸困嘲詆諸公相視歎才難一士臥雲誰挽起跨驢過我時共語晁董千

年元不死高談亹亹有脈絡橫得虛名吾可恥烏巾
白紵塞路衢砥柱頹波望吾子

舟過樊江憩民家具食

旅食何妨芙蕨薇夕陽來叩野人扉蕭蕭短鬢秋初
冷寂寂空村歲薦饑蓼岸刺船驚鴈起煙陂吹笛喚
牛歸詩情剩向窮途得蹭蹬人間未必非

舟中作

斷岸飲觳觫清波跳唅喁紅橋未斜日白塔已昏鐘
詩律與年邁客愁如酒濃宋公題壁處橫靄抱孤峯
稱心寺有宋考功詩而予所未到望之慨然

九月三日泛舟湖中作

兒童隨笑放翁狂又向湖邊上野航魚市人家滿斜
日菊花天氣近新霜重重紅樹秋山晚獵獵青帘社
酒香隣曲莫辭同一醉十年客裏過重陽予自庚寅至
辛丑始見九日于故山

霜天晚興

薄霜門巷不勝清小立湖邊夕照明紅顆帶芒收晚稻綠苞和葉摘新橙閑評琴價留僧話靜聽松聲領鶴行壯志消磨渾欲盡西風莫動玉關情

九月六日小飲醒後作

短劍悲秦俠高歌憶楚狂酒醒愁袞袞香冷夢倀倀屋老垣衣茂池深石髮長地爐須早討衰病怯新霜

書悲

今日我復悲堅臥腳踏壁古來共一死何至爾寂寂秋風雨京道上有胡馬跡和戎壯士廢憂國清淚滴關河入指顧忠義勇推激常恐埋山丘不得委鋒鏑立功老無期建議賤非職賴有墨成池淋漓豁胸臆

又

丈夫孰能窮吐氣成虹霓釀酒東海乾累麴南山齊平生搴旗手頭白歸扶犁誰知蓬窗夢中有鐵馬嘶何當受詔出函谷封丸泥築城天山北開府蕭關西萬里掃塵煙三邊無鼓鼙此意恐不遂月明號荒雞

中夜起出門月露浩然歸坐燈下有賦

月白萬瓦霜露重四山雨開門忽驚歎秋色已如許去蜀如昨日坐閱四寒暑無才屏朝蹟有罪宜野處平生萬里心收斂臥環堵朱顏逝不留白髮生幾縷人言尺蠖屈要有黃鵠舉功名非老事歲晚忍羇旅

新寒

病怯新寒欲不禁南窗擁褐夜愔愔江湖跌宕送餘日書劍蕭條孤壯心杜曲新愁隨斷雁遼陽遺恨入疎砧此懷擬向何人說賴有昏燈伴苦吟

幽居

松陵甫里舊家風晚節何妨號放翁衰極睡魔殊有力愁多酒聖欲無功一編蠹簡晴窗下數捲一作掩疎籬落木中退士所圖惟一飽諸公好爲致年豐

醉中步月湖上

閏餘時節早天氣已淒冷悠哉曳杖行樂此清夜永霜風鏤病骨林月寫孤影新詩得復忘薄酒吹易醒

浮生役聲利百歲常鼎鼎清遊倘可繼終老謝人境

東村

塘路東頭烏柏林偶攜藤杖得幽尋桃源阡陌自來往輞口雲山無古今遠浦過帆供極目莫天横雁入微吟歸來更覺愁無那剩放燈前酒椀深

西村

湖塘西去兩三家杖履經行日欲斜歷歷水紋生細縠蜿蜿沙路臥修蛇旱餘蟲鏤園蔬葉寒淺蜂爭野菊花老去郊居多樂事脫巾未用歎蒼華

題張幾仲所藏醉道士圖

千載風流賀季真畫圖髣髴見精神邇來祭酒皆巫祝眼底難逢此輩人

又

臥聽牀頭壓酒聲起行籬下摘新橙一尊久欠敲門客風味何人似麴生

山園艸間菊數枝開席地獨酌

屋東菊畦蔓艸荒瘦枝出艸三尺長碎金狼藉不堪摘掃地爲渠持一觴日斜大醉叫墮幘野花村酒何曾擇君不見詩人跌宕例如此蒼耳林中留太白

湖村月夕

客路風塵化素衣閑愁冉冉鬢成絲平生不負月明處神女廟前聞竹枝

又

錦城曾醉六重陽回首秋風每斷腸最憶銅壺門外路滿街歌吹月如霜

又

金尊翠杓猶能醉狐帽貂裘不怕寒安得驊騮三萬疋月中鼓吹渡桑乾

又

誰持綠酒醉幽人鶴氅笻枝發興新今夜湖邊有奇事青山缺處涌冰輪

卯酒徑醉走筆

少時憑酒剩狂顛摘宿緣雲欲上天才盡氣衰空自笑一盃纔放已頹然

山中望籬東楓樹有懷成都

五門西角紅樓下一樹丹楓馬上看回首舊遊如夢裏西風吹淚倚闌干 紅樓蜀王所作在五門西南隅

莫秋有懷王四季夷

鏡湖西畔小茅茨紅葉黃花秋晚時天闊素書無雁寄夜闌清夢有燈知功名蹭蹬初何憾朋舊乖離未免悲遙想扁舟五湖口阻風中酒又成詩

幽居

老子堪咍老轉癡幽居喜及早寒時芋魁加糝香出屋菰首芼羹甘若飴 菰首茭白也 顛倒朱黃思誤字縱橫黑白戲拈棋此懷敢向今人說骨朽諸賢却見知

有懷

笻杖斜斜倚素屏北窗遙夜冷如冰何時得與平生

友作字觀書共一燈

對酒

醫從和扁來未著却老方吾晚乃得之莫如麴蘖良一盃臉生春況復累十觴坐令桃花紅換盡霜葉黃看鏡喜欲舞追還少年狂但恨寶釵樓胡沙隔咸陽芳華雖無恙萬里遙相望寶釵樓咸陽旗亭也芳華樓在成都合江園感歎徑投枕悲歡兩茫茫

初冬

鉏犂滿野及冬耕時聽兒童叱犢聲逐客固宜安散地閑民何幸樂昇平雪花漫漫蕎將熟綠葉離離薺可烹飯飽身閑書有課西窗來趁夕陽明

晝寢夢一客相過若有舊者夷粹可愛既覺作絕句記之

夢中何許得嘉賓對影胡牀岸幅巾石鼎烹茶火煨栗主人坦率客情真

書歎

多病文園苦滯留時時浩歎攬貂裘縱無夜雨何曾寐不爲秋風也自愁今歲頓驚絲鬢改此生難繼錦江遊欲談舊事無人共日落鴉歸又倚樓

督下麥雨中夜歸

細雨闇村墟青煙溼廬舍雨雨犢並行陣陣鴉續下紅稠水際蓼黃落屋邊柘力作不知勞歸路忽已夜犬吠闖籬隙燈光出門罅豈惟露沾衣乃有泥沒胯誰憐甫里翁白首學耕稼未言得一飽此段已可畫

霜曉肩輿行湖上

去去出柴關巾車古陌間晨霜染丹葉宿霧淡青山登覽身猶健歌呼酒每慳殷勤鏡湖水聊爲照衰顏

杜門

寂寞山深處崢嶸歲莫時燒灰除菜蝗讀如橫字去聲送芋謝牛醫筧水晨澆藥燈窗夜覆棋杜門君勿怪遲莫少新知

橫塘

橫塘南北埭西東拄杖飄然樂未窮農事漸興人滿野霜寒初重雁橫空參差樓閣高城上寂歷村墟細雨中新買一蓑苔樣綠此生端欲伴漁翁 是日偶買蓑衣甚妙

書事寄良長老

素屏烏几野人廬山色蒼寒十月初雨足四郊耕欲遍霜高萬木脫無餘一尊窗下澆愁酒數卷牀頭引睡書寄語住菴劉老宿不應隨俗向人疎

食薺十韻

舍東種早韭生計似庾郎舍西種小菜戲學蠶叢鄉惟薺天所賜青青被陵岡珍美屏鹽酪耿介凌雪霜采擷無闕日烹飪有秘方候火地爐煖加糝沙鉢香尚嫌雜筍蕨而況汙膏粱炊秔及鬻䴵得此生輝光吾饞實易足捫腹喜欲狂一掃萬錢食終老稽山旁

冬煖頗有春意追憶成都昔遊悵然有作

濯錦江邊罨畫樓金鞭曾護犢車遊紛紛萬事反乎

覆落落一身淹此留刻燭賦詩空入夢傾家釀酒不供愁探春歌吹應如昨亦有朋儕記我不

忽忽

忽忽復悠悠頻驚歲月遒若無船貯酒將奈斛量愁列炬燕宮夜成都故蜀時燕王宮今屬張氏海棠為一城之冠呼鷹漢廟秋南鄭漢高帝廟予從戎時多獵其下凋年莫多

感夢境付滄洲

醉書山亭壁

物外陽狂五百年扁舟又繫鏡湖邊飛昇未抵簪花樂遊宦何如聽雨眠綠蟻濃尊芳醞熟黑蛟落紙艸書顛忽拈玉笛橫吹去說與傍人是地仙

十月旦日至近村

鴨脚葉黃烏臼丹艸煙小店風雨寒荒年人家雞黍迮芋羹豆飯供時節村童上牛踏牛鼻吹笛聲長入雲際今年雖飢却少安縣吏不來官放稅

蔬圃絶句

擬種蕪菁已是遲晚菘早韭恰當時老夫要作齋盂備乞得青秧趁雨移

又

百錢新買綠蓑衣不羨黃金帶十圍枯柳坡頭風雨急憑誰畫我荷鉏歸

又

青青蔬甲早寒天想像登盤已墮涎更欲鉏畦向東去園丁來報竹行鞭

又

瓦疊浮屠盆作池池邊紅蓼兩三枝貪看忘却還家飯恰似兒童放學時

又

小橋只在槿籬東溝水穿籬曲折通煙雨空濛最堪樂從教打溼敗天公

又

衝雨衝風不怕寒晚來日出短蓑乾遶畦拾塊真爲

樂莫作陶公運甓看

又

嬾隨年少愛花狂且伴羣兒鬭草忙行遍山南山北路歸時新月浸橫塘

冬夜不寐至四鼓起作此詩

秦吳萬里車轍遍重到故鄉如隔生歲晚酒邊身老大夜闌枕畔書縱橫殘燈無焰穴鼠出槁葉有聲村犬行八十將軍能滅虜白頭吾欲事功名　高麗有識云當有八十老將平之李英公實膺是讖

蔬圃

山翁老學圃自笑一何愚硗瘠財三畝勤劬賴兩奴正方畦畫局微潤土融酥蒻闢荆榛盡鉏犂磊塊無過溝橫略彴聚甓起浮屠　拾園中瓦礫作小塔　隙地成瓜援餘功及芋區如絲細生菜似鴨爛蒸壺此事今真辦東歸不爲鱸

夢中作

拓地移屯過酒泉第功圖像上淩煙事權皂纛兼黃鉞富貴金貂映玉蟬油築毬場飛驟褭錦裁步障貯嬋娟擁塗士女千層看應記新豐舊少年

村居酒熟偶無肉食煮菜羹飲酒

歌鳳悵悵類楚狂畏犧嶷嶷笑蒙莊著書幸可俟後世對客從嗔臥大牀三畝青蔬了盤筯一缸濁酒具盃觴丈夫窮達皆常事富貴何妨食萬羊　李文饒嘗遇異人云平生當食萬羊

辛丑十月諸公餽酒偶及百榼戲題長句

喜事諸公尚見存尺書時到爵羅門已邀風月成三友聊對湖山倒百尊醉墨淋漓動高壁狂歌悲壯落前村悠然睡起西窗黑一點青燈又斷魂

灌園

少攜一劍行天下晚落空村學灌園交舊凋零身老病輪囷肝膽與誰論

幽居

破屋頽垣霧雨昏幽人終日掩柴門因鋤衰艸通南阜偶洗叢篁見北村裋褐奇温等狐腋寒蔬脆美敵熊蹯冬來酒戶微增舊萬事應須付一尊

日出入行

吾聞開闢來白日行長空扶桑誰曾到崦嵫不可窮但見日日升天東但見莫莫入地中使我倏忽成老翁鏡裏衰鬢成霜蓬我願一日一百二十刻我願一生一千二百歲四海諸公常在座綠酒金尊終日醉高樓錦繡中天開樂作畫鼓如春雷勸爾白日無西頽常行九十萬里胡爲哉

午醉徑睡比覺已甲夜矣

自我歸城西已復再見冬雖未挂衣冠其實則老農好事或餉酒石室酒最醲一醉輒至莫臥聞湖寺鐘心安病自除衾煖夢欲重化作孤鶴去雲崦巢長松

簡蘇訓直判院莊器之賢良

行盡天涯白髮新樺籬竹屋著閑身讀書達旦失衰

病食菜終年安賤貧正使寄聲無薛孟不妨同里有荀陳從今杖屨時相過花柳村村次第春

醉眠曲

老夫莫年少嗜好但願無事終日眠斜風急雨勢方橫低窗小閣且幽姸爐紅酒綠足閑暇橙黃蟹紫窮芳鮮一盃一盃意忽倦徑撥紙帳投蠻氈鼻間鼾聲欲撼屋手中書冊正墮前不知技事白中聖那惜門生嘲腹便讀書萬卷晚乃悟妙哉此訣祕不傳是醒是醉人莫測非夢非覺中了然髣髴百年露電速鼎鼎一世膏火煎金丹九轉顧未暇且向人間稱睡僊

冬夜

歲晚風霜惡將如遙夜何殘燈挑更暗寒犬吠偏多支枕成孤詠懷人起浩歌梅花不解飲誰伴醉顏酡

又

忽忽流年恨悠悠獨夜情向人燈欲語遶舍露如傾夢每輕千里愁偏怯五更殷勤桑落酒好爲解餘酲

夜話贈華師

少喜洛陽俠今成衡嶽僧深培地爐火明照佛龕燈衰鬢賫晨霜白禪心古㵎澄猶能遍參在爲我買行縢

臥病書懷

衰衰年光挽不留卽今已白五分頭病中對酒猶思醉夢裏逢人亦說愁青海戰雲臨賊壘黑山飛雪灑貂裘丈夫有志終難料憔悴漁村死卽休

病中絕句

酒錢自昔從人乞詩思出門何處無青篛纖蓬菅織席此生端欲老江湖

又

半脫貂裘雪滿鞍慣將豪舉壓儒酸病來意氣渾非昨一炷香煙帳底看

又

酒味醺人睡味濃午時高枕到昏鐘經旬不見西窗日世上應無懶似儂

又

造物今年憫我勞微痾得遂閉門高黃紬被暖青氈穩不怕郊原雪意豪

又

青熒猶有佛燈明點滴時聞竹露聲欲睡不成還起坐麗譙風順報三更

又

少時談舌挾風雷病後逢人口嬾開安得東皋隱君子相看無語只銜盃

蔬園雜詠

菘

雨送寒聲滿背蓬如今真是荷鋤翁可憐遇事常遲鈍九月區區種晚菘

蕪菁

往日蕪菁不到吳如今幽圃手親鉏憑誰為向曹瞞道徹底無能合種蔬

葱

瓦盆麥飯伴隣翁黄菌青蔬放筯空一事尚非貧賤分芼羹餚用大官葱鄉圃有大官葱比常葱差小

巢

昏昏霧雨暗衡茅兒女隨宜治酒殽便覺此身如在蜀一盤籠餅是豌巢蜀中雜豌肉作巢饅頭佳甚唐人正謂饅頭爲籠餅

芋

陸生晝臥腹便便歎息何時食萬錢莫誚蹲鴟少風味賴渠撑拄過凶年

卯飲醉臥枕上有賦

天寒朝泥酒熟醉臥蓬窗雨勢平呑野風聲倒卷江漁蓑傲狐腋菜把美羊腔常笑潮陽守南征畏下瀧

又

一榻臥空舍四山風雨聲病多書倚閣寒極酒施行孤憤歌彌放端憂涕易橫羣胡滿河洛志士若爲情

劍南詩稿目錄

卷第十四

城西接待院後竹下作　夜飲示坐中　夜
從父老飲酒村店作　壬寅新春　幽居春夜
讀書　晨起　昔在成都正月七日聖壽寺
麻子市初春行樂處也偶晨興聞鄰村守麻有
感　獨孤生策字景略河中人工文善射喜擊
劍一世奇士也有自峽中來者言其死于忠涪
間感涕賦詩　早春對酒感懷　曉出湖邊摘
野蔬　洊飢之餘復苦久雨感歎有作　春晴
泛舟　攜一尊尋春湖上　晦前二日夜欲曉
自湖中歸對殘月獨酌　春曉有感　夜觀秦
蜀地圖　久雨小飲　有懷獨孤景略　春雨
復寒遣懷　春遊　海棠　寄仗錫平老借用
其聽琴詩韻　五月十四日夜夢一僧持詩編
過予有暴雨詩語頗壯予欣然和之聯巨軸欲
書未落筆而覺追作此篇　新塘觀月　觀張
提刑周鼎　口占送巖師還大梅護聖　八月

劍南詩稿卷第十四

宋 陸游 務觀

十月二十六日夜夢行南鄭道中既覺恍然攬筆作此詩時且五鼓矣

孤雲兩角不可行望雲九井不可渡嶓冢之山高插天漢水滔滔日東去高皇試劍石爲分州沒苔封猶故處將壇坡陁過千載中野疑有神物護我時在幕府來往無晨莫夜宿沔陽驛朝飯長木鋪雪中痛飲百榼空蹴踏山林伐狐兔耽耽北山虎食人不知數孤兒寡婦讎不報日落風生行旅懼我聞投袂起大嘑聞百步奮戈直前虎人立吼裂蒼崖血如注從騎三十皆秦人面青氣奪空相顧國家未發渡遼師落魄人間傍行路對花把酒學醞藉空辱諸公誦詩句即今衰病臥在牀振臂猶思備征戍南人孰謂不知

兵昔者士秦楚三戶

雨晴步至山亭欲遂遊東村不果

村陋垣屋頹歲晚風雨橫泥塗絕還往飱粥養衰病藥囊雜書卷白髮滿清鏡一榻臥兼旬不踐牆下徑烏鵲忽報晴霜重節候正厭供凍硯愁頗動蠟屐興山楹快遠眺松吹愜幽聽地瘦藥苗稀葉脫木枝勁東村未爲遠脚力不濟勝三歎入荊扉跏趺學僧定

喜晴

衡門病臥動經旬歲晚況堪風雨頻晴日一窗殊慰眼清霜萬瓦更宜人開書頓失昏花墜試茗初看白乳新南埭東陂從此好剩將紅藥插烏巾

對食

人苦不知足貪欲浩無窮豹胎日饜飫萍虀却時供飲豚以人乳萬乘亦改容方其未遇時鵝鶩動英雄哀哉王相國討墮飯後鐘所以賢達士一視約與豐我亦蹭蹬者羈遊半生中木欒飽藜莧美與玉食同

口腹嗟幾何曾是役我躬放箸一笑粲賦詩曉愚公

不睡

城遠不聞鐘鼓傳孤村風雨夜騷然但悲綠酒欺多病敢恨青燈笑不眠水冷硯蟾初薄凍火殘香鴨尚微煙虛窗忽報東方白且復繙經繡佛前

睡

紙帳青氈暖有餘昏昏信脚到華胥凍醪有力勸推挽春茗無端苦破除半熟擁衾聞急雨乍回推枕覓殘書箇中得意君知否萬戸一作里生封未必如

憶荆州舊遊

書劍萬里行翩翩度關登隴常慨然射麋雲夢最樂事至今曠快思楚天落筆千言不加點班荆百榼命割鮮有時憑陵呼五白笑人辛苦作太玄君不見將軍昔忍跨下辱京兆晚爲人所憐功名富貴自古只如此不如馳射樂飲終殘年

五雲門晚歸

高城帶遠林落日動寒砧行客自朝莫青山無古今
衰遲慚逸氣憂患足危心溪迮滯歸艇何時春水深

冬暖

今年歲莫無風雪塵土肺肝生客熱經旬止酒臥空
齋吳蟹秦酥不容設日憂疾疫被齊民更畏螟蝗殘
宿麥濃霜薄霰不可得太息何時見三白老夫壯氣
橫九州坐想提兵西海頭萬騎吹笳行雪野玉花亂
點黑貂裘

歲莫

吳中寒氣薄歲莫亦和風風移樹來村北尋僧渡港東
露葵收半綠霜稻杵微紅一飽無餘念吾生正不窮

雪夜

書卷紛紛雜藥囊擁衾時炷海南香衰遲自笑壯心
在喜聽北風吹雪牀

又

村路雪泥人斷行佛燈一點絳紗明山前栖鶻歸何

晚磔磔風傳勁翮聲

禪室

早誇劇飲無勍敵晚覺安禪有宿因赫赫心光誰障礙緜緜鼻息自輕勻蒲龕紙帳藏身穩香椀燈籠作夢新勿爲霜寒憶温暖少林立雪彼何人

炭盡地爐危坐至夜分戲作

短景窗易黑長宵爐少紅直令貧到骨未害氣如虹志士元謀道儒生敢諱窮霜嚴雞喔喔但□讀書功

夜汲井水煮茶

病起罷觀書袖手清夜永四隣悄無語燈火正淒冷山童亦睡熟汲水自煎茗鏘然轆轤聲百尺鳴古井肺腑凜清寒毛骨亦蘇省歸來月滿廊惜踏疎梅影

雪後尋梅偶得絕句十首

雪晴蕭散曳笻枝小塢尋梅正及時臨水登山一年恨十分說似要渠知

又

青帝宮中第一妃寶香熏徹素綃衣定知謫墮不容久萬斛玉塵來聘歸 橘中四叟博輸玉塵九斛

又

銀燭檀槽醉海棠老來非復錦城狂疎梅對影太清淡爲拂焦桐彈履霜

又

雪裏芬芳亦偶然世人便謂占春前飽知桃李俗到骨何至與渠爭著鞭

又

雙鵲飛來噪午晴一枝梅影向窗横幽人宿醉閑欹枕不待聞香已解酲

又

竹籬曲曲水邊村月澹霜清欲斷魂商略前身是飛燕玉肌無粟立黄昏

又

相逢未易可疎親不是登牆宋玉隣林下風標許誰

比直須江左謝夫人

又

春近山中日漸長重重雲崦閟幽香神仙不飲塵凡酒素面看人醉後狂

又

蘂殿仙姝下界遊偶來稅駕剡溪頭君看月裏橫枝影盡是蒼龍與翠虬

又

清霜夜夜奈寒何賴是知心有素娥枉道疏枝不禁笑主人歡意自無多

寄朱元晦提舉

市聚蕭條極村墟凍餒稠劚分無積粟告糴未通流民望甚飢渴公行胡滯留徵科得寬否尚及麥禾秋

村居冬日

溪轉樵風路林藏禹會村簷冰垂玉塔山月涌金盆畏客常稱疾躭書不出門尚嫌城市近更擬卜雲根

寓天慶觀有林使君年八十七方燒丹云一黍米大可化汞一斤爲黄金梅道人年八十五善醫

世路崎嶇久已忘道腴禪悦度年光故攜開士降龍鉢來寄高人夢蝶牀只道燒金有劉向不知賣藥是韓康日長坐覺非塵世庭檜花開蜂蜜香

宿天慶道院

衰病厭多事清遊諧夙心夜深樓突兀歲晚柏蕭森汲井洗靈藥焚香横素琴身閑境自勝城市亦山林

贈林使君

使君物外閲年華厭聽奴兵早莫衙雙履踏雲呼野渡一瓢邀月醉梅花紅爐點汞閑消日烏几繙經不憶家我亦峨山有歸處約君同載泝三巴

又

松檜陰中百步廊我來剝啄叩琳房魚腸寶劍餘蛟血鸜嘴金鋤帶藥香弱水蓬萊風浩浩赤明龍漢劫

茫茫何妨付與神丹訣教跨青鸞到帝鄉

冬夜

窮巷蕭條早閉門北窗燈火夜昏昏老于俗事不挂眼愁憶故人空斷魂急雪打窗飛礫細狂風卷野怒濤翻土牀紙帳寒無寐彊把村醅不厭渾

宴坐

身寄窮山裏心安一事無新傳小止觀漸解半跏趺急雪鳴窗紙孤燈耿地爐老來元少睡且復兀枯株

夢中作

路平沙軟淨無泥香艸丰茸沒馬蹄擣紙聲中春日晚怳然重到浣花溪

夜寒遣興

道人頹然寄北窗愁魔百萬一笑降夜闌酒渴有奇夢吞楚七澤吳三江孤村蕭蕭雨解雪寒犬噤臥飢鼠齧擁衾危坐待天明白首忍窮心似鐵

雪後出遊戲作

小巘平岡雪陸離幽人又賦探春詩典琴沽酒元非
俗著屐觀碑又一奇大度乾坤容落托多情風月笑
衰遲吾生也似梅花淡燕未歸來蝶不知

歲暮

半生浪走跨秦吳白首還如筮仕初凍芋濁醪邀里
巷昏煙溼雪暗郊墟窮空敢恨寒無褐憂患元因出
有車笑掩陳編聊自慰古來富貴羨樵漁

記夢

世事紛紛觸眼新何由常作夢中身遠遊萬里纔移
刻豪飲千場不忤人鼓吹滿城壺日晚鶯花如海洞
天春是間可老君知否莫信人言想與因

立春後三日作

拂面毿毿巷柳黃穿簾細細野梅香春回江表常年
早日向山中特地長千古事終輸釣艇一毫憂不到
禪房綠尊掩罷惟須睡高枕看人舉世忙

短景

短景迫窮冬日月如鳥過衡門窘風雨衰病不可那踈踈屋茅漏獵獵窗紙破鼠豪冒燈出人倦掩屏臥中都舊朋儕零落今幾箇弄筆欲遣愁孤吟誰與和

風雨旬日春後始晴

風吹過雁作斜行雨洗殘梅只淡香南浦春回波漸綠東菴睡起日初長詩囊屬稿慚新思博齒爭豪悔昔狂莫向晴窗對明鏡朱顏減盡鬢蒼蒼

乍晴風日已和泛舟至扶桑埭徘徊西村久之

十日風雨今日晴衰病忽減思閑行接䍦一幅煙霧薄舴艋八尺鳧鷖輕亭亭孤塔遠天碧曲曲深巷斜陽明數家茅屋門晝掩不聞人聲聞碓聲身似龐公不入城東阡南陌餞餘生新年倘有豐年喜買酒漁村看太平

晨起南窗晴日可愛戲作一絶

蕭散山林一幅巾天公乞與自由身茅簷不似宮塼暖日滿南窗也可人

攜癭尊醉梅花下

楠癭作尊容斗許擁腫輪囷元媚嫵肯從放翁來住山誰云置身不得所山房寂寞久不飲作意欲就梅花語我病鮮歡花更甚日莫淒涼泣殘雨人生萬事雲茫茫一醉常恐俗物妨正須仙人冰雪膚來伴老子鐵石腸花前起舞花底臥花影漸東山月墮癭尊未竭狂未休笑起題詩識吾過

城西接待院後竹下作

水邊小丘因古城上有巨竹數百箇一徑蛇蟠不容脚平處乃可十客坐梟梟共看風枝舞蔌蔌時聽春籜墮古佛不糚香火冷瘦僧如腊袈裟破門前西去長安路日夜舳艫銜尾過老夫本乏臺省姿且就清陰曲肱臥

夜飲示坐中

胡雁叫羣寒夜長崢嶸北斗天中央達人大觀眇萬物烈士壯心懷四方縱酒長鯨渴吞海艸書瘦蔓飽

經霜付君詩卷好收拾後五百年無此狂

夜從父老飲酒村店作

旗亭濁酒典衣沽蟹舍老翁折簡呼夜中醉歸騎艸驢嵬昂不須宗武扶丹徒布衣有籌略漁陽突騎莫枝梧牀頭金盡何足道肝膽輪囷橫九區

壬寅新春

半生常是道邊人歲晚初收事外身濁酒一樽聊永日小園三畝亦新春尚無枕寄邯鄲夢那有衣沾京洛塵門外煙波三百里 鏡湖三百里 此心惟與白鷗親

幽居春夜

莫景催人雪鬢雙十年始復反吾邦雲逢佳月每避舍酒壓閑愁如受降三弄笛聲初到枕一枝梅影正橫窗要知清夢遊何許不釣桐江即錦江

讀書

放翁白首歸剡曲寂莫衡門書滿屋藜羹麥飯冷不

嘗要足平生五車讀披雠心苦謹塗乙吟諷聲悲雜歌哭三蒼奇字已殺青九譯旁行方著錄有時達旦不滅燈急雪打窗聞簌簌尚年七十尚一紀墜典斷編眞可續客來不怕笑書癡終勝牙籤新未觸

晨起

小雨溼清曉新鸎啼早春年光驚病眼節物屬閑身巴硤東連楚嶓山北控秦遠遊端可繼敢恨素衣塵

昔在成都正月七日聖壽寺麻子市初春行樂處也偶晨興聞鄰村守麻有感

樂事新年憶錦城城南麻市試春行如今老病茅簷底臥聽兒童嚇鱄雀聲

獨孤生策字景略河中人工文善射喜擊劍一世奇士也有自峽中來者言其死于忠涪間感涕賦詩

憶昨騎驢入蜀關旗亭邂逅一開顏氣鍾太華中條秀文在先秦兩漢間寶劍憑誰占斗氣名駒竟失養

天閑身今老病投空谷回首東風涕自潸

早春對酒感懷

探花疇昔喜春回老大空驚節物催芳榼旋開新壓酒好枝猶把未殘梅書生歲惡甘藜莧志士時平死艸萊初聞獨孤策死欲豁孤懷誰晤語夜彈長劍有餘哀

曉出湖邊摘野蔬

浩歌振履出茅堂翠蔓丹芽采擷忙且勝堆盤供苜蓿未言滿斛進檳榔行迎風露衣巾爽淨洗羶葷七筯香著句誇張君勿笑故人方厭太官羊

洊饑之餘復苦久雨感歎有作

道傍襁負去何之積雨仍愁麥不支為國憂民空激烈殺身報主已差池屬饜糠麧猶多愧徙倚柴荆只自悲十載西遊無惡歲羨他岷下足蹲鴟予在蜀幾十年未嘗逢歲歉也

春晴泛舟

兒童莫笑是陳人湖海春回發與新雷動風行驚蟄戸

前一日聞雷

天開地闢轉鴻鈞鱗鱗江色漲石黛嫋嫋柳絲搖麴塵欲上蘭亭却回棹笑談終覺愧清真

攜一尊尋春湖上

酒裏真須勉策勳百年何啻是中分花梢已點猩猩血水面初生瑟瑟紋一世極知均腐骨萬鍾元自付浮雲浩歌不恨無人和但惜驚飛白鷺羣

晦前二日夜欲曉自湖上歸對殘月獨酌

小閣對寒蟾山尊盡更添方看一輪滿又歎兩頭纖脈脈離雲嶠娟娟傍畫簷五更清露下不恨客衣霑

春曉有感

山杏溪桃續續開綏歌誰與共傳盃年來只有追歡夢百舌無情又喚回

夜觀秦蜀地圖

往者行省臨秦中我亦急服叨從戎散關摩雲俯賊

壘清渭如帶陳軍容高旌縹緲嚴玉帳畫角悲壯傳霜風咸陽不勞三日到幽州正可一炬空意氣已無雞鹿塞單于合入蒲萄宮燈前此圖忽到眼白首流落悲塗窮吾皇英武同世祖諸將行策雲臺功孤臣昧死欲自薦君門萬里無由通正令選壯不爲用筆墨尚可輸微忠何當勒銘紀北伐更擬岬奏祈東封

久雨小飲

春來日日風雨横老去時時衰病攻門外囘塘初漲綠尊前槁面暫生紅未除豪氣每自笑欲吐狂言無與同安得并刀翦簷溜憑高萬里望晴空

有懷獨孤景略

富貴世間元不乏此君才大獨難成喑嗚意氣千人廢嫺雅風流一座傾韜略豈勞平大敵文章亦足主齊盟荒山野水涪州路腸斷西風薤露聲

春雨復寒遣懷

去日堂堂挽不回新年又傍鬢邊來雨聲欲作海棠

祟書卷只爲春睡媒村舍瘦蔬供薄酒地爐微火伴
殘灰浩然忽起金鞭興漾水嶓山安在哉

春遊

平生樂行役不耐常閉戶今朝新雨霽一笑整巾屨
青猿導幽蹊春艸伴微步雖云尊酒薄蔬果亦略具
辛夷發高枝楊柳吹墮絮行歌不知遠落日呼野渡
橫林已棲鴉淺水猶立鷺歸來意頗豪古錦有新句

海棠

今日春已半風雨停出遊缾中海棠花數酌相獻酬
尚想錦官城花時樂事稠金鞭過南市紅燭宴西樓
千林誇盛麗一枝賞纖柔狂吟恨未工爛醉死卽休
那知茅簷底白髮見花愁花亦如病姝掩抑向客羞
尤物終動人要非桃杏儔東風萬里恨浩蕩不可收

寄仗錫平老借用其聽琴詩韻

放翁久矣無此客闖戶兒童皆動色寒泉不食人喝
死素綆銀瓶我心惻千金易得一士難晚途淹泊眼

愈寒豈知一旦乃見子傑語豪筆無僧酸門前清溪天作底細細風吹縠紋起倚欄一笑誰得知愛子數詩如此此水江湖安得常相從浩歌相踏臥短蓬功名渠自有人了留我鏡中雙頰紅

五月十四日夜夢一僧持詩編過予有暴雨詩語頗壯予欣然和之聯巨軸欲書未落筆而覺追作此篇

黑雲塞空萬馬屯轉盼白雨如傾盆狂風疾雷撼乾坤壯哉澗壑相吐吞老龍騰拏下天閽鱗間火作電脚犇巨松拔起千年根浮槎斷梗何足論我詩欲成醉墨翻安得此雨洗中原長河袞袞來崑崙鸛鵲下看黃流渾

新塘觀月

攜酒新塘南中夜欲忘歸貪看月滿湖不覺露溼衣天高鶴聲厲風急螢火稀此夕不一醉行歎破鏡飛漁家亦喜事未掩水際扉皇天有公道處處皆清暉

觀張提刑周鼎

他人富貴堆金璧曼舞妖歌誇坐客清心好古誰似公漢庭諸人推博識一朝得此周廟器買不論貲空四壁苔痕洗盡銅色見坐卧摩挲欲忘食蠻童捧出客爲起恍如清廟陪劍履腹中奇字粲蟲魚嶧山之碑那得比知公原是功名人看罷握手同悲辛鎬京洛邑在何許漠漠秋風吹虜塵

口占送巖師還大梅護聖

放翁白髮已蕭然黃紙新除玉局仙寄語山頭老師叔欲分茅舍度殘年常禪師偈云更移茅舍入深居謂護聖也

八月十四日夜湖山觀月

長空露洗玻璃碧紫金之盤徑三尺忽看擘地出人間桂樹扶疎如淡墨攬衣獨立鏡湖邊風露萬頃秋渺然開帆詎必入東海騎鯨便可追飛仙氷壺玉鑑侵骨冷醉看孤鸞舞清影夜闌歸舍人已眠却倩天風爲吹醒

十五夜月色皦然有頃雲生遂不復見
北望但空闊南望橫羣山青天無翳行素月寥寥永
夜非人間九醞搬漿成老仙醉六銖衣薄天宮寒翠眉
真人不火食小立環佩風珊珊橫空邀我海山去縹
緲萬里驂青鸞相攜一笑在雲表徐看玉宇飛金盤
夜聞秋風感懷
西風一夜號庭樹起攬戎衣淚濺襟殘角聲催關月
墮斷鴻影隔塞雲深數篇零落從軍作一寸淒涼報
國心莫倚壯圖思富貴英豪何限死山林
玉局歌
玉局祠官殊不惡銜如冰清俸如鶴酒壺釣具常自
隨五尺新蓬織青篛倚樓看鏡待功名半世兒癡晚
方覺何如醉裏泛桐江長笛一聲吹月落蔣公新冢
石馬高謝公飛旐凌秋濤微霜莫遣侵鬢綠從今二
十四考書玉局
醉歌

往時一醉論斗石坐人飲氷不能敵橫戈擊劍未足
豪落筆縱橫風雨疾雪中會獵南山下淸曉嶙峋玉
千尺道邊狐兎何曾問馳過西村尋虎跡貂裘半脫
馬如龍舉鞭指麾氣吐虹不須分弓守近塞傳檄可
使腥膻空小胡逋誅六十載狺狺獝子勢已窮聖朝
好生貸孥戮還爾舊穴遼天東

閉門

寂寂雲山千萬重閉門不忍歎途窮高秋酒熟雪浮
瓮中夜劍歸雷吼空近報犬羊逃漠北豈無貔虎定
關中君王猶記孤忠在安得英豪共此功

艸書歌

傾家釀酒三千石閑愁萬斛酒不敵今朝醉眼爛巖
電提筆四顧天地窄忽然揮掃不自知風雲入懷天
借力神龍戰野昏霧腥奇鬼摧山太陰黑此時驅盡
胸中愁槌牀大叫狂墮幘吳牋蜀素不快人付與高
堂三丈壁

野飲夜歸戲作

青海天山戰未鏖即今塵暗舊戎袍風高乍覺弓聲勁霜冷初增酒興豪未辨大名垂宇宙空成慟哭向蓬蒿灞亭老將歸常夜無奈人間兒女曹

夜泊水村

腰間羽箭久凋零太息燕然未勒銘老子猶堪絕大漠諸君何至泣新亭一身報國有萬死雙鬢向人無再青記取江湖泊船處臥聞新雁落寒汀

幽居

遶屋巉巉碧玉峯箇中天遣養疏慵捐書已數空虛腹得酒還澆壘塊胷曲几坐看窺戶月短蓬臥聽隔城鐘柴桑自有歸來意枉道人間不見容

與隣翁登山亭

數掩槿籬圍夕照一間茅舍背陰崖吾生擾擾實無樂人事悠悠那可諧憂患向來侵綠鬢登臨此日費青鞋京華舊友凋零盡野老逢迎一散懷

無題

轣轆氈車赴密期追歡最數牡丹時新春欲近猶貪喜舊愛潛移不自知寶鏡塵生鸞悵望鈿箏絃絶雁參差玉壺莫貯臙脂淚從溼泥金帶上詩

遣與

平生與俗馬牛風落魄人間亦未窮綠綺奏終香縷碧烏絲書罷燭花紅夢中吳蜀山川近醉後周秦戰伐空投老飄然君勿笑也勝魚鳥在池籠

夢宴客大樓上命筆作詩既覺續成之

表裏江山亦樂哉華纓滿座敵鄒枚歌從郢客樓中聽獵向樊姬墓上回梅蘂香清篸寶髻熊蹯味美按新醅眼邊歷歷與亡事欲賦章華恐過哀

新塘夜歸

煙月茫茫十里堤數聲漁唱埭東西旋燒新兎傾村酒扶得歸來醉似泥

古風

少年慕黃老雅志在山林火食亦彊勉寧有婚宦心
失脚墮世網衰病忽侵尋放逐適天幸獨恨山未深
一牀元不睡翛然横素琴開門毛髮冷湖闊月欲沈

又

賀鑑未嘗死江天醉初醒逸少亦度世弭節過蘭亭
吾本淡蕩人轉徙如蓬萍聊憑一盃綠駐此雙鬢青

又

邂逅兩仙翁笙鶴遊青冥還家不能食濁世紛羶腥
功名如博戲大叫或作盧文辭組繡耳初不繫賢愚
負恃已可笑憎嫉真區區平生學金丹我豈斯人徒
嘯歌醉自和顏鬢老不枯却後五百年煙雨釣鏡湖

累日無酒亦不肉食戲作此詩

小築精廬剡曲傍枵然蟬腹與龜腸酒錢覓處無司
業齋日多來似太常雲碓旋舂菰米滑風爐親候藥
苗香明年更入南山去要試囊中服玉方

讀書

讀書四更燈欲盡胷中太華蟠千仞仰呼青天那得
聞窮到白頭猶自信策名委質本爲國豈但空取黃
金印故都卽今不忍說空宮夜夜飛秋燐士初許身
輩稷契歲晚所立慚廉藺正看憤切詭成功已復雍
容託觀釁雖然知人要未易詎可例輕天下士君不
見長松卧壑困風霜時來屹立扶明堂

自妙相歸將至杜浦堰舟中作

斜陽發東郭初夜轉西城寺閣疎鐘動漁村遠火明
蒼茫林靄滅撲漉水禽驚漸喜吾廬近遙聞過埭聲

秋興

樵風溪上弄扁舟濯錦江邊憶舊遊豪竹哀絲真昨
夢爽砧繁杵又驚秋墜枝橘熟初堪翦浮瓮醅香恰
受篘莫道身閑總無事孤燈夜夜寫清愁

哀北

太行天下脊黃河出崑崙山川形勝地歷世多名臣
哀哉六十年左衽淪胡塵抱負雖奇偉沒齒不得伸

老夫實好義北望常酸辛何當擁黄旗徑涉白馬津
窮追殄犬羊旁招出鳳麟努力待傳檄勿謂吳無人

琵琶

西蜀琵琶邏逤槽梨園舊譜鬱輪袍繡筵銀燭燕宮
夜一飲千鍾未足豪故蜀燕王宮今爲張氏海棠園

三江舟中大醉作

志欲富天下一身常苦飢氣可吞匈奴束帶向小兒
天公無由問世俗那得知揮手散醉髮去隱雲海涯
風息天鏡平濤起雪山傾輕帆入浩蕩百怪不可名
虹竿秋月鉤巨鼇倘可求滅迹從今逝回看隘九州

短歌行

百年鼎鼎世共悲晨鐘莫鼓無休時碧桃紅杏易零
落翠眉玉頰多別離涉江采菱風敗意登樓待月雲
爲祟功名常畏謗讒興富貴每同衰病至人生可歎
十八九自古危機無妙手正令插翮上青雲不如得
錢即沽酒

悲秋

秋燈如孤螢熠熠耿窗戶秋雨如漏壺點滴連早莫我豈楚逐臣慘愴出怨句逢秋未免悲直以憂國故三軍老不戰比屋困征賦可使江淮間歲歲常列戍

步至西村

一飽無餘事西村偶獨行榰筇息微倦汲井漱餘酲川闊雁平度谷虛雲亂生絕知豐歲樂笑語隔柴荊

題接待院壁

笙歌淒咽離亭晚回首高城半掩門疊疊遠山橫翠靄娟娟新月耿黃昏未嫌雙鬢妨敧枕自是孤舟易斷魂遙想柯橋落帆處隔江微火認漁村

九月晦日作

菊枝傾倒不成叢桐葉凋零已半空自是老來多感慨不應蕭瑟爲秋風

又

山路清寒近探梅振衣高處與悠哉飛鴻杳杳江天

闌一片愁從萬里來

又

錦城誰與寄音塵望斷秋江六六鱗正使傾家供麴蘗定知不解醉愁人

又

炊煙漠漠衡門寂寒日昏昏倦鳥還數樹丹楓映蒼檜天工解作范寬山

陶山遇雪覺林還菴主見招不果往

山中大雪二尺彊道邊虎跡如椀大衰翁畏虎復畏寒招喚不來公勿怪梨花開時好風日走馬尋公作寒食不須沽酒引陶潛箭筍蕨芽如蜜甜

哭王季夷

超遙天馬渥洼來萬里修途忽勒回爽氣卽今猶可想舊遊何處不堪哀夢中有客徵殘錦地下無爐鑄橫財欲醉一尊身尚病鬛封春露溼蒼苔

樊江晚泊

碧雲呑日天欲莫城西捩柁城東路蓴羹菰飯香滿船正是江頭落帆處荻洲漁火遠更明煙水蒼茫聞雁聲不是綠尊能破悶白頭客路若爲情

蛾眉村旅舍作

小雨初收景氣和青苔狼藉落梅多曲肱野店睡斜日濯足溪橋鳴細波久厭俗情生眼白近承天詔賜顏酡（予自壬寅冬兩頰復丹）騎鯨未返蓬壺去此路猶須幾浩歌

娥江野飲贈劉道士

春光盎盎催官柳柳色黃如醆中酒橋邊微逕愜幽尋世外高人共攜手參差茅舍出木末隱映酒旗當浦口插花處處引村童失道時時問耕叟客堪共醉百無一事不諧心十常九日斜潮落不可留孤舟欲上頻搔首

丈亭遇老人長眉及肩欲就之語忽已張帆吹笛而去

颯颯長眉綠覆肩欲推壽數意茫然若非楚國庚寅歲定是堯時丙子年銅笛一聲驚宿鷺蒲帆數幅破晴煙遙知乘醉江湖去黃鶴樓頭又放顛

寓舍聞禽聲

日暖林梢鵯鵊鳴稻陂無處不青青老農睡足猶慵起支枕東窗盡意聽

春晚

雨足人家插稻秧蠶生隣女采桑黃萬花掃迹春將莫百艸吹香日正長閑覓啼鶯穿北崦戲隨飛蝶過東岡飄然且喜身彊健不怪兒曹笑老狂

題瑩師釣臺圖

羊裘老子釣魚處開卷令人雙眼明未可匆匆便持去夜窗吾欲聽灘聲

仗錫平老具舟車迎前天衣印老印悉遣還策杖訪之作二絕句奉送兼簡平

畫舫籃輿不許前白頭行腳意超然舜江禹穴千山

水盡在高人拄杖邊

又

魚鼓聲中白氎巾南山筍蕨一番新長安不是無鄉
相林下平津獨可人

湖邊曉行

蹇驢清曉掠湖堤緩轡迎涼帽影低露拆渚蓮紅漸
鬧雨催陂稻綠初齊先秋葉已時時墮失日雞猶續
續啼不是老來忘睡美戴星南畝慣扶犂

久雨杜門遣懷

風雨蕭蕭臥掩關經旬登覽負溪山也知解送豐年
喜無奈難消永日閑平野橫吹看凌厲畫簷高瀉聽
淙潺城闉路斷吾何恨濁酒枯魚亦破顏

梅雨陂澤皆滿

雨暗迷行路溪深沒舊痕汪汪牛湩白盎盎酒醅渾
暖浸千畦稻橫通十里村羣蛙更堪笑鼓吹鬧黃昏

夜意

幌外燈青見鼠行林梢月黑有梟鳴只言中夏夜偏短萬里夢回天未明

又

睡覺隣雞已再啼蓬窗燈暗雨淒淒東家蹇驢不用借明日門前一尺泥

幽事

老境俗緣減閑居幽事多去沙通斷澗插援護新荷棋罷看山臥釣歸搖檝歌餘年端有幾風月且婆娑

對酒戲作

去日犇輪不啻過凌煙勳業已蹉跎只言一寸丹心在無奈千莖白髮何色比鵝雛京口酒聲如珠貫渭城歌身閑取醉真當勉莫學癡人夢蟻窠

夏雨

清風起湖濱急雨來天末蚊蠅遽退聽松竹例蘇活奇聲集空庭爽氣生細葛素秋雖尚遙聊喜寬肺渴

軍中雜歌

三受降城無壅城賊來殺盡始還營漠南漠北靜如
掃清夜不聞胡馬聲
又
秦人萬里築長城不如壯士守北平曉來磧中雪一
丈洗盡羶腥春艸生
又
匈奴莫復倚長戈來款軍門早乞和鐵騎如山尚可
避飛將軍來汝奈何
又
名王金冠玉蹀躞面縛纛下聲呱呱藁街未遽要汝
首賣與酒家鉗作奴
又
三月未春氷塞川冬月苦寒雪闇天紫髯將軍曉射
虎嚇殺胡兒箭似椽
又
北面行臺號令新繡旗豹尾渡河津檄書纔下降書

至不用兒郎打女真

又

漁陽兒女美如花春風樓上學琵琶如今便死知無
恨不屬番家屬漢家

又

北庭茫茫秋艸枯正東萬里是皇都征人樓上看太
白思婦城南迎紫姑

夏夜舟中聞水鳥聲甚哀若曰姑惡感而作詩

女生藏深閨未省窺牆藩上車移所天父母爲它門
妾身雖甚愚亦知君姑尊下牀頭雞鳴梳髻著襦裙
堂上奉灑掃廚中具盤飧青青摘葵莧恨不美熊蹯
姑色少不怡衣袂溼淚痕所冀妾生男庶幾姑弄孫
此志竟蹉跎薄命來讒言放棄不敢怨所悲孤大恩
古路傍陂澤微雨鬼火昏君聽姑惡聲無乃譴婦魂

莫歸舟中

五月未劇暑莫從城市還遠斷虹低飲澗落日遠銜山

蟹舍叢蘆外菱舟薄靄間詩情終艸艸虛遣鬢毛斑

又

湖水綠可愛弄橈衝夕霏林昏漁火壯山轉寺鐘微
老歎世情惡窮知心事違同頭語孤鶴伴我莫先飛

夏夜

夏夜忽已半東岡月初生起行遶庭樹愛此露滴聲
漂流憶安臥局促念遐征幽懷誰晤語華觴還自傾

又

螢火喜暗庭桐葉矜冷雨幽人悄不寐獨夜誰與處
乾坤信無情歲月遽如許明發視鏡中鬢絲添幾縷

又

庭荒蔓艸長堂豁爽氣入悠然推枕起聊作倚杖立
飛螢亦避雨黏棟光熠熠南隣輸稅歸小婦愁夜汲

又

結屋在郊墟翛然謝炎熾窗扉故闃寂水竹亦幽邃
飛蟲望燈集棲燕銜雨至石枕與葛幮美哉今夕睡

北渚

北渚露濃蘋葉老南塘雨過藕花稀新秋漸近蟬更急殘日已沉鴉未歸銅鏡面顏無藥駐玉關勳業與心違一蓑一笠生涯在且醉蒼苔舊釣磯

夏日五鼓起戲書

老雞喔喔桑樹顛明星磊磊茅屋邊我與視夜不復眠坐看朝曦浴虞淵開窗清風來穆然拂几洗研整蠹編火雲崔嵬忽滿天安得羲和徐著鞭

雨夜

急雨如河瀉瓦溝空堂臥對一燈幽老雞多事彊知曉落葉無情先報秋身未蓋棺誰可料尊常有酒莫閑愁功名老大從來事且復長歌起飯牛

小立

曠懷塵事外小立綠陰間舉世皆嫌拙平生剩得閑江郊雲易暗旱歲雨終慳欲醉尊無酒悠然對莫山徙倚

漁扉夕不掩徙倚欲三更月正樹無影露濃荷有聲

崢嶸歲將晚悄愴恨難平坐念中原沒男兒恐淚生

居山

涉世緣雖薄居山味自長穿雲雙屐溼洗藥一溪香

有酒作臉頳無愁供鬢霜遼天渺歸鶴千載付茫茫

劍南詩稿卷第十四終

劍南詩稿目錄

卷第十五

劍南詩稿卷第十五

宋 陸游 務觀

秋興

白髮蕭蕭欲滿頭歸來三見故山秋醉憑高閣乾坤迮病入中年日月遒百戰鐵衣空許國五更畫角只生愁明朝煙雨桐江岸且占丹楓繫釣舟

又

莫境何堪與病遭西風落葉擁亭皐極知世上人情惡且放江邊醉眼高應俗紛紛何日了詠詩混混寄吾豪碧油金鎖平生意未許人言學楚騷

八月五日夜半起飲酒作草書數紙

有漏神仙有髮僧碧𡣽欹枕對秋燈忽然起索三升酒颯颯蛟龍入剡藤

秋雨漸涼有懷興元

八月山中夜漸長雨聲燈影共凄涼遙知南鄭風霜
早已有寒熊犯獵場

又

十年前在古梁州痛飲無時不慣愁最憶夜分歌舞
歇臥聽秦女擘箜篌

又

清夢初回秋夜闌床前耿耿一燈殘忽聞雨掠蓬窗
過猶作當時鐵馬看

秋風曲

秋風吹雨鳴窗紙壯士不眠推枕起牀頭金盡酒尊
空櫪馬相看淚如洗鴻門覇上百萬師安西北庭九
千里帳前畫角聲入雲隴上鐵衣光照水橫飛渡遼
健如鶻談笑不勞投馬箠堂堂羽檄從天下夜半斫
營壁可鄙拾螢讀書定何益投筆取封當努力百斤
長刀兩石弓飽將兩耳聽秋風

送宣書記并寄其兄曇才二公

在吳識曇公至蜀識才公彌天宣書記晚乃得從容是家固多賢天遣慰我窮初秋夏末時衲子各西東子獨惜此別共語夜燭紅怪我耐逆境萬事一笑空子顧知我否視身如枯蓬枯蓬未變滅姑當付之風家世無高年我今六十翁俯仰幾時客結束已匆匆那將須臾景更受憂患攻願言早來歸相就煮晚菘

起晚戲作

地偏身飽閑秋爽睡殊美老雞每愧渠三唱呼未起廚人罷晨汲童子愁屣履惰慵雖可嘲安靜良足喜心空夢亦少酣枕甘若醴不學多事人南柯豪衆蟻

飲村店夜歸

致主初心陋漢唐莫年身世落農桑草煙牛跡西山口又臥旗亭送夕陽

又

瀲瀲村醪君勿辭橙椒香美白鵝肥醉中忘却身今老戲逐螢光蹋雨歸

雨夜感懷

點滴空堦雨送涼青燈對影獨悽傷身如病木驚秋早心似鰥魚怯夜長鑄得黃金猶有術掃空白髮定無方蕭然禪榻君休笑一卷殘書伴枕傍

寄葉道人

白首不堪憂患纏要將樂事餞流年尋山猶費幾兩屐貯酒真須百斛船若信王侯等螻蟻可因富貴失神仙 老杜詩王侯與螻蟻共盡隨丘墟太白詩富貴與神仙蹉跎成兩失 驚人亦莫摩銅狄泰華松風足晝眠

月下小酌

昨日雨澆簷孤燈對搔首今夜月滿庭長歌倚衰柳世變浩無窮成敗翻覆手人生最樂事臥聽壓新酒我歸自粱益零落愴親友紛紛墮鬼錄何人得長久後生多不識詎肯顧衰朽一杯無與同敲門喚鄰叟

讀袁公路傳

成敗相尋豈有常英雄最忌數悲傷蕪蔞一豆粥從來

事何恨郵亭坐簀床

鄰曲小飲

早稻喜登場相呼集野堂迎霜新兎美近社濁醪香茆屋滴殘雨竹籬圍夕陽新豐不須作真箇是吾鄉

秋夜觀月

夢回殘燭耿房櫳杳杳江天叫斷鴻病骨不禁風露重披衣小立月明中

又

誰琢天邊白玉盤亭亭破霧上高寒山房無客兒貪睡常恨清光獨自看

枕上

香冷燈昏夢自驚清愁冉冉帶餘酲夜長誰作幽人伴惟是蛩聲與月明

秋夕大風松聲甚壯戲作短歌

人生不自憐坐受外物械榮華難把玩俄頃皆變壞山棲亦何有耳目差曠快秋郊多烈風夜壑起松籟

初聞尚蕭瑟髣髴聽嚴瀨忽如倒巨浸便欲飄大塊又疑楚漢戰澒洞更勝敗不然六月雨雷雹犇百怪三更勢稍斂鐵馬歸入塞孰能從吾遊洗汝胸次隘

明河篇

明河八月轉分明炯炯如素練西南傾年年歲歲見河漢坊坊曲曲聞碪聲良人萬里事征行碪聲中有玉關情遙知鐵衣冷如水指點明河白髮生磧中草死駱駝鳴萬里却望長安城兒生總角爺未見歸心頓覺封侯輕漢家自古有夷狄付與窮荒何足惜只願天狼無光太白低還家爲婦說安西

夜聞隣家治稻

二頃春蕪廢不耕半生名宦竟何成歸來每羨農家樂月下風傳打稻聲

淚迹

淚迹人間四十年鏡中不覺已華顛山川慘澹秋多感燈火青熒夜少眠壯志已忘榆塞外高情正在酒

壚邊扁舟不恨無人識且復長歌入莫煙

夜步庭下有感

夜遶中庭百匝行秋風傳漏忽三更星辰北拱踈還密河漢西流縱復横驚鵲遶枝棲不穩冷螢穿竹遠猶明書生老抱平戎志有淚如江未敢傾

題酒家壁

明主何曾棄不才書生飄泊自堪哀煙波東盡江湖遠雲棧西從隴蜀回宿雨送寒秋欲晚積衰成病老初來酒香菰脆丹楓岸强遣樽前笑口開

題書齋壁

隨分琴書適性情乍寒偏愛小窗明旋煎罌粟留僧話故種芭蕉待雨聲丹藥驗方非畏死文章排悶不求名是間幽事君知否莫怪經秋少入城

贈猫

裹鹽迎得小貍奴盡護山房萬卷書慚愧家貧策勳薄寒無氈坐食無魚

秋夕

羈魂虛仗些些詞招病骨那禁積毀消亂葉打窗寒有信昏燈照幔夢無聊棧邊老驥心空在爨下殘桐尾半焦百感忽生推枕起碧霄銀漢正迢迢

秋雨排悶十韻

今夏久無雨從秋却少晴空濛迷遠望蕭瑟送寒聲衣潤香偏著書蒸蠹欲生壞簷聞瓦墮漲水見堤平溝溢池魚出天低塞雁征螢飛明闇廡蛙鬧雜疎更藥釀時須焙舟閑任自横未憂荒楚菊直恐敗吳秔夜永燈相守愁深酒細傾浮雲會消散鼓笛賽西成

小舟航湖夜歸書觸目

雲黑風號不見星古丘叢最木聚精靈舟人已過微相語兩兩三三鬼火青

又

電掣半空雲黯黮舩浮積水浪憑陵茫然不辯身何處猶喜東南見塔燈

又

遙望湖塘炬火迎纔歸村舍雨如傾畏途回首知安在催喚兒童暖酒鐺

幽居書事

莫歎人間苦不諧清時有味是歸來已因積毀成高臥更借陽狂護散才正欲清言聞客至偶思小飲報花開紛紛紛爭奪成何事白骨生苔但可哀

又

安命知天更不疑幽居最愛早寒時手中書墮初酣枕窗下燈殘正劇碁鮮鯽每從溪女買香菰時就釣船炊山陰清絕君須記雪裏騎驢未辦詩

晚霽

雨斷簷餘滴雲疎日漏明人其如積潦天自活疲氓溪碓舂香稻霜叢剪綠橙書生久愁臥作意賦新晴

又

漲水返舊壑浮雲歸故山園丁藝蔬去鄰婦貰舂還

喬木蒼煙外孤村落照間莫嫌樽酒薄且用破愁顏

雨後散步後園

淡日輕雲未快晴涓涓溝水去無聲爲憐一徑新苔綠別就牆陰取路行

又

澤國霜遲木未疎秋來更覺愛吾廬芭蕉綠潤偏宜墨戲就明窗學草書

示客

十年奔走每思歸剩喜湖邊晝掩扉社燕免教嘲作客海鷗曾是信忘機暉暉晚日收新稻漠漠新寒試夾衣留客盤飧君勿笑一畦蔬甲摘初稀

甲子晴

今日甲子晴秋稼始可言老農喜相覓隨事具雞豚掃地設菅席酌酒老瓦盆耳熱仰視天何異傾金尊牛羊散墟落霽色滿衡門起舞屬父老勿恨此酒渾

後一日復雨

一雨三日水抹隄南村北村雲淒淒天公約束龍返宂不忍嘉穀沈塗泥日光清薄潦未縮起視又嘆行雲西初纔淅瀝灑窗戶俄已湍瀉鳴溝溪豐凶相乘若翻手振救小緩輒噬臍窮閻腐儒不預此且收芋栗寬兒啼

紹興庚辰余遊謝康樂石門與老洪道士痛飲賦詩既還山陰王仲信爲予作石門瀑布圖今二十有四年開圖感歎作

二十餘年別石門燈前感舊欲消魂人生萬事皆如夢自笑區區記劍痕

又

愛酒黃冠鬢如雪石門邂逅一樽同懸知久作此山土愁對畫圖秋雨中

雨中遣懷

秋稼連雲飽不疑寧期一敗莫支持雨如梅子初黃日水似桃花欲動時正晝蚊蟲驅不去終宵鼃黽怒

何爲凶年氣象堪流涕禾把紛紛滿竹籬

秋思

秋來情味更堪論身寄城南五畝園委巒看山無鐵獺 梅聖俞馬名 拾樵煎茗有青猿 王元之小童名 陂塘夜雨添新漲原野煙蕪滅舊痕豈是平生少親友略無人肯訪孤村

秋雨歎

點點滴滴雨到明悽悽惻惻夢不成窗間殘燈暗欲滅匣中孤劍鏗有聲少年讀書忽頭白一字不試空虛名公車自薦心實恥新豐獨飲人所驚太行千仞插雲立黃流萬里從天傾遺民久憤汙左衽孱虜何足煩長纓霜風初高鷹隼擊天河下洗煙塵清投筆急裝須快士令人絕憶獨孤生 獨孤策蒲人前歲死於峽中

雨中小酌

晨起占雲日日西吾廬煙雨正淒迷愁看場上禾生

耳且泥盃中酒到臍窗日幾時飛野馬甕天惟是舞醯雞前村著屐猶通路自摘金橙擣鱠齏

衰病有感

衰與病相乘山房冷欲冰在家元是客有髮亦如僧愁絕窮秋雨情親獨夜燈西鄰有甘井聊得曲吾肱

又

倦枕先雞覺寒汀伴雁孤寂寥誰省錄衰疾且枝梧鶴骨秋添瘦龜腸夜自呼葢棺吾事定未敢泣窮途

又

羈宦一周星歸如化鶴丁灰心成寂寂霜鬢失青青小智空自貴大愚元不靈客來應絕倒扶病講丹經

雨止頓寒遂有晴意

霧雨昏昏地氣騰盤中朝莫厭驅蠅未看霽色排陰翳先覺清寒洗鬱蒸喚客喜傾新熟酒讀書貪趁欲殘燈明朝樂事真當賀山北山南曳瘦藤

秋晴出遊

雨餘清冷近霜天拄杖閑拖不挂錢黄葉舞風初蔌蔌碧渠通溜正濺濺無情日馭工催老耐事天公聽放顛薄莫行歌並湖去有人偷樣畫癯僊

悲秋

形骸枯槁病侵陵少睡長飢一老僧霜夜羈愁更無賴莫收書策且留燈

又

蕭蕭衰鬢點新霜人靜房櫳易斷腸等是閉門愁裏過任教風雨壞重陽

又

殘年孤寂不禁秋醉自淒涼醒更愁富貴空成守錢虜吾今何止百宜休　司空表聖自言有四宜休

又

小雨簾櫳慘淡天醉中偏藉亂書眠夢回有恨無人會枕伴橙香似昔年

久雨道懷

莫年惜日月木落輒動心閑居念親友所願聞足音風雨斷官道吾廬況幽深渺渺雲水鄉蕭蕭蘆荻林艸茂豪鳴蛙天闊無來禽四顧此何處悠悠付孤斟

野步書觸目

村落初過雨園林殊未霜幽花雜紅碧野橘半青黃飛鷺横秋浦啼鴉滿夕陽最憐山脚水潦亂入陂塘

月下

月白庭空樹影稀鵲棲不穩繞枝飛老翁也學癡兒女撲得流螢露溼衣

九月十日

不須扇障庾公塵散地翛然學隱淪風帽可憐成昨夢菊花已覺是陳人昏昏但苦餘酲在草草久無佳句新歎息吾生行已矣老來歲月似犇輪

秋晴園中山禽絶多有感而賦

九日秋陰一日晴山禽應喜我閑行幽吭弄暖閑相命勁翮凌風遠有聲熟果啄餘看核墮細枝銜得欲

巢成名園美蔭不飛去似比交朋猶有情

燈籠

我年十六遊名場靈芝借榻棲僧廊鐘聲纔定屐聲集弟子堂上分兩廂燈籠一樣薄臘紙瑩如雲母含清光還家欲學竟未暇歲月已似犇車忙書生白首故習在顛倒簡牘紛朱黃短檠雖復作老伴目力眩晃不可常平生所好忽入手摩挲把挈喜欲狂蘭膏瀲灩支達旦秋雨蕭瑟輸新涼討論廢志正塗乙遂欲盡發萬卷藏所嗟衰病終難勉非復當年下五行

舟過南莊呼村老與飲示以詩

我昔過此時荷花粲雲錦今我復來遊霜露已淒凜鄉鄰福苦薄積雨敗垂稔禾頭耳膱膱孰計難高枕所懼憂吾君歲莫詔發廩勿言村醪薄排悶聊共飲

又

玄雲吞落日大風東北起隔林鳴雨鳩當道行衆螘晴來未三日雨候乃復爾我場何時乾嘉穀在泥滓

豐凶歲所有遊惰古所恥努力教子孫天公終可倚

秋夜獨過小橋觀月

湖上蕭蕭葉落頻小橋東畔岸綸巾乍圓素月升寒
壁欲散微雲蹙細鱗有酒便應遺世事得閑隨處勝
官身笑談但恨朋遊少安得幽人與卜鄰

紹與中與陳魯山王季夷從兄仲高以重九日
同遊禹廟後三十餘年自三橋泛舟歸山居秋
高雨霽望禹廟樓殿重複光景宛如當時而三
人者皆下世予亦衰病無聊慨然作此詩

重樓傑閣倚虛空紅日蒼煙正鬱葱鄉國歸來渾似
鶴交朋零落不成龍人生真與夢何挍我輩故應情
所鍾淚漬清詩却回棹不眠一夜聽鳴蛩

雜興

風雨雞喔喔雪霜柏森森獨居雖無友二物感我深

又

萬物各有時蟋蟀以秋鳴我老自少眠那得憎此聲

又

漲水入我廬萍葉黏半扉日出水返壑念汝何由歸

又

清霜染丹葉秋晚粲如春回首風吹盡天公解戲人

予秋夜觀月得瘧疾枕上賦小詩自戲

貪看霜月步亭皐不覺寒侵范叔袍且倚誦詩驅瘧鬼斷無人寄碧腴膏 唐小說載鄭虔妻病瘧杜子美教誦子璋髑髏血糢糊等句以却之又元微之謫江陵病瘴白樂天自長安寄以碧腴膏

後春愁曲 幷序

予在成都作春愁曲頗爲人所傳偶見舊稿悵然有感作後春愁曲

六年成都擅豪華黃金買斷城中花醉狂戲作春愁曲素屏紈扇傳千家當時說愁如夢寐眼底何曾有愁事朱顏忽去白髮生真墮愁城出無計世間萬事元悠悠此身長短歸山丘閑門堅坐愈生愁未死且

復秉燭遊

秋花歎

秋花如義士榮悴相與同豈比輕薄花四散隨春風

黃菊抱殘枝寂寞臥寒雨拒霜更可憐和蔕浮煙浦

古來結交意正要共死生讀我秋花詩可代丹雞盟

寄題朱元晦武夷精舍

先生結屋綠巖邊讀易懸知屢絶編不用采芝驚世

俗恐人謗道是神僊

又

蟬蛻巖間果是無世人妄想可憐渠有方爲子換凡

骨來讀晦菴新著書

又

身閑剩覺溪山好心靜尤知日月長天下蒼生未蘇

息憂公遂與世相忘

又

齊民本自樂衡門水旱那知不自存聖主憂勤常旰

食頒公一一報曾孫

又

山如嵩少三十六水似邛郲九折途我老正須閑處
著白雲一半肯分無

病思

夜窗孤影怯青燈瘦著秋衣欲不勝光景正如寒圃
蝶情懷卻羨病寮僧篝爐冷落曉殘葉禪榻欹斜倚
古藤莫怪頹然遺世事鬢絲日日鏡中增

病愈

秋夕高齋病始輕物華凋落歲崢嶸蟹黃旋擘饞涎
墮酒潑初傾老眼明提筆詩情還跌宕倒牀藥裹尚
縱橫閑愁恰似憎人睡又起挑燈聽雨聲

病中忽有眉山士人史君見過欣然接之口占
絕句

蜀語初聞喜復驚依然如有故鄉情絳羅餅餤玻璃
酒何日蟇頤伴我行 眉州以羅裹餅餤至二十四子號通義餤

玻璃春郡酒名也亦爲西州之冠

初寒

我窮不自活萬事付天公今年寒苦晚霧雨常濛濛雖追裘褐憂坐念疾病攻清夜喜不寐萬木號西風新霜纔幾何瘴癘一掃空曉看烏臼林已有數葉紅微雲時去來寒日猶曈曨振衣起出戶一笑尋鄰翁

出塞曲

北風吹急雪夜半埋氈廬將軍八千騎萬里逐單于漢家如天臣萬邦歡呼動地單于降鈴聲南來金閃鑠赦書已報經沙漠

無題

碧玉當年未破瓜學成歌舞入侯家如今顛頓篷窗裏飛上青天妒落花

道室卽事

一簪殘雪寄林亭手把黄庭兩卷經琴調養心安澹泊爐香挽夢上青冥隨緣久已均憂喜玩世惟須半

醉醒溪父園公殊未見頹然誰與共忘形

夙興

青燈黃卷擁篝爐殘髮垂蓬未暇梳略似諸生勤夜課絕勝小吏迫晨趨雞聲喔喔寒猶力月影離離淡欲無幽致滿前君不領枉因留滯歎頭顱

長安道

千夫登登供版築萬手丁丁供斲木歌樓舞榭高入雲複幕重簾晝燒燭中使傳宣騎飛鞚達官候見車擊轂豈惟炎熱可炙手五月瞿唐誰敢觸人生易盡朝露晞世事無常壞陂復士師分鹿真是夢塞翁失馬猶爲福君不見野老八十無完衣歲晚北風吹破屋

記夢

夜夢有客短褐袍示我文章雜詩騷措辭磊落格力高浩如怒風駕秋濤起伏犇蹴何其豪勢盡東注浮千艘李白杜甫生不遭英氣死豈埋蓬蒿晚唐諸人

戰雖鏖眼暗頭白真徒勞何許老將擁弓刀遇敵可使空壁逃肅然起敬豎髮毛伏讀百過聲嘈嘈惜未終卷雞已號追寫尚足驚兒曹

冬夜讀書

茂陵病後非平昔瘦骨竛竮短髮疎紅燭悔從長夜飲青燈喜對少年書聖賢親見生非晚忿慾俱空死有餘破屋頹垣君勿笑更闌絃誦滿吾廬

遊僊　羅澗谷選放翁詩有遊僊七言古詩一首即飄飄初珥玉殿三絕句合成者附記于此

飄飄鸞鶴杳難攀萬里東遊海上山應有世人遙稽首紫簫餘調落雲間

又

鳳舞鸞歌宴蘂宮碧桃花下醉千鍾紅塵謫滿重歸去花未開殘宴未終

又

玄圃春風賜宴時雙成獨奏玉參差侍晨飲罷虛皇

喜一段龍綃索進詩

又

初珥金貂謁紫皇僊班最近玉爐香爲憐未慣叢霄

冷獨賜流霞九醞觴

又

玉殿吹笙第一僊花前奏罷色悽然憶曾偷學春愁

曲謫在人間五百年

過鄰家

今日病良已笻枝發興新高居遺世事一笑過吾鄰

夕照明丹葉秋風老白蘋素衣雖化盡不爲犯京塵

山園晚興

傳盃誰與豁幽悰霜晚黃花未滿叢過雁一聲寒靄

外短籬數掩夕陽中易雖病裏猶能讀詩到愁邊始

欲工惟有功名真已矣懶將華髮對青銅

初冬出扁門歸湖上

桑柘枝空葉作堆斜陽更著角聲催雲歸玉笥茫茫

去水下蘭亭曲曲來稻壠受犂寒欲遍漁船入市晚爭回貂裘破弊霜風冷愁對青燈撥瓮醅

新寒小醉睡起日已高戲作

倦眼曚曨睡易成華胥稅駕不多程衾重枕穩當霜夕氈暖屏深擁宿酲栩栩蝶魂閑自適緜緜龜息靜無聲幽棲豈是忘微祿正怕𦗟鈴擾五更

太息

閑將白髮照清溝太息年光逝不留勳業無期著書晚此生與世世判悠悠

冬夜讀書

平生喜藏書拱璧未爲寶歸來稽山下爛漫恣探討六經萬世眼守此可以老多聞竟何用綺語期一掃幽居出戸稀衰病擁爐早青燈照黃卷作意勿艸艸

晚步

地爐附殘火將夕鳥雀喧食已了無事扶杖閑出門披披歸雲陣淡淡新月痕平生足憂患忽歲晚信乾坤

緩步牛羊巷浩歌桑柘村九原不可作吾意與誰論

村舍

空谷人稀到新寒病頓輕晨霜催小獵宿雨潤新耕
草莽秦馳道雲煙越故城千年不磨滅惟有莫山橫

野步至近村

隨意出柴荊清寒作晚晴風吹雁北鄉雲帶月東行
童稚爭追逐漁樵習送迎白頭寧復仕惟此餞餘生

夜坐油盡戲作

金樽畫燭少年豪白首孤燈不厭勞夜漏雖深書未
竟半缸誰與續殘膏

又

欲盡殘燈更有情可憐剪斷讀書聲區區紙上太癡
計一笑開門看月明

歲莫

離離井上桐鬱鬱牆下桑零落豈不悲無奈中夜霜
蟋蟀更可念歲莫依客牀客亦自孤寂衣篝歇殘香

一燈挂西壁耿耿青無光援筆欲寫愁三喟不成章

幽居感懷

偶傍楓林結數椽東歸也復度流年汀洲雁下依殘
水墟里人行破夕煙十月風霜欺客枕五更鼓角滿
江天散關清渭應如昨回首功名一愴然

山中夜歸戲作短歌

駿馬不用換美妾名酒不用博涼州霜天飲酒騎馬
出馳獵蹴蹋川原秋少年意薄萬戶侯白首乃作窮
山囚箭鋒豈必盡狐兔胷次聊欲平山丘夜歸湖上
酒初醒莊舍蕭條燈火冷解刀自笑太麤生却染松
煤飛兔穎

狂歌

少年雖狂猶有限遇酒時能傲憂患卽今狂處不待
酒混混長歌老巖澗拂衣卽與世俗辭掉頭不受朋
友諫挂帆直欲截煙海策馬猶堪度雲棧愕然癡腹
肯貯愁天遣作盎盛藜莧髮垂不櫛性所便衣垢忘

濯心已慣眼前故人死欲無此生行矣風雨散羞爲塵土伏轅駒寧作江湖斷行雁

遲莫

遲莫固多感況此歲崢嶸霜霰忽已集夜聞絡緯鳴青燈不解語依依有餘情銅瓶煮寒泉中作笙簫聲沈憂能傷人一夕白髮生蓬萊渺雲海金丹幾時成

種秋

種秋供留客移花待探春愁邊開樂國鬧裏作閑身鬢髮今如此頭顱莫問人白鷗非避俗野性自難馴

擁爐

睡少人人笑老生擁爐孤坐欲三更月移西去失花影風自北來傳漏聲凫鼎煎茶非俗物雁燈開卷愜幽情興來自喜猶彊健一紙清詩取次成

冬夜吟

昨夜凝霜皎如月碧瓦鱗鱗凍將裂今夜明月却如霜竹影橫窗更清絕造物有意娛詩人供與詩材次

第新飢鴻病鶴自無寐山窮水絶誰爲鄰西村梅花消息動喞喞寒醅漸鳴瓮儘將醉帽插幽香此生莫作長安夢

讀書罷小酌偶賦

歲晚淒涼氷雪晨頹垣破屋鏡湖濱浮生亦念古有死壯氣要使胡無人黄卷展殘三太息綠尊酌罷一嚬伸躬耕不預差科事猶向清時作幸民

移花遇小雨喜甚爲賦二十字

獨坐閑無事燒香賦小詩可憐清夜雨及此種花時

書生歎

君不見城中小兒計不疎賣漿賣餅活有餘夜歸無事喚儔侶醉倒往往眠街衢又不見壠頭男子手把鉏丁字不識稱農夫筋力雖勞憂患少春秋社飲常歡娛可憐秀才最誤計一生衣食囊中書聲名纔出衆毀集中道不復能他圖抱書餓死在空谷人雖可罪汝亦愚嗚呼人雖可罪汝亦愚曼倩豈即賢侏儒

冬夜醉解殘燈熒然起讀書至明賦詩十韻

冬夜厭久坐頗幸一醉眠滿酌文舉尊徑臥子敬氈鼻雷未及作眼電遽瞭然孤燈如秋螢喚我開陳編初欲限一卷隨手紛聯翩歡然不知疲忽已晨烏遷嗟我行六十衰病迫殘年仕進今永塞文章後誰傳飽食而安寢此計定自賢勿學艸玄翁死為人所憐

夜行

路長憂炬盡馬弱畏泥深腸斷猿啼樹魂驚鬼嘯林艱危窮自慣寒苦老難禁回首金牛道加鞭負壯心

頃自小益還南鄭夜宿金牛驛時方大寒人馬俱欲僵仆今十二年矣

游淳化寺

蕭寺久不到偶來幽興長蛩穿珠九曲蜂釀蜜千房雨過山横翠霜新橘弄黄年衰道不進珍重一爐香

僧問拯迷如何是祖師西來意師曰古殿一爐香拯迷即淳化也

餘慶出遊夜歸

杖藜尋勝愜幽情芒屨如飛病體輕迎客野梅纔半

吐避人山雖尚徐行東谿水落灘聲壯南嶺雲酣雪意成薄莫歸來僧已定佛龕獨對一燈明

遊前山

兀兀無歡意閑遊未擬回屐聲驚雉起風信報梅開山雪堆僧衲溪流動蟄雷平生一桐帽自惜犯塵埃

齋前獨坐戲作

閉戶學僧坐頹然遺世情虛窗鴿飛影枯葉犬行聲雪擁杉灰煖雲垂紙帳明清饞不可耐一笑聽華鯨

晚同僧至谿上

躭躭臥石熊當道矯矯長松龍上天不怕雪雲寒到骨喚僧扶杖立橋邊

僧飯

雲碓舂秔白齋廚爨桂香百窮慚燕頷一飽慰龜腸舉世知心少平生爲口忙何當棄簪笏終老掩山房

山店賣石榴取以薦酒

山色蒼寒雲釀雪旗亭據榻與悠哉麴生正欲相料

理催喚風流措措來
平水小憩
蕁食草菴中肩輿小市東霧收山淡碧雲漏日微紅
酒斾村塲近罾船浦溆通平生喜行路小住莫忽忽
自若耶溪舟行杭鏡湖而歸
換馬亭前煙火微鬬牛橋畔行人稀雲山慘澹少顏
色霜日青薄無光輝新酒蒭成桑正落美人信斷雁
空歸高樓何處吹長笛清淚無端又溼衣
宴坐
鼓樂弦歌萬二千天魔剩欲破幽禪道人袖手心如
水一點紗燈夜悄然
遊山歸偶賦
此生本寄一浮漚歸臥茅茨又四秋習氣未除惟痛
飲幻軀偶健且閑遊買蓑山縣雲藏市横笛江城月
滿樓與世沈浮最安樂莫思將相快恩讎
六十吟

人生久矣無百年六十七十已爲壽嗟予忽忽蹈此境衰髮如蓬面枯瘦孤松摧折老澗壑病馬淒涼依棧豆尚無籌策活目前豈有功名付身後壁疎風入燈熖搖地爐火盡寒蕭蕭胸中白虹吐千丈庭樹葉空衣未纏

舒悲

嗜酒苦猖狂畏人還齟齬老病始悔歎天下無此錯管葛逝已久千古困俗學捫蝨論大計使我思景略中原失枝梧胡塵暗河洛天道遠莫測士氣伏不作煌煌東觀書無乃太寂寞丈夫不徒死可作一丘貉歲晚計愈疎撫事淚零落

山園晚興

病骨初輕野興濃閑扶拄杖夕陽中艸枯陂澤涓涓水木落園林淅淅風楊子淒涼老天祿馬周顛頓客新豐壯心未與朱顏改一笑憑高送斷鴻

獨立

獨立柴荊外頽然一禿翁亂山吞落日野水倒寒空憂患工催老飄零敢諱窮漁歌亦何恨悽斷滿西風

探梅

半吐幽香特地奇正如官柳弄黃時放翁頗具尋梅眼可愛南枝愛北枝

又

江路雲低慘玉塵暗香初探一枝新平生不喜凡桃李看了梅花睡過春

遠興

莫言人世足悲傷只爲詩情合斷腸窗檻雨晴湖瀲瀲郊墟煙重月茫茫梅花調苦愁三弄竹葉香清泥一觴閉戶終年嗟局促不如新雁到衡湘

張功甫許見訪以詩堅其約

零落汀蘋露氣清北窗昨夜已秋聲書來屢有入東約坐上極思虛左迎激烈哦詩殷金石縱橫落筆走蛟鯨吾曹此事期千載老眼相逢剩要驚

劍南詩稿目錄

卷第十六

室　得所親廣州書　幽居戲詠　幽事

劍南詩稿卷第十六

宋 陸游 務觀

夜夢與數客觀畫有八幅龍湫圖特奇客請予作詩其上書數十字而覺不復能記明日乃追補之亦髣髴夢中意也

高堂閱畫娛嘉賓巨幅小卷縱橫陳其間一圖最傑作命意落筆驚倒人奇峯峭立插地軸飛瀑崩瀉垂天紳壽藤老木幻荒怪深潭危棧愁鬼神忽然白晝起雷電始覺異物蟠奫淪陰雲四興誅老魃甘澍連夕蘇疲民豈惟陂澤苗盡立已活億萬介與鱗文章與畫共一法腕力要可回千鈞錙銖不到便懸隔用意雖盡終苦辛君看此圖凡幾筆一一圓勁如秋蓴乃知世間有絕藝天造艸昧參經綸吾言未竟且復止剩發幽奧天公嗔

泛舟

女牆齾齾帶斜暉短棹還從剡曲歸木葉經霜渾欲盡人家近水自相依逢迎俗客言多忤顛沛窮途計易非雪裏閉門殊不惡故貂雖敝勝無衣

夜聞大風感懷賦吳體

故都宮闕汙羶腥原野久稽陳大刑未須校尉戍西域先要將軍空朔庭意言揮戈可退日身乃讀書方聚螢病起窗前髮如雪夜聞風聲孤涕零

骨相

骨相元知薄功名敢自期病侵彊健日閑過聖明時形勝輪臺地飛騰瀚海師江湖雖萬里猶擬綴聲詩

有感

書生事業絕堪悲横得虛名毀亦隨怖懼幾成牀下伏艱難何啻劍頭炊貸監河粟元知誤乞尉遲錢更覺癡已卜一菴鵝鼻谷（鵝鼻谷在秦望山秦刻石之所崖嶺巉峻）可無芝朮療朝飢

又

讀遍名山萬卷藏殘年肯受俗低昂正須嘯詠風濤上未至悲辛酒甸旁夢裏功名誰復計閑中日月不勝長虛皇有詔君知否盡賜江湖作醉鄉

城西晚眺

嫋嫋城笳咽熒熒漁火青霜凋兩岸柳水浸一天星靜看船歸浦遙聞雁落汀倚闌幽興極不敢恨飄零

苦寒

凍硯時能出苦吟濁醪亦復慰孤斟誰知冰雪凝嚴候自是乾坤愛育心癘鬼盡驅人意樂遺蝗一洗麥根深但嫌景短妨書課棲鳥紛紛又滿林

夙興

病後精神殊未減披衣每起待晨雞愛書不厭如平壑戒酒新嚴似築堤莫歎茅茨常局促猶勝簿領苦沈迷迎長漸近丹當熟已覺溫溫下徹臍

冬夜讀書甚樂偶作短歌

衰病作書祟常恨無新功兎甌供茗粥睡思一洗空郊居近城闉漏鼓傳鼕鼕緗帙開爛漫牙籤紛疊重朱黃參筆墨照映燈花紅魯壁汲冢祕天遣慰困窮衮衣窺藻火宗廟聽笙鏞端居得侍至樂生世豈不逢藜羹冷未啜短褐忘嚴冬拜手謝造物不須黑頭公

冬夜月下作

造物寧能困此翁浩歌庭下答松風煌煌斗柄插天北熠熠月輪生海東皂纛黃旗都護府峨冠長劍大明宮功名晚遂從來事白首江湖未歎窮

感憤

今皇神武是周宣誰賦南征北伐篇四海一家天歷數兩河百郡宋山川諸公尚守和親策志士虛捐少壯年京洛雪消春又動永昌陵上艸芊芊

蓬戶

蓬戶真堪設爵羅歲時野老自相過人情靜處看方見詩句窮來得最多枕上長歌時激烈樽前一笑且

婆娑白頭萬事都經遍莫爲悲傷損太和

行後園

霜風吹枯桑落葉乾有聲陂池日已涸沙水見底清
人生非金石歲莫難爲情安得天邊鵲駕之以遐征

曉出遇獵徒有作

出門萬瓦粲晨霜忽憶行軍起裹創賣劍買牛身已
老搴旗斬將夢猶狂奇才古有潛屠肆豪氣今誰寓
獵場狐兔艸間何足問合留長箭射天狼

贈道侶

崎嶇世路久知難準擬丹成玉鍊顏十載尋人遍巖
穴一樽隨處對溪山蘇門晝寂聞舒嘯函谷秋清候
度關剩欲相招同此事疑君未辦一生閑

六言

功名正恐不免富貴酷非所須鐵馬未平遼碣釣船
且醉江湖

又

噉飯一簞不盡結廬環堵猶寬常得奉祠玉局不須
艸詔金鑾

又

烏有翁邊貰酒無何鄉裏尋花把定東風一笑今年
別是生涯

又

壯歲京華羈旅莫年湖海清狂勿倚新知可樂笑中
白刃如霜

作雪未成自湖中歸寒甚飲酒作短歌

黑雲垂到地飛霰如細礫我從湖上歸散髮醉吹笛
少年志功名目視無堅敵慘淡古戰場往往身所歷
寧知事大繆白首猶寂寂淒涼武侯表零落陳琳檄
報主知何時誓死空憤激天高白日遠有淚無處滴

題傳神

鹽車心愧渥洼姿邂逅風雲妄自期翦雪豈無歸漢
日飯牛猶有相齊時君看短褐琴横膝誰許峩冠劍

拄頭白髮蕭蕭雖憊矣時來或將渡遼師 李英公平遼東時已八十餘

閏月三夜舍西觀新月

平生絶愛初三月況是平池浸玉鉤老去人間朋舊少一樽誰與話清愁

獨夜

城上長更續短更江平天迥雁方征燈明紙帳雪霜色火熟銅瓶風雨聲濁酒未傾心已怯細書時讀眼猶明蕭然一室平生慣纛下何須擁萬兵

晚出偏門

一段新愁帶宿酲半欹烏帽策驢行村墟香動梅初破裘褐寒輕雪未成渡口人爭紅日晚沙邊雁帶碧煙橫悠然又覓長堤路腸斷城樓畫角聲

薏苡 蜀人謂其實爲薏米唐安所出尤奇

初遊唐安飯薏米炊成不減雕胡美大如芡實白如玉滑欲流匙香滿屋腹腴項臠不入盤況復殽酪誇

甘酸東歸思之未易得每以問人人不識嗚呼奇材
從古棄艸菅君試求之籬落間

答鄭虞任檢法見贈

臥龍山前秋雨晴鄭子過我如夙昔照人眉宇寒巉
巉懸知筆有千鈞力鏡湖歲莫霜葉空乃聞載酒同
諸公歸來湖山皆動色新詩一紙吹清風文章要須
到屈宋萬仞青霄下鸞鳳區區圓美非絕倫彈丸之
評方誤人

舟中曉賦

小艇下滄浪吳歌特地長斜分半艙月滿載一篷霜
香甑炊菰白醇醪點蟹黃宦遊元為口莫恨老江鄉

野興

玉門關外何妨死飯顆山頭不怕窮春瓮已成花欲
動了無一事着胷中

又

猨臂將軍老未衰氣吞十萬羽林兒南山射虎自堪

樂何用封侯高帝時

月夜有感

炯炯冰輪升澹澹玉宇碧高樓傾美酒一醉不容失
陸生獨何事閉戶飽岑寂年來負風月豈止此一夕
平生酒邊身欲老每自惜夜闌耿不寐浩歌出金石
落魄

落魄東吳莫笑儂今年要不負春風閑愁擲向乾坤
外永日移來歌吹中酒浪欲爭湖水綠花光卻妒舞
衫紅公卿憂責如山重肯信人間有放翁

遣興

壯年一箭落雙鵰野餉如今擷藥苗寒與梅花同不
睡悶尋鸚鵡說無憀烏絲闌上詩初就綠綺聲中酒
半消老去可憐風味在未應山海混漁樵

湖村野興

十里疎鐘到野堂五更殘月伴清霜已知無奈姮娥
冷瘦損梅花更斷腸

又

山色空濛雨點微醉中不覺溼蓑衣何妨乞與丹青本一棹橫衝翠靄歸

看鏡

局促人間百不如每看清鏡歎頭顱醉來風月心雖在老去軒裳夢已無棋劫正忙停晚餉詩聯未穩畫寒爐乘除尚喜身彊健六十登山不用扶

塞上

塞上今年有事宜將軍承詔出全師精金錯落八尺馬刺繡鮮明五丈旗上谷飛狐傳號令蕭關積石列城障不應幕府無班固早晚燕然刻頌詩

舟過會稽山下因繫舟遊近村迨莫乃歸

六十齒髮衰歲月如逝波秦王酒瓮邊知復幾經過欣然捨畫檝仄步捫青蘿一徑入幽谷四面聞樵歌白雲忽破碎翠木相蕩摩瀲瀲春塘滿柳陰戲雙鵝浮生百憂中此樂顧豈多日莫吾其歸已恐爛斧柯

人日偶遊民家小園有山茶方開

人日西郊路晨光射淺灘停橈喜蕭散照影歎衰殘社酒香浮瓮春蔬綠滿盤山茶雖慰眼不似海雲看

成都海雲寺山茶花一樹千苞特爲繁麗

過杜浦橋

橋外波如鴨頭綠杯中酒作鵝兒黃山茶花下醉初醒却過西村看夕陽

又

橋北雨餘春水生橋南日落莫山横問君對酒胡不樂聽取菱歌煙外聲

上元日晝卧

積雨連上元孤愁卧空館宿酲殊未解欲起意復嬾牀敷蠻氈穩被擁吳綾暖殘香碧縷細軟火紅熖短雖云少睡眠聊喜屢展轉昏昏忽已莫一笑呼茗椀

莊器之作招隱閣項平父諸人賦詩予亦繼作諸公共賦又招隱細字斜行肯見傳語到淮南小山

作人如江左永和年一窗蘿月禁春瘦萬壑松風撼
晝眠我亦尚嫌林谷淺因君更擬斷雲煙

春夜讀書感懷

荒林梟獨嘯野水鵝羣鳴我坐蓬窗下答以讀書聲
悲哉白髮翁世事已飽更一身不自恤憂國涕縱橫
永懷天寶末李郭出治兵河北雖未下要是復兩京
三千同德士百萬羽林營歲周一甲子不見胡塵清
賊酋實孱王賊將非人英如何失此時坐待姦雄生
我死骨即朽青史亦無名此詩倘不作丹心尚誰明

宿能仁寺

小雨暗江城倦客寄僧榻孤燈如秋螢清夜自開闔
遙憐萍青青厭聽鼃閣閣窗明竟無寐卯酒倒殘榼

寄題方伯謩遠菴

方侯胸中負經濟議論源源有根柢借令不用老山
林尚欲著書垂萬世百年苦短萬世長榮利一時真
聚蚋渠曹定自別肺肝今夕不爲明日計

雨中宿石帆山下民家

老覺山行倦閑便水宿幽雨泥看放鴨煙艸聽呼牛槃箸煩頻勸窗扉喜小留餘年竟何事高枕送悠悠

中夜雨霽月色入戶起飲酒一杯作絕句

吹盡浮雲天宇清城頭疊鼓報三更平生無此一杯酒玉笥峯頭看月生 玉笥峯在石帆之南

贈石帆老人

地僻林深客到稀高舂未起閉柴扉新松鬱鬱三千本密竹蕭蕭一尺圍溪叟旋分菰米滑山童新采蕨芽肥因君更作長閑想麟閣雲臺竟是非

溪上醉吟

行行不知溪路深但怪素月生遙岑不辭醉袖拂花絮與子更醉青蘿陰

囚山

垣屋參差綠樹邊囚山光景錢華顛平川極目思秦地大澤浮空憶楚天刺虎射麋俱已矣舉杯開劍忽

悽然此生終遣英雄笑棘沒銅駝六十年

小園

松菊僅三畝作園真彊名馴禽驚不去熟果墜無聲

倦就盤陀坐閑拈榔栗行茅亭亦疎豁憑檻看春耕

鄉人或病予詩多道蜀中遨樂之盛適春日遊

鏡湖共請賦山陰風物遂即杯酒間作四絕句

却當持以誇西州故人也

嫩日輕雲淡淹天撲燈過後賣花前便從水閣杭湖

去捲起朱簾上畫船

又

舫子窗扉面面開金壺桃杏間尊罍東風忽送笙歌

近一片樓臺泛水來

又

湖波綠似鴨頭深一日春晴直萬金好事誰家鬭歌

舞方舟齊榜出花陰

又

花光柳色滿牆頭病酒今朝嬾出遊却就水亭開小宴繡簾銀燭看歸舟

病中

風雨暗江天幽窗起復眠忍窮安晚境留病壓災年客助修琴料僧分買藥錢餘生均逆旅未死且陶然

病起

開歲忽六十病餘閑炷香春光向客淡夜漏爲愁長已老雞豚社永違鵷鷺行蒼龍西角月孤夢墮微茫

小築

小築茅茨鏡水濱天教靜處著閑身平原不復賦豪士甫里但思歌散人翠壁微泉時的皪衡門疊嶂曉嶙峋子虛誤辱諸公賞萬里輕鷗豈易馴

記夢

東吳春莫寒猶重睡美不聞城角動身雖衰情怕出門江山尚入幽窗夢夢到青羊看修竹道人告我丹將熟試求一黍換肝腸它日重來駕黃鵠 青羊宮在成

都南門外浣花道中

久雨排悶

一春略無十日晴雨脚纔斷雲已生奇葩摧敗等青莧嘉穀漂蕩隨浮萍書生病臥苫及榻溼薪燎衣熏欲盲腰頑足痺空歎息咫尺不得行中庭讀書窗黑不見字彈琴絃緩那成聲老盆濁酒且復醉雨部鼓吹方施行

雨中泊舟蕭山縣驛

端居無策散閑愁聊作人間汗漫遊晚笛隨風來倦枕春潮帶雨送孤舟店家菰飯香初熟市擔蓴絲滑欲流自笑勞生成底事黃塵陌上雪蒙頭

夜漏欲盡行度浮橋至錢清驛待舟

潮生抹沙岸雲薄漏月明江頭曉色動鴉起人未行扶攜度長橋仰視天宇清遙憐繫舟人聽我高屐聲水檻得小憩一笑拄杖橫澄漪弄孤影微風吹宿酲湛然方寸間不受塵事攖寄語市朝人此樂未易名

江頭十日雨

江頭十日雨雨止春已盡殘紅如掃空艸木皆綠潤村墟櫻筍鬧節物團糉近可憐笠澤翁百憂集雙鬢賦詩空自清學道了不進林間一甌茶晤語君勿吝

柯橋客亭

小市初晴已過春朱櫻青杏一番新灞陵老子無人識暫借郵亭整角巾

又

梅子生仁燕護雛遶簷新葉綠扶疎朝來酒興不可耐買得釣船雙鱖魚

小雨舟過梅市

故故催詩襯雨蓬悠悠破夢隔雲鐘遙看漁火兩三點已過莫山千萬峯老矣自應埋病骨歸哉莫念抗塵容停橈小住青楓岸吳市高人儻可逢

曉枕

曉枕鶯聲帶夢聽忽看淡日滿窗櫺閑愁誰遣濃如

酒醉過殘春不解醒

巢菜 并序

蜀蔬有兩巢大巢豌豆之不實者小巢生稻畦中東坡所賦元修菜是也吳中絕多名漂搖艸一名野蠶豆但人不知取食耳予小舟過梅市得之始以作羹風味宛如在醴泉蟇頤時也

冷落無人佐客庖庾郎三九困譏嘲此行忽似蟇津路自侯風爐煑小巢

吳娘曲

鏡奩蠶出千黑蟻釵梁梅小雙青豆吳娘十四未知愁羅衣已覺傷春瘦閑尋女伴過西家鬬艸歸來日未斜睡睫濛濛嬌欲閉隔簾微雨壓楊花

感舊

醉眼常輕兒女曹西遊對客尚能豪纏金羯鼓龜茲樂鏤玉琵琶邏逤槽巫峽已同行雨夢錦江空憶浣

花遶閑情何計都除盡爲覓并州快剪刀

晨起閑步

飛紅掠地送春忙嫩綠成陰帶露香聽徹曉天鸎百囀却隨飛蝶度横塘

初夏同桑甥世昌過隣家

空谷舊生涯蕭條只自嗟妻饑嗔護筍兒病失澆花赤米老能飽濁醪貧可賖徵科幸差簡扶杖過隣家寓歎

孤生拙料事諸老誤知人世故幾翻覆此身常賤貧有書藏禹穴無地靜胡塵衰病今年劇呻吟欲過旬

春夏雨暘調適頗有豐歲之望喜而有作

二十年無赤白囊人間何地不耕桑陂塘處處分秧遍村落家家煑繭忙野老逢年知飽煖書生隨例得猖狂雨餘天氣初清潤曳履長歌出艸堂

聞虜酋遁歸漠北

幽州遺民款塞來來者扶老攜其孩共言單于遠逃

遁一夕荆棘生燕臺天威在上賊膽破捧頭鼠竄吁可哀妄期舊穴得孳育不知天網方恢恢老上龍庭豈不遠漢兵一炬成飛灰陛下中興天所命築壇授鉞皆雄才煌煌九霄揭日月浩浩萬里行風雷號山多獸可遊獵汝不請命何歸哉

初夏遊淩氏小園

水滿池塘葉滿枝曲廊危榭愜幽期風和海燕分泥處日永吳蠶上簇時閑理阮咸尋舊譜細傾白墮賦新詩從來夏淺勝春日兒女紛紛豈得知 庾信詩云夏淺却勝春鏡湖遊人至立夏而止

偶得北虜金泉酒小酌

艸艸盃盤莫笑貧朱櫻羊酪也嘗新燈前耳熱顛狂甚虜酒誰言不醉人 高適詩云胡兒十歲能騎馬虜酒千盃不醉人

又

逆胡萬里跨燕秦志士悲歌淚滿巾未履胡腸涉胡

血一樽先醉范陽春

無題

珠韝玉指擘箜篌誰記山南秉燭遊結綺詩成江令醉虆泉夢斷沈郎愁天涯落日孤鴻沒鏡裏流年兩鬢秋不用更求驅豆術人生離合判悠悠

戲贈

簾幕陰陰晝漏遲鵝黃雪白絡新絲只應笑殺東隣女不見鞦韆到拆時

題少陵畫像

長安落葉紛可掃九陌北風吹馬倒杜公四十不成名袖裏空餘三賦艸車聲馬聲喧客枕三百青銅市樓飲杯殘炙冷正悲辛仗內鬪雞催賜錦

閑居書事

園林綠葉一番新桃李吹成陌上塵玩易焚香消永日聽琴煑茗送殘春隱居正欲求吾志大患元因有此身堪笑癡人營富貴百年贏得冢前麟

登臺遇雨避於山亭晚霽乃歸

溽暑不堪蝸舍陋瘦藤扶我上危臺搏禽俊鶻橫空去卷雨狂風掠野來壯觀深知化工妙幽尋却蹋夕陽回悠然有喜君知否屐齒留痕遍綠苔

村居書觸目

雨霽郊原刈麥忙風清門巷曬絲香人饒笑語豐年樂吏省徵科化日長枝上花空閑蝶翅林間葚美滑鸎吭飽知遊宦無多味莫恨爲農老故鄉

訪醫

衰與病相乘況復積憂慮眩昏坐輒瞑疲弱行欲仆今晨訪之醫見語疾當去脈來如泉源未易測君數盛衰當自察信醫固多誤養氣勿動心生死良細故

夏夜讀書自嘲

事業無成去日遒只今身世付滄洲風煙慘慘菰蒲老星斗離離河漢流寂寞書生學奇字窮愁客子著春秋白頭自苦君無笑骨朽成塵志未休

夏日小宴

橫吹銅笛蒼龍聲雙奏玉笙丹鳳鳴已判百年終醉死要將一笑壓愁生旋移畫舫破山影高捲朱簾延月明試問炎歊在何許夜闌翻怯葛衣輕

送紫霄女道士四明謝君

一別南充十四年時時清夢到金泉山陰道上秋風早却見神仙小自然 果州金泉山謝自然飛昇之地

又

道骨仙風凜不羣清秋采藥到江村自言家住雲南北知是遺塵幾世孫

醉中夜自村市歸

村市夜騎黃犢還却登小閣倚闌干銀河斜界曉天碧壁月下入秋江寒吾輩身閑且飲酒人生事定須闔棺元自胷中著雲夢莫驚綠鬢耐悲歡

城北夜

端居厭孤寂偶繫北城舟天地淒涼色江湖汗漫遊

螢光矜暗夜蟲語報新秋老去功名意青燈映布裯

秋夜舟中作

沽酒黃葉村炊飯紅蓼岸居人不孰何正作漁父看漁父我所羨尚恐不得作讀書端自癡遊宦亦何樂

四顧澤茫茫仰視天離離長歌入雲去月落斗未欹

日晚散步湖上遇小雨

莫色蒼蒼日初落寒聲策策風正作湖邊倚杖隄上行病起聊試遊山脚平生出門輕萬里老去謝客專一壑風濤澒洞鮫鰐橫閶闔崔嵬鬼神惡春蕪二頃叱黃犢老學爲農元不錯兜鍪蟬冕俱掃空雨笠香新織青篛

安期篇

我昔遊峨嵋捫蘿千仞峯丈人倚赤藤恐是安期翁贈我一九藥五雲出瓢中服之未轉刻瑩然冰雪容素手掬山靄綠髮吹天風丈人顧我喜共騎一蒼龍蓬萊亦何求愛此萬里空却來過齊州螘垤看青嵩

曉望海山

莫山青尚淺曉山如黛染開窗望海山山天清霧方斂向來六月中黑雲齊如截蒼龍下曳尾卷雨灑炎熱造物信老手忽作萬里秋刻削此孤峭巉然消客愁豈無一布帆寄我浩蕩意會當駕長風清嘯遺世事

山園草木四絶句

紫薇

鐘鼓樓前官樣花誰令流落到天涯少年妄想今除盡但愛清樽浸晚霞

黃蜀葵

開時閑淡斂時愁蘭菊應容預勝流剩欲持杯相領略一庭風露不禁秋

拒霜

滿庭黃葉舞西風天地方收肅殺功何事獨蒙青女力牆頭催放數苞紅

蓼花

十年詩酒客刀州每爲名花秉燭遊老作漁翁猶喜
事數枝紅蓼醉清秋

賽神曲

叢祠千歲臨江渚拜貺今年那可數須晴得晴雨得
雨人意所向神輒許嘉禾九穗持上府廟前女巫遞
歌舞嗚嗚歌謳坎坎鼓香煙成雲神降語大餠如槃
牲腯肥再拜獻神神不違晚來人醉相扶歸蟬聲滿
廟鎖斜暉

夜中起讀書戲作

髮已凋零齒已疎忍飢白首卧蝸廬風聲忽轢蓬窗
過夜半呼燈起讀書

又

滅虜區區計本疎水邊喬木擁茅廬九原定發韓公
笑至老依然一束書

秋夜出門觀月

六十衰翁適得閑一秋無事掩柴關雁來慘淡沙場

外月出蒼茫雲海間飲酒已衰猶愛客著書初畢可藏山此生終羨漁家樂小艇常銜夕靄還

雨中買酒鏡湖酒樓

陰風號大澤莫雨上高樓愁憶新豐酒寒思季子裘登臨天地迮老病歲時遒安得急裝去北平防盛秋

聞虜政衰亂掃蕩有期喜成口號

正朔今年被百蠻遙知喜色動天顏風雷傳號臨春水（春水虜都名）貔虎移軍過玉關博士已成封禪艸單于將就會朝班孤臣老抱周南恨壯觀空存夢想間

又

遺虜遊魂豈足憂漢家方運幄中籌天開地闢逢千載雷動風行遍九州刁斗令嚴青海夜旌旗色照鐵關秋功名自是英豪事不用君王萬戶侯

甲辰中秋無月十七夜獨皦然達旦

老覺人間無一欣窮閻掃軌謝紛紛已憑白露洗明

月更遣清風收亂雲棲鵲揀枝寒未穩斷鴻呼伴遠猶聞病羸慵踏梧桐影倚杖長吟夜向分

悲秋

病後支離不自持湖邊蕭瑟早寒時已驚白髮馮唐老又起清秋宋玉悲枕上數聲新到雁燈前一局欲殘棋丈夫幾許襟懷事天地無情似不知

農家秋晚戲詠

鞭地如鏡築我場破蠪玉粒輸官倉九月野空天欲霜甑中初喜新粳香舍邊蕭蕭落葉多野蠶出繭飛黃蛾寒蔬種罷醉且歌隻雞短紙賽園婆

病中作

老鶴遼天與未窮此生光景自匆匆家爲逆旅相逢處身在嚴裝欲發中澀眼尚于書有味孤愁殊覺酒無功揮戈艸檄今誰記歲晚江邊白髮翁

秋夜讀書

讀書喜夜長著書悲齒莫平生企前哲凛有庸人懼

吾廬大澤中地曠北風怒徂年凋艸木寒氣逼霜露
燈昏老眼闇鈍馬行惡路投枕卷未終吾衰歎非故

病起

頹垣破屋暗藜蒿病起不知秋已高晨倚山楹羣木
脫莫臨苔砌百蟲號力殫編簡初何得腰折塵埃只
漫勞賴有濁醪生耳熱狂歌醉艸寄吾豪

晨起

孤夢忽自驚小窗初送明珍禽語庭樹可愛不知名
向者事宦遊塵土過半生傳呼東帶出鼕鼕尚殘更
山居雖自由晨起亦有程洗硯拂書几一笑愜幽情

秋夜

老病龍鍾不入城濁醪麤飯餞餘生未霜村舍秋先
冷無月江天夜自明出塞雖慚平賊手下帷聊喜讀
書聲山童睡熟青燈暗自撥殘爐候藥鐺

雨中過東村

小雨空濛物象奇偶扶藤杖過東陂墊巾風度人爭

看蠟屐年光我自悲窮鬼有靈揮不去死魔多力到無期歸來笑向譍門說且了浮生一首詩

山寺

寺門壓石危欲崩槎牙老松挂蒼藤風傳上方出定磬雨暗古殿長明燈宿林野鶻驚復起爭栗山童呼不譍谿南聞道更幽絕明日裂布纏行縢

天王廣教院在蕺山東麓予年二十餘時與老僧惠迪遊略無十日不到也淳熙甲辰秋觀潮海上偶繫舟其門曳杖再遊悅如隔世矣

遊山如讀書深淺皆可樂道邊小精舍亦自一丘壑淒涼四十年始復重著脚老僧逝已久講座塵漠漠當時童子輩衰鬢亦蕭索掃壁觀舊題歲月真電雹文章卑不傳衣食窘如昨出門意惘然遼海渺孤鶴

江月歌

放翁平生一釣船秋水未落江渺然露洗玉宇清無煙月輪徐行萬里天人間聲利何足捐浩歌看月冷

不眠孤鶴掠水來翩翩似欲駕我從此仙我寓紅塵今幾年俛首韁鎖常自憐樂哉揮手過月邊西風未凋玉井蓮

初寒書懷

嵩雲緱月本閑人誤落塵中白髮新萬事看山差入眼百年把酒獨關身棧邊老馬行安往牀下寒龜息自勻藜杖一枝猶好在未妨閑探早梅春

歲莫

小築幽棲與拙宜讀書寫字伴兒嬉已無歎老嗟卑意却喜分冬守歲時羹雁芳鮮新弋雁衣襦輕暖自繅絲農家歲莫真堪樂說向公卿未必知

晨興

倦枕厭寒夜起尋殘火温喈喈衆雞動耿耿一燈昏野氣增霜力窗光淡月痕早朝非老事且復灌吾園

村飲

少年喜任俠見酒氣已吞一飲但計日斗斛何足論

綠艸滿雉場紅旗植毬門三叫落烏幘倒瀉黃金盌銀爐熾獸炭狐兔紛炮燔浩歌撼空雲壯志排帝閽回首今幾時去日如車奔朱顏辭曉鏡白髮老孤村隣翁勸黍酒稚子供魚飧功名信已乎萬事付乾坤

夜半讀書罷出門徙倚久之歸賦長句

浩歌曳杖出柴扉不管三更露溼衣擬看林梢殘月上偶逢浦口斷雲歸驚鴻脫網寒相倚飢鶻思巢夜亦飛却掩北窗誰晤語聊憑香盌洗塵鞿

曝書偶見舊稿有感

日滿晴軒理蠹魚壯遊回首一欷歔淒涼王粲從軍作零落相如諫獵書歌吹恍思登北固弓刀誰記渡南沮虎頭本欠功名相歸老林間計未疎

崑崙行

陰雲解駮朝暾紅黃河直與崑崙通不駕鸞鳳驂虬龍徑躡香煙上空中吾行忽過日月宮下視積氣青濛濛寒暑不分晝夜同嵯峨九關常烈風凜然蕭森

變沖融不悖不眩身如空塵沙浩劫環無窮詎須更覓安期翁

一室

九萬笑鵬摶幽居一室寬雨聲便早睡酒力壓新寒嬾覺閑多味衰知死有端此生吾自斷不必夢邯鄲

得所親廣州書

音信連年恨不聞書來細讀却消魂人稀野店山魈語路僻蠻村荔子繁毒艸自搖春寂寂瘴雲不動晝昏昏此生相見應無日且置清愁近一樽

幽居戲詠

清泉遶屋竹連牆回首微官意已忘小瓮帶泥收洛筍 洛中冬筍貯以小瓮爲遠餉 細鱗穿柳買河魴黃旗萬里無侯骨紅燭千鍾有酒腸欲起九原誰可友蘭亭修禊晉諸王

幽事

蕭然四壁野人家幽事還堪對客誇快日明窗閑試

墨寒泉古鼎自煎茶桐凋無復吟風葉蘋老猶殘泣

露花萬里封侯真已矣只將高枕作生涯

劍南詩稿卷第十六終

西元二〇二二年一月一日重製一版

陸放翁全集　冊一（宋陸游撰）

平裝六冊基本定價伍仟元正
（郵運匯費另加）

發行人：張　敏　君
發行處：中　華　書　局
臺北市內湖區舊宗路二段一八一巷
八號五樓（5FL., No. 8, Lane 181,
JIOU-TZUNG Rd., Sec 2, NEI HU,
TAIPEI, 11494, TAIWAN)
客服電話：886-8797-8396
公司傳真：886-8797-8909
匯款帳戶：華南商業銀行西湖分行
179100026931
印　刷：維中科技有限公司
海瑞印刷品有限公司

No. N3076-1

國家圖書館出版品預行編目(CIP)資料

陸放翁全集/(宋)陸游撰. -- 重製一版. -- 臺北市 : 中華
書局, 2022.01
冊 ;   公分
ISBN 978-986-5512-68-2(全套 : 平裝)

845.23 110021462